HENRY JAMES

Die Kostbarkeiten von Poynton

Roman

Aus dem Englischen
von Nikolaus Stingl

 PENGUIN VERLAG

Titel der englischen Ausgabe: *The Spoils of Poynton* (1896/1908)

Verlagsgruppe Random House FSC® N001967

PENGUIN VERLAG

PENGUIN und das Penguin Logo sind Markenzeichen
von Penguin Books Limited und werden
hier unter Lizenz benutzt.

1. Auflage 2020
Copyright © 2017 by Manesse Verlag
in der Verlagsgruppe Random House GmbH,
Neumarkter Straße 28, 81673 München
Umschlag: bürosüd nach einem Entwurf von
ZERO Werbeagentur, München
Umschlagmotiv: Getty Images/H. Armstrong Roberts/ClassicStock
Satz: Greiner & Reichel, Köln
Druck und Bindung: GGP Media GmbH, Pößneck
Printed in Germany
ISBN 978-3-328-10516-9
www.penguin-verlag.de

Dieses Buch ist auch als E-Book erhältlich.

I

Mrs. Gereth hatte erklärt, sie werde mit den anderen zur Kirche gehen, doch plötzlich schien es ihr, als müsse sie, schon bevor es Zeit für die Kirche war, für Abhilfe sorgen: In Waterbath wurde das Frühstück pünktlich eingenommen, und bis dahin blieb ihr noch immer fast eine Stunde. Wohl wissend, dass es bis zur Kirche nicht weit war, rüstete sie sich auf ihrem Zimmer für den kurzen ländlichen Spaziergang, und als sie, wieder auf dem Weg nach unten, die Flure durchmaß und die Einfältigkeit der Dekoration gewahrte, das ästhetische Elend des großen, geräumigen Hauses, spürte sie, wie die Flut der Verärgerung von vergangener Nacht zurückkehrte, all das wieder auflebte, was Hässlichkeit und Dummheit ihr an heimlichen Leiden zu bereiten vermochten. Warum ließ sie sich auf derlei Bedingungen ein? Warum setzte sie sich ihnen so unüberlegt aus? Der Himmel wusste, sie hatte ihre Gründe, aber die ganze Unternehmung geriet doch drastischer, als sie befürchtet hatte. Jeder Nerv verlangte dringend danach, ihr zu entfliehen, verlangte nach frischer Luft, der Gesellschaft von Himmel und Bäumen, Blumen und Vögeln. Im Badeort Waterbath würden sich die Blumen wahrscheinlich in der Farbe vergreifen und die Nachtigallen falsch singen; aber sie erinnerte sich auch an Schilderungen des Ortes, denen zufolge er jene Vorzüge besaß, die man gemeinhin als «natürlich» bezeichnet. Vorzüge, die er eindeutig nicht besaß, gab es jedenfalls genug. Es fiel ihr schwer zu glauben, eine stundenlang von der Tapete in ihrem Zimmer wach gehaltene Frau könne präsentabel aussehen; doch während sie in ihrer frischen Trauerkleidung durch die Eingangshalle raschelte, bestärkte sie gleichwohl das stets zur Salbung ihrer geselligen Sonntage beitragende Bewusstsein, dass sie wie üblich als einziger Mensch im Haus außerstande war, ihrer Aufmachung den schrecklichen Stempel jenes außergewöhnlichen Schicks aufzudrücken, wie ihn etwa die Frau eines Krämers kennzeichnen würde. Sie wäre eher zugrunde gegangen, als *endimanchée*[1] auszusehen.

Zum Glück wurde sie nicht auf die Probe gestellt, denn die anderen Frauen befanden sich nicht in der Halle, sondern waren damit beschäftigt, sich mit ebendiesem fatalen Ziel herauszuputzen. Sobald sie auf dem Gelände stand, erkannte sie, dass Waterbath mit seiner Lage, seiner Aussicht, die den richtigen Ton anschlugen und seinen Bewohnern ein Beispiel gaben, im Grunde hätte bezaubernd sein können. Wie hätte sie selbst, hätten ihr solche Elemente zu Gebote gestanden, den zarten Wink der Natur aufgegriffen! Plötzlich, an der Biegung eines Weges, traf sie auf ein Mitglied der Hausgesellschaft, eine junge Dame, die in tiefem, einsamem Sinnen auf einer Bank saß. Sie hatte die junge Frau schon beim Essen und auch hinterher noch beobachtet; junge Frauen betrachtete sie stets im Hinblick auf ihren Sohn, und zwar entweder besorgt oder spekulierend. Tief in ihrem Herzen hegte sie die Überzeugung, dass Owen trotz all ihrer Zauberwerke am Ende eine Banausin heiraten würde, und zwar nicht aufgrund von hinreichend zu nennenden Belegen, sondern schlicht aufgrund ihres tiefen Unbehagens, ihrer Auffassung, dass eine so spezielle Empfindsamkeit wie die ihre einer Frau nur als Quell des Kummers auferlegt worden sein konnte. Es würde ihr Schicksal, ihre Geißel, ihr

Kreuz sein, dass man ihr abscheulicherweise eine Banausin ins Haus brachte. Diese junge Frau, eine der beiden Vetches, war nicht schön, und doch konnte Mrs. Gereth, als sie deren Glanzlosigkeit nach einem Lebenszeichen absuchte, ein solches Aussehen augenblicklich als die vorderhand geringste ihrer Heimsuchungen einstufen. Fleda Vetchs Kleidung zeugte von einer Idee, wenn auch vielleicht von nicht viel mehr; und das schuf eine Verbindung, wo sie schon sonst nichts mit ihr verband, zumal die Idee in diesem Falle echt und keine Nachahmung war. Mrs. Gereth hatte schon lange in den Rang der allgemeinen Wahrheit erhoben, dass das Naturell einer Banausin durchaus mit einer gewissen gewöhnlichen Hübschheit einhergehen konnte. Der Gesellschaft gehörten fünf junge Frauen an, und dass die Hübschheit von dieser hier – schlank, blass und schwarzhaarig – jemals Anlass zum Austausch von Plattitüden geben würde, schien weniger wahrscheinlich als bei den anderen. Die beiden weniger entwickelten Brigstocks, Töchter des Hauses, waren auf besonders langweilige Weise «reizend». Ein zweiter, scharfer Blick auf die junge Dame vor ihr brachte Mrs. Gereth die beruhigende Gewissheit, dass man ihr auch nicht vorwerfen konnte, erhitzt und geziert auszusehen. Sie hatten sich bislang noch nicht unterhalten, aber hier war eine ganz eigene Note spürbar, welche die beiden hinreichend miteinander bekannt machen würde, falls die junge Frau sich dieser Gemeinsamkeit auch nur im Geringsten bewusst zeigte. Mit einem Lächeln, das die Erschöpfung, die Mrs. Gereth in ihrer Haltung erkannt hatte, nur teilweise verscheuchte, stand sie von ihrem Platz auf. Die ältere Frau zog sie wieder nach unten, und eine Zeit lang, wie sie so beieinandersaßen, trafen sich ihre Blicke und loteten einander aus. «Bist du geheuer? Kann ich es aussprechen?», sagte jede zur anderen, und beide erkannten rasch, ja äußerten beinahe laut das ihnen gemeinsame Bedürfnis zu fliehen. Die ungeheure Zuneigung, wie es schließlich hieß, die Mrs. Gereth zu Fleda Vetch fassen sollte, begann praktisch mit der Entdeckung, dass das arme Kind noch prompter zur Flucht bewogen worden war als sie selbst. Dass das arme Kind außerdem nicht weniger rasch merkte, wie weit es nun gehen konnte, erwies sich an der immensen Freundlichkeit, mit der es sogleich hervorsprudelte: «Ist es nicht zu schrecklich?»

«Entsetzlich – entsetzlich!», rief Mrs. Gereth lachend. «Und es ist wirklich ein Trost, dass man es endlich aussprechen kann.» Sie hatte die Vorstellung, denn darauf zielte ihr Ehrgeiz, dass es ihr gelänge, diese unangenehme Eigenheit geheim zu halten, ihre Neigung nämlich, vom Vorhandensein des Schrecklichen unglücklich zu werden. Ihre Leidenschaft für das Exquisite war schuld an dieser Neigung, aber es war dies eine Leidenschaft, die sie niemals kundtat noch regelrecht auskostete, vielmehr begnügte sie sich damit, ihre Schritte davon leiten und sie in aller Stille in ihrem Leben wirken zu lassen, war sie sich doch allzeit bewusst, dass es wenig Geräuschloseres gibt als eine tiefe Hingabe. Daher beeindruckte sie auch der Scharfsinn der jungen Frau, die bereits den Finger auf ihre geheime Triebfeder gelegt hatte. Schrecklich nun aber, entsetzlich, war die innige Hässlichkeit von Waterbath, und über dieses Phänomen unterhielten sich die Damen, während sie im Schatten saßen und Erquickung aus dem großen, ruhigen Himmel sogen, an dem eben keine billigen blauen Teller hingen. Es handelte sich um eine grundsätzliche und systematische Hässlichkeit, Folge einer anormalen Wesensart der Brigstocks, bei deren Anlage auf das Prinzip des Geschmacks in weit mehr als dem üblichen Maße verzichtet worden war. Stattdessen war bei der Gestaltung ihres Heims ein anderes, bemerkenswert wirkmächtiges, aber unheimliches und obskures Prinzip geltend gemacht worden, mit deprimierend anzuschauenden Konsequenzen in Gestalt einer allumfassenden Sinnlosigkeit. Das Haus war gewiss schlimm, aber es wäre zu ertragen gewesen, wenn sie es nur in Ruhe gelassen hätten. Diese erlösende Barmherzigkeit war ihnen nicht gegeben; sie hatten es mit Flitterkram und Sammelalbenkunst überladen, mit seltsamen Auswüchsen und bauschigen Draperien, mit Plunder, bei dem es sich um Erinnerungsstücke von Dienstmädchen, und undefinierbaren Einrichtungsgegenständen, bei denen es sich um Auszeichnungen für Blinde hätte handeln können. Bei Teppichen und Vorhängen waren sie auf wüste Abwege geraten; sie bewiesen einen unfehlbaren Instinkt für Desaströses und waren auf Scheußlichkeiten offenbar so versessen, dass es ihnen fast etwas Tragisches verlieh. Ihr Salon, erwähnte Mrs. Gereth mit gesenkter Stimme, mache ihr das Gesicht brennen, und jede der neuen Freundinnen vertraute der anderen an, dass sie in ihrem Logis Tränen vergossen habe. In dem der älteren Dame gab es eine Reihe wunderlicher Aquarelle, der Familienscherz eines Familiengenies, und in dem der jüngeren ein Souvenir von einer Jahrhundert- oder sonstigen Ausstellung, worauf sie schaudernd anspielten. Das Haus war absonderlicherweise voller Souvenirs von Orten, die sogar noch hässlicher waren als das Haus selbst, und von Dingen, die zu vergessen eine Frage der Pietät gewesen wäre. Das schlimmste Schrecknis waren die riesigen Flächen von Firnis, etwas Aufdringlichem und stark Riechendem, mit dem alles beschmiert war: Fleda Vetchs Überzeugung nach vertrieben sich die Brigstocks an Regentagen die Zeit damit, ihn eigenhändig und unter ausgelassenem gegenseitigem Geknuffe aufzutragen.

Als Fleda mit schärfer werdender Kritik zu bedenken gab, dass mancher vielleicht etwas an Mona fände, unterbrach Mrs. Gereth sie mit einem protestierenden Ächzen, dem üblichen, gedämpften «Ach du meine Güte!». Mona war von den dreien die Älteste, diejenige, die Mrs. Gereth am stärksten in Verdacht hatte. Sie vertraute ihrer jungen Freundin an, dass es dieser Verdacht war, der sie nach Waterbath geführt habe; und er war so schwerwiegend, dass sie sich auf der Stelle, als Zuflucht, als Abhilfe, an den Gedanken klammerte, mit der jungen Frau vor ihr sei vielleicht etwas anzufangen. Jedenfalls war es diese eingebildete Bloßstellung, die den Schock noch verstärkt, sie veranlasst hatte, sich mit schrecklichem Frösteln zu fragen, ob das Schicksal wirklich darauf sinnen könnte, ihr eine Schwiegertochter aufzuhalsen, die an einem solchen Ort groß geworden war. Sie hatte Mona in der ihr angemessenen Umgebung gesehen, und sie hatte Owen, stattlich und schwerfällig, nicht von ihrer Seite weichen sehen; doch hatten diese ersten Stunden zum Glück nicht bewirkt, dass sich ihre Aussicht verdunkelte. Ihr war nun klarer, dass sie Mona niemals akzeptieren könnte, aber es war schließlich keineswegs ausgemacht, dass Owen sie darum bitten würde. Beim Essen hatte er neben jemand anderem gesessen, und hinterher hatte er sich mit Mrs. Firmin unterhalten, die so schrecklich war wie alle anderen, immerhin aber verheiratet. Seine Schwerfälligkeit, die sie in ihrem Mitteilungsbedürfnis ungescheut beim Namen nannte, hatte zwei Aspekte: zum einen seinen monströsen Mangel an Geschmack, zum anderen seine übertriebene Besonnenheit. Sollte es nötig sein, Mona gegenüber gebieterisch aufzutreten, würde man sich nicht sorgen müssen, denn so verfuhr er selten.

Aufgefordert von ihrer Begleitung, die gefragt hatte, ob

es nicht wundervoll sei, hatte Mrs. Gereth begonnen, etwas über Poynton zu erzählen; sie hörte jedoch das Geräusch von Stimmen, das sie jäh innehalten ließ. Im nächsten Augenblick erhob sie sich, und Fleda konnte erkennen, dass ihre Unruhe sich keineswegs gelegt hatte. Hinter der Stelle, wo sie gesessen hatten, fiel das Gelände in Form einer langen, grasigen Böschung ziemlich steil ab, die Owen Gereth und Mona Brigstock, zwar für die Kirche gekleidet, doch ungezwungen scherzend, gerade heraufkletterten, wobei sie sich gegenseitig halfen. Als sie ebenes Gelände erreicht hatten, konnte Fleda den Sinn des Ausrufs deuten, mit dem Mrs. Gereth ihren Vorbehalten hinsichtlich Miss Brigstocks Persönlichkeit Luft gemacht hatte. Miss Brigstock hatte gelacht, ja war ausgelassen umhergetollt, doch dieser Umstand hatte auch nicht den Hauch eines Ausdrucks in ihrem Gesicht hinterlassen. Hochgewachsen, gerade und blond, mit langen Gliedmaßen und seltsam aufgeputzt, stand sie da, mit ausdruckslosen Augen und ohne dass ihre sonstigen Züge irgendeine erkennbare Absicht verrieten. Sie gehörte jenem Typus Mensch an, bei dem die Sprache bloße Absonderung von Lauten ist und das Geheimnis des Seins undurchdringlich und unzerstörbar gewahrt bleibt. Ihre Äußerungen, hätte sie sich denn geäußert, wären wahrscheinlich bewundernswert ausgefallen, aber was auch immer sie mitteilte, teilte sie auf eine in erster Linie ihr selbst bekannte Weise mit, ohne irgendwelche äußerliche Regungen. Anders Owen Gereth, der über vielerlei Regungen verfügte, allesamt ganz schlicht und unmittelbar. Kräftig und ungekünstelt, überaus natürlich und dabei vollkommen korrekt, wirkte er sinnlos betriebsam und angenehm langweilig. Wie seine Mutter und wie Fleda Vetch, doch nicht aus demselben Grund, war das junge Paar ins Freie gegangen, um vor der Kirche noch einen Spaziergang zu machen.

Die Begegnung der beiden Paare verlief spürbar unbe-
haglich, und Fleda, die über ein empfindsames, nun immer
wacheres Wahrnehmungsvermögen verfügte, konnte den
Mrs. Gereth zugefügten Schock ermessen. Die Alberei, die
sie gerade flüchtig miterlebt hatten, hatte etwas Intimes –
o ja, Intimes, und auch Kindisches – gehabt. Man begann
gemeinsam in Richtung Haus zu schlendern, und dass die
Liebenden, oder was auch immer sie waren, sich plötzlich
getrennt sahen, vermittelte Fleda abermals eine Ahnung von
Mrs. Gereth' reaktionsschnellem Geschick. Sie spazierte mit
Mona hinterher, während die Mutter von ihrem Sohn Besitz ergriff, wobei alle Bemerkungen, die sie im Gehen mit
ihm austauschte, jedoch bezeichnend unverständlich blie-
ben. Einen noch lebhafteren Eindruck von Mrs. Gereth'
Eingreifen gewann jenes Mitglied der Gesellschaft, in dessen geschärfterem Bewusstsein wir am einträglichsten nach
einem Widerschein des kleinen Dramas suchen werden, um
das es uns hier geht, aus dem Umstand, dass sich zehn Minuten später, auf dem Weg zur Kirche, eine wiederum andere Paarbildung ergeben hatte. Owen ging mit Fleda, und die
junge Frau fand Erheiterung in der Gewissheit, dass sich dies
der Regie seiner Mutter verdankte. Sie empfand auch noch
anderes als erheiternd: etwa die Feststellung, dass Mrs. Gereth nun neben Mona Brigstock ging; etwa die Beobachtung,
dass sie sich jener jungen Frau gegenüber ungemein leutselig
benahm; etwa die Überlegung, dass sie, meisterlich und klug,
mit großem, hellwachem Geist, zu jenen Menschen gehörte,
die sich als Einfluss geltend machen; schließlich etwa das Gefühl, dass Owen Gereth absolut schön und entzückend begriffsstutzig war. Diese junge Frau hatte sogar vor sich selbst
wunderbar zartfühlende, stolze Geheimnisse; doch indem
sie sich nun dem Gedanken ergab, dass es von angenehmer

Wirkung und recht bemerkenswert war, dumm zu sein, ohne Anstoß zu erregen – ganz gewiss von angenehmerer Wirkung und bemerkenswerter, als wenn man klug und grässlich war, kam sie deutlicher Erkenntnis so nahe wie überhaupt je bei der Beschäftigung mit solchen Dingen. Owen Gereth jedenfalls war mit seiner Körpergröße, seinen Charakterzügen und seinen Fehlern von Letzterem weder das eine noch das andere. Sie selbst stellte sich darauf ein, falls sie je heiraten sollte, sämtliche Klugheit beizusteuern, und ihr gefiel der Gedanke, dass ihr Mann eine Kraft sein würde, die sich für Lenkung dankbar erzeigte. Auf ihre bescheidene Weise war sie desselben Geistes Kind wie Mrs. Gereth. An jenem erhitzten, verworrenen Sonntag ereignete sich etwas Großes; ihr kleines Leben erfuhr eine eigentümliche Beschleunigung. Ihre dürftige Vergangenheit fiel von ihr ab wie ein Kleidungsstück der letzten Saison, und während sie am Montag zur Stadt fuhr, starrte sie aus dem Zug auf die Felder rings um die Stadt und in eine Zukunft voller Dinge, die sie besonders liebte.

2

Diese unterschieden sich zahlenmäßig nicht von jenen Dingen, von denen Poynton überquoll, wie sie von Mrs. Gereth zu erfahren die Muße gehabt hatte. Poynton, im Süden Englands, war das erklärte oder vielmehr nicht mehr erklärte Zuhause dieser Dame: Es war unlängst in den Besitz ihres Sohnes übergegangen. Der Vater des Jungen, eines Einzelkinds, war zwei Jahre zuvor gestorben; in London bewohnte Owen mit seiner Mutter im Mai und Juni ein Haus, das ihnen großzügigerweise Colonel Gereth, Onkel und Schwager der beiden, überlassen hatte. Owens Mutter hatte sich Fleda Vetchs auf so gewinnende Weise angenommen, dass die junge Frau es binnen sehr weniger Tage für möglich hielt, in Cadogan Place beinahe ebenso sehr miteinander zu leiden, wie man in Waterbath miteinander gelitten hatte. Das Haus des freundlichen Militärs war ebenfalls eine schwere Prüfung, doch im folgenden Monat schufen den beiden Frauen wenigstens ihre Bekenntnisse Linderung. Mrs. Gereth war dank der raren Vollkommenheit von Poynton in der unangenehmen Lage, zurückschrecken zu müssen, egal, wohin sie sich wandte. Ein Vierteljahrhundert lang hatte sie in so inniger Verbundenheit mit dem Schönen gelebt, dass das Leben, wie sie ohne Weiteres zugab, für sie ein wahrhaftiges Narrenparadies geworden war. Sie konnte ihr Haus nicht verlassen, ohne Gefahr zu laufen, sich dem auszusetzen. Sie sagte es zwar nicht ausdrücklich, aber Fleda erkannte, dass sie in England nichts wirklich mit Poynton Vergleichbares entdecken konnte. Es gab viel grandiosere und prächtigere Orte, aber es gab kein so vollkommenes Kunstwerk, nichts, was auf den wirklich Kundigen so wirken würde. Das Schicksal hatte ihr, indem es ihr solche Bausteine an die Hand gegeben hatte, eine unschätzbare Möglichkeit geschenkt; sie wusste, wie selten gut sie es getroffen und dass sie ein außerordentliches Glück genossen hatte.

Da war zunächst einmal das erlesene alte Haus selbst, frühes siebzehntes Jahrhundert, in allen Teilen von höchster Erhabenheit: eine Provokation, eine Inspiration, eine einzigartige leere Leinwand. Dazu kamen noch das Verständnis und die Großzügigkeit ihres Mannes, sein Wissen und seine Liebe, ihrer beider völliges Einvernehmen und ihr schönes gemeinsames Leben, sechsundzwanzig Jahre des Planens und Suchens, eine lange, sonnige Ernte des Geschmacks und der Neugier. Zu guter Letzt, das wollte sie gar nicht leugnen, war da auch noch ihre persönliche Gabe, das Genie, die Leidenschaft, die Geduld des Sammlers – eine Geduld, eine fast schon infernalische Durchtriebenheit, die es ihr ermöglicht hatte, dies alles trotz begrenzter finanzieller Mittel zustande zu bringen. Bei jedem anderen hätte das Geld nicht gereicht, sagte sie voll Stolz, bei ihr hingegen schon. Sie hatten auf vieles im Leben gespart, und es gab vieles, worauf sie hatten verzichten müssen, aber dafür hatten sie in jedem Winkel Europas jeden Dämon von einem Juden abgegrast². Die arme Fleda, die von Haus aus weder einen Penny noch irgendetwas Schönes besaß und deren einziger Schatz ihr feiner Verstand war, fand es faszinierend, diese echte englische Lady, frisch und zart, Anfang fünfzig, voller Ausgelassenheit und Überzeugung erklären zu hören, sie sei selbst der geschickteste Jäger, der je auf Großwild ausgegangen sei. Fleda, deren Mutter tot war, hatte nicht einmal so etwas wie ein Zuhause, und ihre beste Aussicht auf ein solches bestand darin, dass ein gewisser Anschein dafürsprach, ihre Schwester werde sich mit einem Kuraten verloben, dessen ältester Bruder angeblich Grundbesitz hatte und ihm vielleicht etwas davon überlassen würde. Ihr Vater bezahlte einige ihrer Rechnungen, mochte aber nicht mit ihr zusammenleben; und letzthin hatte sie in Paris, zusammen mit mehreren hundert anderen jungen Frauen, ein Jahr in einem Atelier verbracht und sich mit einem Kurs bei einem impressionistischen Maler für die Schlacht des Lebens gerüstet. Sie war entschlossen zu arbeiten, doch ihre Impressionen – vielleicht stammten sie auch von jemand anderem – waren bislang ihr einziges Material. Mrs. Gereth hatte ihr versichert, sie möge sie, weil sie über eine außergewöhnlich feine Nase verfüge; doch unter den gegebenen Umständen war eine feine Nase eine zweifelhafte Gabe: In den trockenen Räumen, in denen sie sich hauptsächlich bewegte, hätte sie sich einen chronischen Katarrh zuziehen können. Sie wurde fortwährend zum Cadogan Place beordert und, noch ehe der Monat um war, dabehalten, um einen Besuch abzustatten, an dessen Ende, wie man übereinkam, alles anders sein sollte als zu Beginn. Sie hatte das teils frohlockende, teils beunruhigende Gefühl, ihrer gebieterischen Freundin rasch unentbehrlich geworden zu sein, wofür diese denn auch einen durchaus hinreichenden Grund nannte, indem sie ihr sagte, es gebe niemanden, der sie verstehe. Dabei konnte man in diesen Tagen sein Verständnis für Mrs. Gereth ungeheuer erweitern, obwohl sich alles grob in dem Umstand zusammenfassen ließe, dass sie sich elend fühlte. Warum dies so sei, versicherte sie Fleda, könne diese erst dann vollständig ermessen, wenn sie die Objekte in Poynton gesehen habe. Diesen Zusammenhang, exakt eine jener Bewandtnisse, die in ihrer inneren Rätselhaftigkeit für jeden anderen nur ein weißer Fleck gewesen wäre, konnte Fleda vollkommen begreifen.

Die junge Frau hatte das Versprechen erhalten, dass sie das wunderbare Haus Anfang Juli gezeigt bekäme, dann nämlich, wenn Mrs. Gereth gleichsam wie in ein Zuhause dorthin zurückkehren würde; doch noch vor dieser Initiation legte sie den Finger auf jene Wunde, die in der gequälten Seele der armen Dame am stärksten schmerzte. Es handelte sich um die Not, die sie bedrängte, um die Furcht vor der unvermeidlichen Übergabe. Was Fleda sich anhören musste, war die Bestätigung des Verdachts, dass Owen Gereth Mona Brigstock heiraten, sie seiner Mutter zum Trotz heiraten und dass eine solche Tat unabsehbare Weiterungen haben würde. Diese waren Mrs. Gereth, wie ihr Gegenüber erkannte, mit einer Lebhaftigkeit gegenwärtig, die zuweilen fast nicht mehr von Vernunft bestimmt war. Sie würde Poynton hergeben müssen, und zwar an ein Produkt von Waterbath – das war das Unrecht, das an ihr nagte, die Demütigung, angesichts deren Fleda erst dann würde angemessen erschauern können, wenn sie den Ort kannte. Freilich kannte sie Waterbath, und sie verabscheute es – diese Befähigung zu Mitgefühl besaß sie. Ihr Mitgefühl war verständig, denn sie durchdrang die Materie tief: Mit Entsetzen gewahrte sie, während sie sich den Sachverhalt zum ersten Mal klarmachte, die grausame englische Sitte der Enteignung der einsamen Mutter. Mr. Gereth war offensichtlichtlich ein sehr liebenswürdiger Mensch gewesen, aber er hatte die Dinge auf eine Weise hinterlassen, welche der jungen Frau zu denken gab. Das Haus samt Inhalt war als ein einziges, prächtiges Objekt behandelt worden; alles sollte geradewegs an seinen Sohn gehen, und seine Witwe sollte Unterhalt und ein Cottage in einer anderen Grafschaft bekommen. Gänzlich unberücksichtigt geblieben waren deren Beziehung zu ihren Schätzen, die Leidenschaft, mit der sie auf sie gewartet, für sie gearbeitet, sie ausgelesen, sie einander und des Hauses würdig gemacht, sie betrachtet, geliebt und mit ihnen gelebt hatte. Er hatte offenbar angenommen, sie werde allfällige Fragen mit ihrem Sohn regeln und er könne sich auf Owens Zuneigung und Owens Gerechtigkeitssinn verlassen. Und im Ernst, so fragte die arme Mrs. Gereth, wie hätte er – er, der instinktiv den Blick von allem Abstoßenden abwandte – denn auch etwas so Anormales wie eine Brigstock aus Waterbath vorhersehen sollen? Er war in genügend hässlichen Häusern gewesen, doch diesem speziellen Albtraum war er entgangen. Dass der Erbe des schönsten Gegenstands in England auf den Gedanken verfallen könnte, es einem so ungemein fragwürdigen Mädchen auszuliefern – mit etwas so Widernatürlichem war schlichtweg nicht zu rechnen gewesen. Von der Fragwürdigkeit der armen Mona sprach Mrs. Gereth so, als wollte sie sagen, sie verletzte beinahe den Anstand, und ein unaufgeklärter Zuhörer hätte sich gefragt, welche Verfehlung das Mädchen sich hatte zuschulden oder vielmehr nicht zuschulden kommen lassen. Aber Owen war das alles schon von Kindesbeinen einerlei gewesen, er hatte, was sein Zuhause anging, nie im Geringsten Stolz oder Freude empfunden.

«Ja, aber wenn es ihm einerlei ist …!», rief Fleda mit einer gewissen Unbesonnenheit aus, hielt jedoch jäh inne, ehe sie ihren Satz beendet hatte.

Mrs. Gereth sah sie recht streng an. «Wenn es ihm einerlei ist?»

Fleda zögerte; sie hatte noch keine eindeutige Vorstellung. «Nun … dann wird er sie hergeben.»

«Was hergeben?»

«Na, diese schönen Dinge.»

«Sie wem geben?» Mrs. Gereth schaute noch unnachgiebiger.

«Ihnen natürlich – damit Sie sich daran freuen, sie für sich haben.»

«Und sein Haus ist dann so nackt und bloß wie Ihre Hand? Es gibt nichts darin, was nicht kostbar wäre.»

Fleda überlegte; ihre Freundin hatte sie mit einem unterdrückten Ingrimm zurechtgewiesen, der sie ein wenig aus der Fassung brachte. «Ich meine natürlich nicht, dass er Ihnen alles überlässt; aber er könnte Sie die Sachen aussuchen lassen, an denen Sie am meisten hängen.»

«Das würde er wohl auch, wenn er frei wäre», sagte Mrs. Gereth.

«Wollen Sie damit sagen, *sie* würde ihn, wie die Dinge liegen, daran hindern?» Zwischen den beiden Damen war Mona Brigstock inzwischen nur noch «sie».

«Mit allen ihr zu Gebote stehenden Mitteln.»

«Aber doch gewiss nicht, weil sie etwas von diesen Dingen versteht und sie zu schätzen weiß?»

«Nein», erwiderte Mrs. Gereth, «sondern weil sie zum Haus gehören und das Haus Owen gehört. Falls ich irgendetwas haben wollte, würde sie, mit dieser unbewegten Maske, schlichtweg sagen: ‹Das gehört zum Haus.› Und auf jedes Argument, jede Erwägung von Großzügigkeit würde sie Tag für Tag, ohne mit der Wimper zu zucken, mit der Stimme einer Puppe, der man auf den Bauch drückt, immer nur wieder und wieder antworten: ‹Das gehört zum Haus – das gehört zum Haus.› Hinter dieser Haltung würden sie sich verschanzen.»

Fleda war erstaunt, ja leicht bestürzt darüber, wie Mrs. Gereth das Ganze durchdacht, sich der Vorstellung einer Schlacht mit ihrem einzigen Sohn ausgesetzt hatte. Diese Worte veranlassten sie zu einer Frage, die ihr bislang nicht taktvoll erschienen war: Sie brachte den Gedanken zur Sprache, ob es nicht möglich wäre, dass ihre Freundin weiterhin in Poynton lebte. Würden die beiden wirklich bis zum Äußersten gehen wollen? War denn kein hochherziger, eleganter Kompromiss denkbar und zustande zu bringen? Könnten sie nicht unter einem Dach wohnen? War es denn so ganz und gar unvorstellbar, dass ein verheirateter Sohn mit einer so bezaubernden Mutter für den Rest ihrer Tage das Zuhause teilte, das ihm schön zu machen sie über zwanzig Jahre aufgewendet habe? Mrs. Gereth quittierte diese Frage mit einem matten, mitleidsvollen Lächeln; sie erwiderte, ein gemeinsamer Haushalt sei in einem solchen

Fall durchaus nicht vorstellbar, und Fleda müsse sich nur im schönen England umschauen, um zu erkennen, wie wenige Menschen ihn sich je hatten vorstellen können. Er gelte immer als etwas Absonderliches, als «Verirrung», als Produkt überstrapazierter Gefühle; und sie müsse gestehen, dass sie zu etwas derart Verstiegenem so wenig imstande sei wie Owen. Und selbst wenn, so würden sie immer noch mit Monas Hass rechnen müssen. Manchmal verschlug es Fleda den Atem ob der heftigen Sprünge und Auslassungen aus Mrs. Gereth' Mund im Verlauf des Gesprächs.

Es war dies das erste Mal, dass sie von Monas Hass hörte, obwohl es ganz gewiss nicht Mrs. Gereth' bedurft hatte, um ihr zu verraten, dass sich diese junge Dame, aus der Nähe betrachtet, als insgeheim störrisch erweisen würde. Etwas später machte Fleda die Beobachtung, dass fast jede junge Frau einen Menschen hassen würde, dem es so deutlich zuwider war, etwas mit ihr zu tun zu haben. Zunächst jedoch lieferte Mrs. Gereth im Gespräch mit ihrer jungen Freundin einen etwas plastischeren Beweggrund für ihre Verzweiflung, indem sie fragte, wie man denn irgend von ihr erwarten könne, mit den neuen Eigentümern dazusitzen und die Gräuel, die diese im Haus verüben würden, zu akzeptieren – oder besser gesagt, auch nur für einen Tag zu ertragen. Fleda wandte ein, dass sie ja schließlich nichts zerbrechen oder verbrennen würden; und auf Drängen gab Mrs. Gereth zu, dass es dazu wohl tatsächlich nicht kommen würde. Sie spreche davon, dass die beiden die Sachen vernachlässigen, sie ignorieren, sie tollpatschigen Dienstboten überlassen würden (es gebe darunter keinen einzigen Gegenstand, der nicht mit größter Liebe behandelt werden müsse) und in vielen Fällen wahrscheinlich durch Stücke ersetzen wollten, die irgendeiner vulgären, modernen Vorstellung des Praktischen genügten. Vor allem sah sie schon im Voraus mit schreckgeweiteten Augen die Abscheulichkeiten, die sie zwangsläufig daruntermischen würden – die unerträglichen Relikte von Waterbath, die kleinen Konsolen und rosa Vasen, das Beutegut von Basaren, die Familienfotografien und illustrierten Texte, die hausbackene Kunst und hausbackene Biederkeit von Monas grässlichem Heim. Ob es denn nicht ausreiche, einfach anzuführen, dass Mona sich Poynton im Geiste einer Brigstock nähern und im Geiste einer Brigstock mit ihrer Erwerbung verfahren würde? Ob Fleda es denn wirklich für denkbar halte, wollte Mrs. Gereth wissen, dass sie den Rest ihrer Tage ein solches Geschöpf um sich haben wolle?

Fleda musste erklären, sie halte das für ganz und gar undenkbar und Waterbath sei eine Warnung gewesen, die zu übersehen leichtfertig wäre. Zugleich überlegte sie insgeheim, dass ihnen vieles schon jetzt für ausgemacht galt und dass ihre Spekulationen, insofern Owen Gereth ihres Wissens seine Verlobung rundweg bestritten hatte, auf keineswegs festem Grund standen. Es schien unserer jungen Dame, dass Owen in schwieriger Lage ein angeborenes Geschick an den Tag legte; er behandelte die ins Haus gebrachte Vertraute des seiner Mutter zugefügten Unrechts mit einer schlichten Höflichkeit, die beinahe ihr Gewissen belastete, so tief empfand sie, dass es für ihn den Anschein haben mochte, als schlüge sie sich gegen ihn auf die Seite jener Dame. Sie fragte sich, ob er je erfahren würde, wie wenig das eigentlich der Fall sei und dass sie, da Mrs. Gereth darauf bestanden hatte, hier war, nicht um Verrat zu üben, sondern im Wesentlichen, um zu appellieren und zu beschützen. Dass seine Mutter Mona Brigstock nicht mochte, hätte ihn veranlassen können, den von seiner Mutter bevorzugten Menschen ebenfalls nicht zu mögen, und es war Fleda widerwärtig, sich vor Augen zu halten, dass es sich für ihn vielleicht so ausnahm, als diente sie selbst sich als beispielhaftes Gegenbild an. Dabei war freilich ganz klar, dass der glückliche junge Mann so wenig Gefühl für Beweggründe besaß wie ein Tauber für eine Melodie; ein Handicap, das ihr selbst zum Vor- wie zum Nachteil gereichen konnte. Er ging in den Geschäften, die London ihm in überreichem Maß zu bieten hatte, beständig ein und aus und fand dennoch mehr als einmal Zeit, ihr zu versichern: «Es ist schrecklich nett von Ihnen, dass Sie sich um meine arme Mama kümmern.» Wie sein rasches Sprechen, das seiner Schüchternheit wegen schwer zu verstehen war – es mutete meist so verzweifelt an wie ein «Angriff» bei irgendeinem brachialen Spiel –, vermittelten ihr die Kinderaugen in seinem Männergesicht, dass er dies wirklich sehr zu schätzen wisse und sie hoffentlich noch lange bleiben werde. Mit einem Menschen im Haus, der so gescheit war wie sie, hatte die arme Mama ja praktischerweise eine Beschäftigung. Für Fleda lag etwas Schönes in der Arglosigkeit, ja Bescheidenheit, die ihn offenbar nicht den leisesten Verdacht hegen ließ, zwei solche Schlauköpfe könnten sich womöglich mit Owen Gereth beschäftigen.

3

Sie, die beiden Schlauköpfe, fuhren endlich nach Poynton, wo der erwartungsfrohen jungen Frau die vollständige Offenbarung zuteilwurde. «Wissen Sie jetzt, wie ich mich fühle?», fragte Mrs. Gereth, als ihre hübsche Begleiterin sich drei Minuten nach ihrer Ankunft in der wunderschönen

Eingangshalle mit einem leisen Nach-Luft-Schnappen und Rollen ihrer geweiteten Augen auf eine Sitzgelegenheit sinken ließ. Diese Antwort war deutlich genug, und im Entzücken des ersten Gangs durch das Haus wusste Fleda sich kaum mehr zu fassen. Sie verstand vollkommen, wie Mrs. Gereth sich fühlte – zuvor hatte sie es nur in Ansätzen verstanden; und die beiden Frauen umarmten einander unter Tränen angesichts der Festigung dieser zwischen ihnen bestehenden Bande, Tränen, die aufseiten der Jüngeren das natürliche und übliche Anzeichen ihrer Unterwerfung unter vollkommene Schönheit waren. Sie hatte nicht zum ersten Mal aus freudiger Bewunderung geweint, doch es war das erste Mal, dass die Herrin von Poynton, sooft sie ihr Haus auch schon gezeigt hatte, eine solche Schaustellung miterlebte. Sie frohlockte darüber; es ließ ihre eigenen Tränen rascher fließen; sie versicherte ihrem Gegenüber, ein solches Ereignis lasse ihr das arme alte Haus wieder wie neu und kostbarer denn je erscheinen. Ja, niemand habe jemals auf diese Weise Anteil bekundet, jemals nachempfunden, was sie zustande gebracht hatte: Die Menschen seien so ungemein ignorant und alle, selbst die Kundigen, soweit sie sich dafür hielten, mehr oder weniger beschränkt. Was Mrs. Gereth zustande gebracht hatte, war in der Tat ein erlesenes Ergebnis; und in einer solchen Schatzsucherkunst, einem derart verfeinerten Auswahl- und Vergleichsvermögen lag ein schöpferisches Element, lag Persönlichkeit. Sie hatte sich lobend über Fledas feine Nase geäußert, und Fleda ergab sich nun der Fülle. Vorgefasste Meinungen und Bedenken fielen von ihr ab; nie hatte sie ein größeres Glück erlebt als jene Woche, die sie mit dieser Initiation zubrachte.

Beim Durchstreifen lichter Zimmer, deren Effekt ganz allgemein Präferenzen so wenig zuließ, als stünde sie unter Schock, beim Innehalten an offenen Türen, wo sich lange, freundliche Ausblicke boten, hätte sie, wenn sie es nicht schon gewusst hätte, nun auch selbst entdecken können, dass Poynton die Summe eines Lebens war. Sie war in großartigen Silben aus Farbe und Form, in den Sprachen anderer Länder und den Handschriften vortrefflicher Künstler niedergelegt. Sie enthielt ganz Frankreich und Italien, quer durch alle Jahrhunderte, auf ewig zusammengestellt. England, das waren die alten Fenster, aus denen man hinausblickte – England war die große Klammer. Während Mrs. Gereth draußen, auf flachen Terrassen, Gärtnern widersprach und die Natur verfeinerte, überließ sie es ihrem Gast, liebevoll das Messinggeschirr zu berühren, mit dem Louis quinze hantiert haben mochte, einfach dazusitzen und venezianischen Samt zärtlich in der Hand zu halten, sich über Kästen mit Emaillearbeiten zu beugen und an Vitrinen vorbei- und immer wieder vorbeizugehen. Bilder gab es nicht viele – die Paneele und Stoffe selbst waren das Bild; und in dem ganzen großen, vertäfelten Haus gab es keinen Zoll angeklebten Papiers. Was Fleda am meisten auffiel, war der hohe Stolz, der sich im Geschmack ihrer Freundin ausdrückte, ein feiner Dünkel, ein Stilgefühl, das sich, wie amüsiert oder amüsant auch immer, niemals auf Kompromisse einließ noch sich kleinmachte. Tatsächlich verspürte sie, wie es ihr diese Dame andeutungsweise vorausgesagt hatte, einen Respekt und ein Mitgefühl, das sie bislang nicht gekannt hatte; so vermochte die Vorstellung vom bevorstehenden Verzicht sie mit gleichem Schmerz zu erfüllen. Das alles aufzugeben und so zu sterben – dieser Gedanke schmerzte ihr in der Brust. Sie konnte nachvollziehen, dass man sich an all dies mit einer Zähigkeit klammerte, die sich um Würde nicht scherte. Einen solchen Ort geschaffen zu haben hieß, Würde genug besessen zu haben; ginge es darum, ihn zu verteidigen, war die allergrimmigste Haltung gerade recht. Nach einer so intensiven Inbesitznahme musste auch sie ihn aufgeben; denn, so überlegte sie, wo Mrs. Gereth' Bleiben ihr selbst notdürftig eine Zukunft eröffnet hätte – die sich jenseits einer Kluft in sicheren Jahren dahinzog –, dort konnte das Erscheinen der anderen demselben Gesetz zufolge nur eine große, vage Drohung, das Aufgewühltwerden eines stillen Wassers bedeuten. Solcherart waren die Empfindungen einer hungrigen jungen Frau, deren Empfindsamkeit fast so groß war, wie ihre Gelegenheiten, Vergleiche anzustellen, gering gewesen waren. Den Museen hatte sie einiges zu verdanken, der Natur jedoch noch mehr.

Dass Owen weder mitgekommen war noch sich ihnen später angeschlossen hatte, lag daran, dass er London immer noch kurzweilig fand; doch blieb die Frage, ob die Kurzweiligkeit von London nicht lediglich das Einzige war, was seinem beschränkten Wortschatz zur Kurzweiligkeit von Mona Brigstock einfiel. Sein Verhalten verriet nämlich noch eine andere Uneindeutigkeit – etwas, was einer Erklärung bedurfte, solange sein Beweggrund nicht zutage trat. Wenn er verliebt war, was war dann los? Und was, mehr noch, wenn er es nicht war? Das Rätsel wurde endlich gelöst: Das entnahm Fleda dem Ton, in dem ein eines Morgens beim Frühstück geöffneter Brief Mrs. Gereth aufschreien ließ. Ihr Entsetzen geriet beinahe schrill: «Aber er bringt sie hierher mit – er möchte, dass sie das Haus sieht!» Sie, die beiden Frauen, flogen einander in die Arme und fanden, die Köpfe zusammengesteckt, bald heraus, dass der Grund, der verblüffende Grund, warum sich noch nichts getan hatte, darin zu suchen war, dass Mona – oder auch Owen – nicht wusste, ob Poynton ihr wirklich gefallen würde. Sie kam her, um sich ein Urteil zu bilden. Und könnte irgend-etwas auf der Welt dem armen Owen ähnlicher sehen als die schwerblütige Redlichkeit, die ihn auf eine Antwort von ihr nicht hatte dringen lassen, ehe sie wusste, ob ihr zusagte, was er ihr zu bieten hatte? Dass er solche Bedenken trug, hatte man natürlich unmöglich unterstellen können. Wenn man sich nur erhoffen dürfte, jammerte Mrs. Gereth, dass die Erwartungen des Mädchens zunichtegemacht wurden! Es lag eine schöne Stimmigkeit, eine durchaus anrührende Aufrichtigkeit in ihrem Argument, dass das Haus, je besser es dann aussähe, desto besser die Vorstellungen zum Aus-druck brächte, denen es seine Entstehung verdankte – und desto weniger einen derart primitiven Verstand ansprä-che. Wie eine Brigstock denn irgend begreifen könne, worum es dabei gehe? Wie einer Brigstock eigentlich logischerweise etwas anderes übrig bleibe, als es zu verabscheuen? Noch während Mrs. Gereth leinene Schonbezüge wegzerrte, rede-te sie sich ein, wie wahrscheinlich eine verwirrte Verständ-nislosigkeit von Monas Seite, ein jähes Einbrechen ihrer Be-wunderung sei, das sich für ihren Liebhaber als bestürzend erweisen würde – eine Hoffnung, deren Abwegigkeit we-nigstens Fleda erkannte und die die seltsame, fast manische Neigung der armen Dame ermessen ließ, überall die Frage der «Dinge» einzuwerfen, alles Verhalten im Lichte irgend-einer eingebildeten Beziehung zu ihnen zu deuten. «Din-ge» waren natürlich die Summe der Welt; nur waren für Mrs. Gereth die Summe der Welt seltene französische Mö-bel und asiatisches Porzellan. Dass Leute dergleichen nicht «hatten», konnte sie sich mit Mühe vorstellen, nicht aber, dass sie dergleichen nicht wollten und nicht vermissten.

Die jungen Leute sollten von Mrs. Brigstock begleitet werden, und da Fleda voraussah, unter welch strenger Be-

Ehrlichkeit sie dazu, sich auf angriffslustige Weise unbeeindruckt von Poynton zu zeigen, insofern es einfach nur Poynton war, das man ihr als Anlass zu Überschwänglichkeit aufzwang? Für Mrs. Brigstock hatten solche Anlässe fast etwas Unanständiges; und so wurde ihr das Haus gerade wegen des seinem Namen innewohnenden Reizes unheimlich – und dass Mona irgendwo in der Dämmerung ihres Wesens dem Himmel dafür dankte, dass gerade sie das Mädchen war, das sich diesem Reiz verweigerte, dessen war sich Fleda sicher. Mona war ein Mensch, bei dem Druck an einem bestimmten Punkt unweigerlich dazu führte, dass er sich an der falschen anstatt, wie man es sich vom Druckausüben erhofft, der richtigen Stelle entlud. Zum Ausgleich dafür platzte ihre Mutter unentwegt los, erklärte alles für «höchst beeindruckend» und war sichtlich froh, dass Owens Eroberin so kurz davor war, zum Zuge zu kommen. Doch sie irritiere Mrs. Gereth mit ihrer Bewunderungsformel, die da lautete, dass alles, was sie sah, «im Stile von» irgendetwas anderem sei. Das sollte beweisen, wie viel sie gesehen, bewies aber nur, dass sie nichts gesehen hatte; alles in Poynton war im Stile von Poynton, und die arme Mrs. Brigstock, die sich als Einzige entschlossen zeigte, sich zu erheben, und eine Reisetrophäe mitgebracht hatte, eine am Bahnhof gekaufte «Damenzeitschrift», ein grässliches Ding mit Schnittmustern für Schonbezüge, das sie, da es ganz neu, die erste Nummer war und hübsch gemacht schien, freundlicherweise dem Haus zu überlassen anbot, kam «im Stile von» einer vulgären älteren Frau daher, die Silberschmuck trug und plumpe Gier als Sinn für das Schöne auzugeben versuchte.

Am Ende des Tages war für Fleda Vetch klar, dass der Tag, wie auch immer Mona urteilte, entscheidend gewesen war. Ob diese nun den Charme empfand oder nicht, sie verspürte auf jeden Fall die Herausforderung: Owen Gereth würde frühzeitig imstande sein, seiner Mutter das Schlimmste mitzuteilen. Als freilich die ältere Dame zur Schlafenszeit im Morgenmantel und stark erregt ins Zimmer der jüngeren kam und ausrief: «Sie hasst es, aber was wird sie tun?», da gab sich Fleda ahnungslos, spielte die im Dunkeln Tappende und pflichtete unredlicherweise der Vermutung bei, sie hätten zumindest eine Atempause gewonnen. Die Zukunft lag für sie in Finsternis, doch es gab einen Seidenfaden, an den sie sich im Düster klammern konnte: Sie würde Owen niemals preisgeben. Er selbst wiederum mochte das tun – er würde es sogar mit Sicherheit tun; allerdings war das seine persönliche Angelegenheit, und seine Missgriffe, seine Unschuld vergrößerten nur den Reiz, den er auf sie ausübte. Sie würde ihn decken, sie würde ihn beschützen, und er würde sie für nicht mehr als eine heitere Mitbewohnerin halten und ihre Absichten so wenig erraten wie seine scharfsinnige Mutter, die ihr doch Gescheitheit genug für alles zubilligte. Von Stund an hatte ihre Aufrichtigkeit Mrs. Gereth gegenüber einen Makel. Ihre bewunderungswürdige Freundin erfuhr weiterhin alles, was auch sie erfuhr: Unbekannt blieb nur ihr allgemeiner Beweggrund.

Vom Fenster ihres Zimmers aus sah die junge Frau am nächsten Morgen vor dem Frühstück Owen im Garten mit Mona, die neben ihm her schlenderte, mit aufmerksam geneigtem Parasol, aber ohne erkennbaren Blick für das große, blühende Bild, das Mrs. Gereth schon vor so Langem dort hatte entstehen lassen. Im Gehen schlug Mona immer wieder die Augen nieder, um den Glanz ihrer Lackschuhe zu erhaschen, die denen eines Mannes ähnelten und die sie leicht nach vorn schleuderte – was sie zu einem seltsamen Bewegungsablauf veranlasste –, um sie besser begutachten zu können. Als Fleda nach unten kam, war Mrs. Gereth im Frühstückszimmer, und Owen trat in diesem Augenblick gerade durch ein bis zum Boden reichendes Flügelfenster allein von der Terrasse herein und gab seiner Mutter einen sehr zärtlichen Kuss. Der Gastfreundin kam sofort der Gedanke, sie sei im Wege, denn war er nicht von einer Welle der Freude getragen worden, eben um noch vor der Abreise der Brigstocks anzukündigen, dass Mona endlich das süße Wort hervorgestammelt habe, auf das er schon so lange wartete? Er reichte Fleda mit seiner freundlichen Heftigkeit die Hand, doch es gelang ihr, ihm nicht ins Gesicht zu sehen: Das Spiegelbild von Monas großen Stiefelspitzen war nicht unbedingt das, was sie darin erblicken wollte. Sie konnte die junge Dame selbst recht gut ertragen, nicht aber Owens Meinung von ihr. Sie war im Begriff, in den Garten zu entschlüpfen, als ihre Bewegung von Mrs. Gereth unterbrochen wurde, die sie plötzlich wie zur morgendlichen Umarmung an sich zog, um dann, während sie sie mit der durch die Nachruhe gewonnenen Tapferkeit festhielt, herauszuplatzen: «Nun, mein lieber Junge, was hält deine junge Freundin denn nun von unserem Krimskrams?»

«Ach, sie findet ihn ganz nett!»

Seinem Tonfall entnahm Fleda sofort, dass er nicht gekommen war, um zu sagen, was sie vermutete: Es lag sogar etwas darin, was Mrs. Gereth’ Überzeugung bestätigte, die Gefahr sei gebannt. Sie war sich überdies sicher, dass er mit seinem Tribut an Monas Geschmack nur die beredten Worte wiederholte, mit denen das Mädchen selbst ihn bekundet hatte; ja, sie hörte förmlich in aller Deutlichkeit den wahrscheinlichen, wohlgelaunten Wortwechsel zwischen dem Paar: «Findest du sie nicht ziemlich lustig, die alte Bude?» – «Ach, sie ist ganz nett!», hatte Mona huldvoll bemerkt; und dann hatten sie wahrscheinlich, mit einem Klaps auf den Rücken, einen weiteren Wettlauf eine grüne Böschung hinauf oder hinunter veranstaltet. Fleda wusste, Mrs. Gereth hatte ihrem Sohn gegenüber noch kein Wort geäußert, das ihm gezeigt hätte, wie groß ihre Angst war; aber es war unmöglich, den Arm ihrer Freundin um sich zu spüren und nicht gewahr zu werden, dass diese Freundin nun von einer merkwürdigen Absicht bebte. Owens Antwort war kaum von einer Art gewesen, die zu einem Gespräch über Monas Empfindungsvermögen hätte überleiten können, dennoch fuhr Mrs. Gereth gleich darauf mit einer Unschuld fort, deren kalte Heuchelei Fleda ermessen konnte. «Hat sie denn irgendein Gefühl für schöne alte Dinge?» Die Frage war so süß wie das Morgenlicht.

«Aber ja, natürlich mag sie alles, was schön ist.» Und Owen, der Fragen von seiner ganzen Veranlagung her auswich – eine Antwort war ihm fast ebenso verhasst wie ein «Kunststückchen» einem großen Hund –, lächelte Fleda freundlich an und vermittelte ihr, dass sie doch sicher verstehe, was er meinte, selbst wenn seine Mutter das nicht tat. Fleda jedoch verstand hauptsächlich, dass Mrs. Gereth sie mit einem eigenartigen, wilden Lachen so kräftig drückte, dass es ihr wehtat.

«Ich glaube, ich könnte alles ohne Reue jemandem überlassen, dem ich vertrauen, den ich respektieren kann.»

Das Mädchen hörte ihre Stimme von der Anstrengung zittern, nichts als das zu zeigen, was sie zeigen wollte, und spürte die Aufrichtigkeit in ihrer Andeutung, dass die wahrhaftigste Pietät für sie darin bestand, vor dem eigenen hohen Maßstab zu knien. «

Die besten Dinge hier sind, wie du weißt, diejenigen, die dein Vater und ich gesammelt haben, allesamt Dinge, für die wir gearbeitet, auf die wir gewartet und für die wir gelitten haben. Ja», rief Mrs. Gereth mit dezent dosierter Dramatik, «es gibt Dinge im Haus, für die wir geradezu gehungert haben! Sie waren unsere Religion, sie waren unser Leben, sie waren *wir*! Und jetzt sind sie nur noch *ich* – außer dass sie, Gott sei Dank, auch ein wenig *du* sind, du Lieber!», fuhr sie fort und bedachte Fleda plötzlich mit einem Kuss, der diese allen Anzeichen nach in Position bringen sollte. «Es gibt darunter nicht eines, das ich nicht kenne und liebe – jawohl, so wie man sich der glücklichsten Momente seines Lebens erinnert und sie wertschätzt. Mit verbundenen Augen, im Dunkeln, könnte ich sie durch bloßes Darüberstreichen mit dem Finger voneinander unterscheiden. Für mich sind sie lebendige Geschöpfe; sie kennen mich, sie erwidern die Berührung meiner Hand. Aber ich könnte sie alle, da ich es seltsamerweise muss, einer anderen Zuneigung, einer anderen Gewissenhaftigkeit überlassen. Es gibt eine Zuwendung, nach der sie verlangen, eine Sympathie, die ihre Schönheit zum Vorschein bringt. Ehe ich sie einer ignoranten, vulgären Frau vermachte, würde ich sie, glaube ich, lieber mit eigenen Händen verunstalten. Sehen Sie es nicht vor sich, und würden Sie nicht genauso handeln?», appellierte sie mit schimmernden Augen an ihr Gegenüber. «Ich könnte den Gedanken einer solchen Frau hier nicht ertragen – ich könnte es einfach nicht. Ich weiß nicht, was sie tun würde; bestimmt würde sie sich irgendeine Teufelei ausdenken, und wenn sie nur darin bestünde, ihre eigenen kleinen Habseligkeiten und Gräuel mitzubringen! Die Welt ist in diesen schrecklichen Zeiten voller billigem Plunder, und er wird einem auf Schritt und Tritt aufgedrängt. Man würde ihn meinen Schätzen hier aufdrängen, meinen! Wer würde sie für mich retten – wer, frage ich Sie?» Und sie wandte sich wieder mit dürrem, angestrengtem Lächeln an Fleda. Ihr schönes, erregtes Gesicht mit der hohen Nase hätte das von Don Quixote sein können, wie er mit eingelegter Lanze gegen eine Windmühle anrennt. In den Strudel dieses Ergusses hineingezogen, tat das verängstigte und verlegene Mädchen sein Ausgesetztsein mit einem Lachen ab; aber nur, um sich desto leidenschaftlicher mitgerissen und, so schien es ihr, in den schönen offenen Mund (er zeigte so vollkommene Zähne) hineingestoßen zu sehen, der von der langsamen Gehirntätigkeit des armen Owen aufklaffte.

«*Sie* natürlich schon – auf der ganzen Welt allein Sie, weil Sie wissen und genau wie ich empfinden, was gut und wahr und rein ist.»

Kein noch so strenges Sittengesetz hätte bei diesem stillschweigenden Verweis auf die junge Dame, der es an der einzigen Tugend fehlte, die Mrs. Gereth erklärtermaßen schätzte, einen höheren Ton anschlagen können.

«*Sie* würden mich ersetzen, *Sie* würden über sie wachen, *Sie* würden das Haus in Ordnung halten», fuhr sie entschieden fort, «und wenn Sie hier wären – ja, wenn Sie hier wären, dann, glaube ich, könnte ich endlich in Frieden ruhen!» Sie warf sich Fleda in die Arme, und war, ehe diese Zeugin sie entsetzlich beschämt abschütteln konnte, in Tränen ausgebrochen, die man zwar nicht hätte erklären, aber doch vielleicht verstehen können.

4

Eine Woche später kam Owen nach Poynton, um seiner Mutter mitzuteilen, dass er sich mit Mona Brigstock geeinigt habe; Fleda freute das keineswegs, war sie sich doch bewusst, wie sehr es ihn überraschen musste, sie noch im Haus vorzufinden. Die schreckliche Szene vor dem Frühstück hatte sie in eine unhaltbare, abscheuliche Lage gebracht; dem war, nachdem man sie allein gelassen hatte, eine Szene gefolgt, die sie selbst ihrer extravaganten Freundin gemacht hatte. Sie hatte Mrs. Gereth von ihrer sofortigen Abreise in Kenntnis gesetzt; sie konnte unmöglich bleiben, nachdem man sie Owen so deutlich und vor ihren eigenen Augen als Kandidatin seiner Mutter für die Ehre seiner Hand offeriert hatte. Nichts anderes konnte er aus einem solchen Ausbruch und aus der Ungehörigkeit schließen, mit der sie dagestanden und sich daran erfreut hatte. Bei erstbester Gelegenheit war Fleda auf dem kürzesten Weg hinausgestürzt und, immer noch erregt, im Garten auf Mona gestoßen. Sie war ziellos mit ihr umhergelaufen, und sie hatten ein kurzes Gespräch miteinander geführt, das zunächst dadurch erschwert, ja vollkommen unergiebig geworden war, dass Mona offensichtlich geargwöhnt hatte, sie, Fleda, wäre hinausgeschickt worden, um, wie es schon Mrs. Gereth versucht hatte, ihre Ansichten auszuspionieren. Fleda war klug genug, diese Ansichten als ein höchst ehrfuchtgebietendes Geheimnis zu behandeln, was eine so deutlich mehr als nur beruhigende Wirkung zeitigte, dass die junge Dame aus Waterbath nach fünf Minuten plötzlich und wunderlicherweise sagte: «Warum hat sie bloß nie einen Wintergarten anbauen lassen? Falls ich je ein eigenes Haus besitze, möchte ich unbedingt einen haben.» Bestürzt sah Fleda das Bauwerk vor sich – etwas Verglastes und Verrohrtes auf eisernen Stelzen, mit ungepflegten Pflanzen und Bambussofas; ein blanker Auswuchs im edlen Antlitz von Poynton. Sie erinnerte sich an ein Gewächshaus in Waterbath, wo sie sich in Gesellschaft eines ausgestopften, auf einem tropischen Zweig befestigten Kakadus und eines wasserlosen Springbrunnens aus Muschelschalen, die in irgendeinem ausgehärteten Kleister steckten, eine schlimme Erkältung zugezogen hatte. Sie fragte Mona, ob ihr so etwas wie dieses Gewächshaus vorschwebe; worauf Mona erwiderte: «O nein, etwas viele Schöneres; wir haben in Waterbath keinen Wintergarten.» Während Fleda sich noch fragte, ob sie andeuten wollte, dies sei das einzig Herrschaftliche, woran es ihnen fehlte, fuhr ihr Gegenüber fort: «Aber dafür haben wir ein Billardzimmer – das immerhin muss ich zu unserer Verteidigung sagen!» In Poynton gab es kein Billardzimmer, aber es sollte künftig offensichtlich eines geben, und an den Wänden würden dann einem «Gesellschaftsblatt» entnommene und im «Kaufhaus» gerahmte Karikaturen von Berühmtheiten hängen.

Als die beiden Mädchen zum Frühstück ins Haus gegangen waren, hatte Fleda auf einen Blick erkannt, dass es zwischen Owen und seiner Mutter zu einem weiteren, durchaus intensiven Wortwechsel gekommen war; und sie war blass geworden, während sie zu erraten suchte, wie weit sich Mrs. Gereth auf ihre Kosten vorzuwagen veranlasst gesehen hatte. Hatte man noch eindeutigere Worte gefunden, um sie ihm nach ihrer tollpatschigen Flucht aufzudrängen? Bestimmt hatte Mrs. Gereth einfach zu ihm gesagt: «Wenn du *sie* nimmst, ziehe ich geräuschlos ab. Aber wenn du irgendeine andere nimmst, irgendeine, bei der ich mir nicht so sicher bin wie bei ihr – gnade mir der Himmel, dann kämpfe ich bis zum Tode!» Das Frühstück war an diesem Morgen in Poynton außerordentlich schweigsam ausgefallen, und das trotz der unartikulierten kurzen Ausrufe, mit denen Mrs. Brigstock die Unterseite von Tellern nach oben gedreht hatte, und der vielsagenden, aber beunruhigenden

Art, wie ihre gewaltigen Knöchel gegen Porzellantassen geklopft hatten. Irgendwer musste ihr antworten, und diese Aufgabe fiel Fleda zu, die zwar so tat, als käme sie ihr mit Erklärungen entgegen, sich aber gleichzeitig fragte, was Owen wohl von einem Mädchen hielt, das, nachdem man es ihm auf grobe Art aufgenötigt hatte, ungehörigerweise immer noch darauf bedacht schien, durch Zurschaustellungen seines guten Geschmacks zu beweisen, dass es tatsächlich war, was seine Mutter behauptete. Diesmal jedenfalls war ihr Schicksal besiegelt: Owen würde, sowie er das Haus verließ, Mona das außerordentliche Schauspiel schildern, das man ihm geboten hatte, und falls noch irgendetwas gefehlt hätte, um sie «einzufangen», wie er das nennen würde, so war dieser Mangel nun behoben. Das besorgte Mrs. Gereth – besorgte es durch die Art und Weise, wie sie zuletzt, auf der Schwelle, mit einer Ironie, deren Stachel sich ganz und gar im Sinn und überhaupt nicht im Ton des Geäußerten zeigte, zum jüngeren ihrer beiden abreisenden Gäste sagte: «Wir haben uns nicht so unterhalten, wie es vielleicht möglich gewesen wäre, nicht wahr? Sie haben das Gefühl, ich habe Sie vernachlässigt, und bestimmt tragen Sie mir das nach. *Tun Sie das nicht,* denn in Wirklichkeit, wissen Sie, war das reiner Zufall, und ich kann Ihnen mit allerlei Auskünften aufwarten. Sollten Sie wieder einmal hierher kommen (nur werden Sie das niemals – ich spüre es!), würde ich Ihnen reichlich Zeit geben, sie mir zu entlocken. Ja, da gibt es einiges, ich müsste eigentlich geradezu darauf bestehen, dass Sie es erfahren; ich würde, im Rahmen des Schicklichen, gar nicht erlauben, dass sie es *nicht* erfahren. Ja, in der Tat, Sie würden mir und ich würde Ihnen zusetzen, meine Liebe! Wir würden Rechenschaft voneinander fordern, und Sie würden mich so sehen, wie ich wirklich bin. Ich bin nicht im Entferntesten das undefinierbare, verträumte, umgängliche Geschöpf, für das Sie mich wohl halten. Doch wenn Sie nicht kommen, so kommen Sie eben nicht. *N'en parlons plus*.[3] Nach allem, was Sie gewohnt sind, ist es hier tatsächlich stupide. Wir können schließlich alle miteinander nicht über unseren Schatten springen, wie? Um Himmels willen, nicht dass Ihre Mutter ihr kostbares Druckwerk vergisst, die Frauenzeitschrift mit den Wie-haben-Sie-sie-doch-gleich-genannt? … den Schmutzfängern. Da!»

Mrs. Gereth, die sich von der Eingangsstufe aus äußerte, hatte das Periodikum höher in die Luft geworfen als notwendig – es in Richtung der Kutsche geworfen, welche die retirierende Gesellschaft gerade besteigen wollte. Mona streckte aus Gewohnheit, aus einem sportlicher Übung geschuldeten Reflex heraus den Arm mit einem kleinen Sprung rasch weit vor und fing das Wurfgeschoss so mühelos ab, wie sie auch einen Tennisball hätte vom Schläger zurückprallen lassen. «Gut gefangen!», rief Owen so aufrichtig erfreut, dass praktisch niemand von den eindrucksvollen Bemerkungen seiner Mutter Notiz nahm. Unter ausgelassenem Gelächter, wie es Mrs. Gereth hinterher beschrieb, rollte die Kutsche davon; doch noch während das Gelächter in der Luft hing, wandte sich Fleda Vetch, kreidebleich und schrecklich anzuschauen, mit einem beißenden «Wie konnten Sie nur? Großer Gott, wie konnten Sie nur?» an ihre Gastgeberin. Die völlige Verständnislosigkeit der so Angesprochenen war ein deutliches Zeichen ihres ruhigen Gewissens; und dass sie, bis man sie aufklärte, gar nicht wusste, warum Fleda ihre jüngste Verletzung jedweden Gefühls übel nahm, vermittelte unserer jungen Frau die schmerzhafte, verstörende Erkenntnis, dass ihr eigener Wert im Haus dem eines, wie es sich vielleicht beschreiben ließe, guten Agenten entsprach. Mrs. Gereth entschuldigte sich wortreich, mehr noch aber war sie verwundert – darüber nämlich, dass es Fleda nicht gefallen hatte, Owen gegenüber als die richtige Art von Ehefrau herausgestrichen zu werden. Warum, in Herrgotts Namen, denn nicht, wo sie doch fraglos die richtige war? Auf nähere Erklärung hin hatte sie eingeräumt, sie könne verstehen, was ihre junge Freundin mit der Aussage meine, sie sei ihm, wie Fleda das nannte, zu Füßen gelegt worden; die junge Frau hatte jedoch den Eindruck, das Eingeständnis erfolge nur ihr zuliebe und insgeheim sei Mrs. Gereth verwundert, weil sie sich nicht gleichermaßen darüber freute, dem Supremat eines hohen Maßstabs geopfert zu werden, wie diese sich freute, *sie* zu opfern. Sie hatte gewaltigen Gefallen an Fleda gefunden, aber das wiederum lag an dem Gefallen, den Fleda selbst gefunden hatte – und zwar an Poynton. Ob dieser am Ende doch nicht so groß sei? Fleda meinte ihn durchaus groß nennen zu können, als sie um seinetwillen tatsächlich verzieh, was sie erlitten hatte, und nach Vorwürfen und Tränen, Beteuerungen und Küssen, nach praktischen Beweisen, dass sie nur als Priesterin des Altars geschätzt werde, und nach einem Blick auf ihre gekränkte Würde, die ihr eigentlich keine andere Wahl ließ als zu fliehen, die Scham mit dem Balsam doch noch akzeptierte, sich bereit erklärte, nicht abzureisen, und Zuflucht in dem spärlichen Trost nahm, dass ihr die Wahrheit zumindest vor Augen geführt worden war. Diese Wahrheit lautete schlicht, dass sämtliche Skrupel Mrs. Gereth' nur von ihrer Seite bestanden und dass ihre beherrschende Leidenschaft sie in gewisser Weise ihrer Menschlichkeit beraubt hatte.

Am zweiten Tag, als die Woge der Emotionen etwas abgeebbt war, sagte sie besänftigend zu ihrem Gegenüber: «Aber Sie würden ihn am Ende doch heiraten, Liebste, wenn es dieses Mädchen nicht gäbe, nicht wahr? Ich meine natürlich, wenn er Sie fragen würde», hatte Mrs. Gereth nachdenklich hinzugefügt. Dabei setzte sie sich mit befremdlichster Ungezwungenheit über alle solche Voraussetzungen hinweg.

«Ihn heiraten, wenn er mich fragen würde? Keinesfalls!»

Bisher war die Frage noch nicht mit dieser Eindeutigkeit zur Sprache gekommen, und Mrs. Gereth war erkennbar verwunderter denn je. Sie staunte einen Moment lang.

«Nicht einmal, wenn Sie dann Poynton bekämen?»

«Nicht einmal, wenn ich dann Poynton bekäme.»

«Aber warum um alles in der Welt?» Mrs. Gereth' traurige Augen waren auf sie gerichtet.

Fleda errötete; sie zögerte. «Weil er zu dumm ist!»

Abgesehen von einer einzigen anderen Gelegenheit, zu der wir bald kommen werden, sollte sie nie wieder so nahe an dem Punkt sein, Mrs. Gereth zu verraten, dass sie in Owen verliebt war. Sie fand sinnloserweise Gefallen an der Überlegung, dass es ihr, hätte es Mona nicht gegeben und wäre er nicht zu dumm und würde er sie wahrhaftig fragen, vielleicht möglich erschiene, sollte sie ihr Geheimnis weiterhin bewahren wollen, den Beweggrund für ihr Verhalten als bloße Leidenschaft für Owens Besitz auszugeben.

Mrs. Gereth dachte in diesen Tagen offenbar an wenig anderes als an Hochzeitsdinge, denn ihr entfuhr mitten in der Woche in einem Anfall von Begeisterung: «Ich weiß, was sie tun werden: Sie werden zwar heiraten, aber leben werden sie in Waterbath!» Es hatte etwas regelrecht Erfreuliches, in dieser Weise über die Sache zu denken, und sie schmückte sie aus und überlegte weiter – so sehr erschien es ihr als die geringstmögliche Bedrohung. «Ja, ich nehme dich, aber da gehe ich nicht hin!», hatte Mona mit einem grimmigen Nicken in Richtung des südlichen Horizonts wahrscheinlich gesagt. «Wir lassen deine grässliche Mutter für den Rest ihres Lebens dort allein.» Es wäre die ideale Lösung, wenn sich das lebhafte Paar mit seinem seelischen Bedürfnis nach einem wärmeren Medium gleichsam mit spielerischem Rippenstoß Zugang zu Monas Familiensitz verschaffen würde; es würde nicht nur immer wiederkehrender Panik in Poynton vorbeugen, sondern es böte den beiden, vergleichbar einem ihrer kitschigen Körbe oder einem der anderen hässlichen Behältnisse, ein tägliches Glückserlebnis, wie es Poynton niemals zu bieten hätte. Owen könnte wie bisher seinen Besitz verwalten, und alles andere würde Mrs. Gereth verwalten. Als sie an dem unvergesslichen Tag seiner Rückkehr in der Eingangshalle seine Stimme hatte erschallen hören, als riefe er einen Terrier, hatte sie sich, wie Fleda hinterher erfuhr, noch immer krampfhaft an die Selbsttäuschung geklammert, er sei schlimmstenfalls gekommen, um irgendeinen Kompromiss zu verkünden; um ihr zu sagen, sie werde sich zwar mit dem Mädchen abfinden müssen, aber man werde sich schon auf eine Möglichkeit einigen, ihr den persönlichen Besitz am Haus zu belassen. Fleda Vetch, die von frühester Stunde an niemals die Schwinge einer Illusion gestreift hatte, hielt nun den Atem an, lief auf Zehenspitzen, durchmaß entlegene Teile des Hauses und zierliche, schallgeschützte Zimmer, während unten Mutter und Sohn einander gegenübertraten. Von Zeit zu Zeit blieb sie lauschend stehen; aber alles war so still, dass es ihr beinahe Angst machte: Sie hatte vage mit den Geräuschen einer Auseinandersetzung gerechnet. Es dauerte länger, als sie vermutet hätte, was auch immer die beiden da taten; und als sie schließlich von einem Fenster aus Owen aus dem Haus schlendern, stehen bleiben, sich eine Zigarette anzünden und sich dann versonnen in der Betrachtung der Pflanzen verlieren sah, fand sie weiteren Anlass zur Beklemmung darin, dass Mrs. Gereth nicht sogleich nach oben in ihre Arme geeilt kam. Sie überlegte, ob sie nicht zu ihr hinuntergehen sollte, und ermaß den Ernst des Vorgefallenen an dem Umstand, dessen sie sich gleich darauf vergewisserte, dass die Unglückliche sich nämlich in ihr Zimmer zurückgezogen hatte und nicht gestört zu werden wünschte. Diese Ermahnung hatte sie an ihr Dienstmädchen gerichtet, mit dem sich Fleda wie vor der Tür eines Sterbezimmers beriet; aber sie befand ohne Einfalt oder Groll, dass die Szene, wenn sie Mrs. Gereth sogar gegen die Handreichungen uneigennütziger Ergebenheit gleichgültig gemacht hatte, fürchterlich gewesen sein musste.

Sie blieb dem Mittagessen fern, wo Fleda denn auch genug damit zu tun hatte, Owen ins Gesicht zu sehen: Eingedenk des Wortwechsels, mit dem sein letzter Besuch geendet hatte, hätte es genügend Grund gegeben, es ihr zu verleiden. Zumindest hatte sie das befürchtet: Doch sobald er dastand, war sie genötigt, sich über die praktische Einfachheit der Prüfung zu wundern – eine Einfachheit, die ganz und gar seine Einfachheit war, eben das, was, natürlich neben einigen anderen Dingen, fast jeden direkten Umgang mit ihm angenehm werden ließ. Er besaß weder Witz noch Takt noch Einfallsreichtum: Alles, was sie sagen konnte, war, dass in seiner Gegenwart, und sei sie zeitlich noch so uneingeschränkt, jene Entfremdung, die zu bannen man sich normalerweise auf genau diese Stärken verließ, erst gar nicht eintrat. Bei dieser Gelegenheit etwa brachte er ungleich mehr zustande, als eine peinliche Erinnerung «vergessen zu machen»: Er hatte schlichtweg keine Erinnerung. Er hatte einfach vergessen, dass sie das Mädchen war, das seine Mutter ihm hatte aufschwatzen wollen; er war sich nur bewusst, dass sie ihm von dezentem Nutzen sein sollte – bewusst des dumpfen Instinkts, der ihn von Anfang an veranlasst hatte, sie als jemanden zu betrachten, der seinen Verkehr mit jener Persönlichkeit nicht komplizierte, sondern vereinfachte. Fleda fand es schön, dass diese Theorie den Vorfall von neulich überstanden hatte; fand es herrlich, dass, obzwar sie dank entsprechend schwacher Resonanz wusste, dass ihre Absichten sich für ihren ganzen freundlichen kleinen Zirkel, der im Augenblick gar keine Rolle spielte, als parasitär darzustellen begannen, dieser starke junge Mann, der ein Recht hatte, über sie zu richten, und sogar einen Grund, sie zu verabscheuen, nicht richtete und nicht verabscheute, sondern sie sanft anfasste, sie so behandelte, als sei sie ihm angenehm – ja, dass er es ganz offensichtlich sehr zu schätzen wusste, dass sie da war. Sie fragte sich, was er tat, wenn Mona über sie herzog, und die einzige Antwort auf die Frage lautete, *dass* Mona vielleicht gar nicht über sie herzog. Wenn Mona sich nicht ausdrücken konnte, dann war er auch kein solcher Narr, sie zu heiraten. Dass er über Fledas Anwesenheit froh war, zeigte sich jedenfalls hinlänglich an der familiären Vertrautheit, mit der er zu ihr sagte: «Ich muss Ihnen berichten, dass ich einen schrecklichen Krach mit meiner Mutter hatte. Ich habe mich mit Miss Brigstock verlobt.»

«Nein, wirklich?», rief Fleda und brachte ein Strahlen zustande, auf das sie insgeheim stolz war. «Wie überaus aufregend!»

«Zu aufregend für meine arme Mama. Sie will nichts davon hören. Sie hat sie fürchterlich heruntergemacht. Sie sagt, sie wäre eine regelrechte Barbarin.»

«Dabei ist sie reizend!», rief Fleda aus.

«Ja, sie ist nett. Mutter muss zur Besinnung kommen.»

«Lassen Sie ihr etwas Zeit», sagte Fleda. Sie war bis an die Schwelle der Tür getreten, die man ihr solcherart aufgetan hatte, und warf, ohne sie direkt zu überschreiten, einen verständnisvollen Blick in das Zimmer. Sie fragte Owen, wann die Hochzeit stattfinden solle, und im Lichte seiner Antwort wurde ihr ersichtlich, dass Mrs. Gereth' leidige Haltung keinerlei Einfluss auf das Ereignis haben würde, das schon absolut festgestanden hatte, als er hergekommen war, und nur noch drei Monate entfernt lag. Dass Fleda auf seiner Seite zu sein schien, gefiel ihm, obwohl das zweitranging war; am stärksten nämlich beschäftigte ihn die Linie, die seine Mutter im Hinblick auf Poynton verfolgte, ihr erklärter Widerwille, das Haus aufzugeben.

«Ich will natürlich mein eigenes Haus, verstehen Sie», sagte er, «und mein Vater hat auch alle Anstalten getroffen, dass ich es bekomme. Aber sie könnte es teuflisch schwierig machen. Was um alles in der Welt soll man nur tun?» Das war es, was Owen wissen wollte, und es hätte keinen überzeugenderen Beweis für seine Freundlichkeit geben können als das offensichtliche Vertrauen darauf, dass Fleda Vetch es ihm sagen würde. Sie befragte ihn, sie verbrachten eine Stunde miteinander, und während er von dem gewaltigen Stoß sprach, der ihm versetzt worden war, sah sie sich erschreckt und niedergedrückt von dem Stoff, mit dem sich zu beschäftigen er ihr aufzutragen schien. Es war in der Tat teuflisch schwierig, und das zum Teil deshalb, weil Owen keine Vorstellungskraft besaß. In jener leeren Kammer hatte sich festgesetzt, dass seiner Mutter der Gedanke der Übergabe verhasst war, weil ihr Mona verhasst war. Warum Mona ihr verhasst war, verstand er natürlich nicht, aber das gehörte zu einer Kategorie von Rätseln, die ihn niemals bekümmerten; es gab schließlich, zumal im Denken der Menschen, vieles, was man nicht verstand. Der arme Owen ging mit offener Furcht vor dem Denken der Menschen durchs Leben: Es gab Erklärungen, die zu bekommen er sich fast ebenso sehr scheute, wie sie zu liefern. Daher gab es auch nichts, was in irgendetwas begründet lag, obschon es mit seinem freimütigen Pinselstrich durchaus lebhaft war, jenes Bild von der geradezu ausdrücklichen Weigerung seiner Mutter umzuziehen, das er Fleda zeichnete; denn kam es nicht einer solchen Weigerung gleich, wenn sie praktisch erklärte, sie werde nur zusammen mit den Möbeln umziehen? Es waren die Möbel, die sie nicht aufgeben wollte; und wozu, bitte schön, sollte Poynton ohne Möbel gut sein? Außerdem gehörten die Möbel nun einmal ihm, so wie alles andere auch. Die Möbel – für Fleda klang das Wort aus seinem Munde irgendwie nach Waschtischen und üppigem Bettzeug, und sie konnte sich lebhaft vorstellen, welchen Beiklang es für Mrs. Gereth haben mochte. Sie selbst apostrophierte die Einrichtungsgegenstände des Hauses bei dieser Unterredung mit ihm nur als «die Kunstwerke». Für Owen spielte es jedoch nicht die geringste Rolle, wie sie genannt wurden; was eine Rolle spielte, war, wie sie unschwer erriet, dass Mona ihm auf die Seele gebunden, ja zur Bedingung für ihre Zustimmung gemacht hatte, dass er seine Mutter in strengste Rechenschaftspflicht für die Sachen nehme. Mona hatte den Genuss ihrer Rechte bereits angetreten. Sie hatte ihm den Eindruck vermittelt, Mrs. Gereth sei großzügig versorgt worden, und ihn durchaus überzeugend gefragt, wo in Ricks denn Platz für die unzähligen Kostbarkeiten des riesigen Hauses wäre. Ricks, das entzückende kleine Cottage, das sich der Herrin von Poynton als Refugium ihres Lebensabends bot, war dem verstorbenen Mr. Gereth längere Zeit vor seinem Tode von einer alten Tante mütterlicherseits vererbt worden, einer anständigen Frau, die den größten Teil ihres Lebens dort verbracht hatte. In jüngster Zeit hatte man das Haus vermietet, aber es war reichlich möbliert und enthielt sämtliche Besitztümer der verstorbenen Tante. Owen hatte es kürzlich besichtigt und teilte Fleda mit, er habe stillschweigend Mona mitgenommen, damit sie es ebenfalls sähe. Es sei nicht wie Poynton – welcher Witwensitz sei das schon? –, aber es sei schrecklich nett, und Mona habe ungeheuren Gefallen daran gefunden. Wenn es in Poynton ein paar Dinge gebe, die Mrs. Gereth' ausschließliches Eigentum seien, dann dürfe sie diese natürlich mitnehmen. Eines wurde Fleda aber klar: Eine solche Abtretung würde nun ganz und gar der Zustimmung von Miss Brigstock unterliegen. Die besondere Aufgabe, mit der man sie selbst betraute, so wurde ihr auf diese Weise bewusst, bestand darin, Mrs. Gereth zuverlässig und mit kleinem Gepäck aus dem Anwesen zu komplimentieren.

Ihr stockte, nachdem Owen nach London zurückgekehrt war, das Herz von der Hässlichkeit dieser Pflicht – ja von der Hässlichkeit des ganzen heftigen Streits. Sie bekam Mrs. Gereth an jenem Tag nicht zu sehen; sie brachte ihn damit zu, mit wehen Seufzern umherzuwandern, und während sie von Zimmer zu Zimmer ging, empfand sie, was man von ihrer Gefährtin erwartete, als wirklich schrecklich. Ein solches Haus nie besessen zu haben wäre besser gewesen, als es besessen zu haben und dann zu verlieren. Es war ihr widerwärtig, nach einer Lösung suchen zu müssen: Was für eine seltsame Beziehung zwischen Mutter und Sohn, wo keine grundlegende Zärtlichkeit herrschte, aus der unweigerlich eine Lösung entspränge! War hauptsächlich Owen schuld an diesem Mangel? Das konnte sich Fleda nicht denken, als sie sich vor Augen führte, dass Mrs. Gereth, was ihn anbelangte, ein Platz am Kamin von Poynton nach wie vor sicher wäre. Dass jemand von dem Augenblick an, da er das Faktum seiner Heirat akzeptierte, nicht mehr recht sah, wie anders zu verfahren war – dieser Umstand ließ sie für den Rest dieses qualvollen Tages Erleichterung am ehesten in der Gnade finden, ihrer Gastgeberin noch nicht gegenübertreten zu müssen. Sie kniff und träumte und fabelte und vertrödelte den Tag. Anstatt sich Remedur oder einen Kompromiss auszudenken, anstatt einen Plan zu fassen, durch den sich ein Skandal abwenden ließe, ergab sie sich in ihrer heiligen Einsamkeit einem bloßen Märchen, dem Geschmack des schönen Friedens, den sie in der Luft verteilt hätte, wenn denn etwas hätte sein können, was niemals sein konnte.

5

«Ich gebe das Haus auf, wenn sie mich mitnehmen lassen, was ich benötige!» – das war es, was Mrs. Gereth' nach einer unruhigen Nacht am anderen Morgen beim Frühstück mit tragischem Gesicht zu sagen in der Lage war. Was sie «benötigte», überlegte Fleda, waren schlichtweg sämtliche Gegenstände um sie herum. Die arme Frau hätte diese Wahrheit eingestanden und auch den daraus sich ergebenden Schluss akzeptiert, dass ihre Haltung somit ad absurdum geführt, ihre Forderung überzogen war. Die Angst des Mädchens vor einem Skandal, vor Gaffern und Kritikern, ließ nach, je deutlicher sie erkannte, wie wenig diese Rigorosität mit vulgärer Gier zu tun hatte. Es handelte sich nicht um unerhörtes Besitzstreben; es handelte sich um die Notwendigkeit, etwas Anvertrautem treu und einer Idee gegenüber loyal zu bleiben. Die Idee war sicherlich edel; es war die Idee der Schönheit, an der Mrs. Gereth so geduldig und vollendet gewirkt hatte. Blass, aber strahlend, mit dem Rücken zur Wand, stellte sie sich dorthin wie jemand, der heldenhaft einen Schatz bewacht. Das Schiff aufzugeben hieße, sich vor ihrer Pflicht zu drücken; ihr Blick verriet, sie werde auf ihrem Posten sterben. Falls ihre Differenzen an die Öffentlichkeit kämen, so bedeutete das Schande nur für die anderen. Falls man in Waterbath meine, sich die Bloßstellung leisten zu können, dann solle man sich dort ruhig zum Narren machen. Ihr Fanatismus verlieh ihr eine neue Distinktion, und Fleda vermerkte beinahe mit Ehrfurcht, dass sie sich noch nie so gut gehalten hatte. Sie durchschritt das Haus wie eine Regentin oder stolze Usurpatorin; sosehr es auch mit prächtigen Stücken gefüllt war, es hätte in diesen Tagen keinen effektvolleren Schmuck als seine bedrohte Herrin zur Schau tragen können.

Die Stimmung unserer jungen Dame war seltsam zwiegespalten; sie empfand Owen gegenüber eine Zärtlichkeit, die sie streng verbarg, doch ließ ihr das gleichwohl Raum, sich darüber zu verwundern, wie ein Mann beschaffen sei, dem auch nur im Geringsten an einem Geschöpf wie Mona Brigstock liegen konnte, wenn er auch nur im Geringsten Bekanntschaft mit einem Geschöpf wie Adela Gereth gemacht hatte. Wie konnte er den Ton, den eine solche Mutter ihm vorgab, so sehr nach unten hin verfehlen? Sie fragte sich, ob sie ihn deswegen nicht verachtete, aber irgendetwas hielt sie davon ab. Wäre da nicht noch etwas anderes gewesen, so hätte ausgereicht, dass sie sich von diesem Augenblick an als einzige Botin und Mittlerin zwischen den beiden sah.

«Er wird zurückkommen, um sich durchzusetzen», hatte Mrs. Gereth gesagt; und in der folgenden Woche erschien

Owen tatsächlich wieder. Er hätte, wie Fleda sehr wohl wusste, auch lediglich schreiben können, aber er war persönlich gekommen, weil das sowohl «netter» für seine Mutter als auch seiner Sache förderlicher war. Ein solcher Streit widerstrebte vielleicht nicht Mona, aber ihm; wenn er auch keinen Schönheitssinn hatte, so doch immerhin einen Gerechtigkeitssinn; dabei war es unausweichlich, dass er in Poynton in aller Deutlichkeit das Datum nannte, zu dem er das Haus leer zu finden erwarten müsse. «Sie halten mich doch nicht für grob oder hartherzig, nicht wahr?», fragte er Fleda, während seine müßigen Augen vor Ungeduld leuchteten wie Club-Fenster zur Essenszeit. «Das Haus in Ricks empfängt sie mit offenen Armen. Und außerdem lasse ich ihr reichlich Zeit. Sagen Sie ihr, sie kann alles mitnehmen, was ihr gehört.» Fleda erkannte alle Anzeichen jener Art von Fällen, welche die Zeitungen als «verfahren» bezeichneten, in dem Umstand, dass es in Poynton nichts gab, was Mrs. Gereth weniger gehörte als irgendetwas anderes. Sie musste entweder alles oder sie durfte gar nichts mitnehmen, und der Vorschlag des Mädchens ging dahin, dass es vielleicht ein anregender Gedanke wäre, Letzteres zu tun und gleichsam auf einem leeren Blatt ganz neu zu beginnen. Womit jedoch sollte die arme Frau in einem solchen Fall beginnen? Was konnte sie bei ihren mageren Einkünften überhaupt anderes tun, als aus den *objets d'art* von Ricks, den von Mr. Gereth' unverheirateter Tante gesammelten Schätzen, das Beste zu machen? Sie war nie auch nur in die Nähe des Hauses gekommen: Lange Jahre war es an Fremde vermietet gewesen, und danach hatte die bange Ahnung, es werde ihr Untergang sein, sie davon abgehalten, um die Erniedrigung regelrecht zu buhlen. Sie hatte das Gefühl gehabt, sie werde es schon früh genug sehen, und Fleda (die darauf achtete, nicht zu

verraten, dass Mona es auch gesehen hatte und davon angetan war) kannte die Gründe für Mrs. Gereth' Überzeugung,
dass die Prinzipien der unverheirateten Tante viel mit denen von Waterbath gemein hatten. Kurzum, sie würde einzig
insofern mit den *objets d'art* von Ricks zu schaffen haben,
als sie sie auf die Straße setzen würde. Was, wie es Owen
ausdrückte, in Poynton ihr gehöre, würde die aus dieser
Demonstration resultierende Leere vorteilhaft abmildern.

Der Austausch von Bemerkungen zwischen den Freundinnen war schon sehr direkt geraten, als Fleda Mrs. Gereth fragte, ob sie sich buchstäblich zu verbarrikadie-
ren und einer Belagerung standzuhalten gedenke oder ob
sie vielleicht die Vorstellung habe, sich etwas informeller
zu exponieren und von Constables aus dem Haus zerren
zu lassen. «Oh, ich ziehe die Constables und das Heraus-
gezerrtwerden vor!», hatte die Heldin von Poynton bereitwillig geantwortet. «Ich möchte Owen und Mona dazu
bringen, alles zu tun, was möglichst verabscheuungswür-
dig erscheint.» Inzwischen gab sie es als ihr einziges An-
sinnen aus, die beiden zu einem Verhalten zu zwingen, das
sie und die Tradition, die sie verkörperten, entehren würde, obwohl sich Fleda insgeheim sicher war, dass sie auch
eine alternative Vorgehensweise ins Auge fasste. Das Seltsame war, dass sie, die ihr Leben lang Stolze und Feinfüh-
lende, nun so wenig Abneigung zeigte, alle Welt von der
Auseinandersetzung erfahren zu lassen. Ein lange währen-
der Groll war, dies vor allem hatte sich in ihr abgespielt,
zur Reife gelangt. Sie hasste das In-den-Hintergrund-Tre-
ten, zu dem der englische Brauch die verwitwete Mutter nö-
tige; sie hatte zu Fleda voller Leidenschaft davon gesprochen; hatte es der schönen Ehrerbietung gegenübergestellt,
die andere Länder Frauen in dieser Lage erwiesen, Frauen,

nicht besser als sie selbst, die sie bejubelt und erhöht gesehen, die sie gekannt und beneidet habe; hatte, kurzum, so wenig Geheimnis wie möglich aus der Kränkung, der Verbitterung gemacht, die ihr daraus erwuchs. Das große Unrecht, das Owen ihr angetan hatte, war nicht, dass er sich mit Mona «eingelassen» hatte – das war widerwärtig, aber es war nur ein Detail, eine Nebensächlichkeit, sondern es bestand darin, dass er von vornherein nicht begriffen hatte, was es überhaupt hieß, eine Mutter zu haben, dass er die Schönheit und Heiligkeit der Figur gar nicht zu würdigen gewusst hatte. Sie war bloß seine Mutter, so wie seine Nase bloß seine Nase war, und er hatte, was sie anging, nie auch nur die geringste Vorstellungskraft, Zärtlichkeit oder Galanterie aufgebracht. Die eigene Mutter, Grundgütiger, war jedenfalls für jene Art von prächtigem jungem Mann, die zu sein sich gebührte – die einzige Art, an der Mrs. Gereth lag – Gegenstand von Gedichten, von Verehrung. Hatte sie Fleda nicht oft von ihrer Freundin Madame de Jaume erzählt, einer überaus geistreichen Frau, wenn auch kleinen, schwarzen, verwachsenen Person, deren drei Söhne in ihrer Abwesenheit jeden Tag ihres Lebens an sie schrieben? Sie besaß das Haus in Paris, sie besaß das Haus in Poitou, sie besaß mehr als zu Lebzeiten ihres Mannes – dem sie trotz ihres Äußeren wiederholt Anlass zur Eifersucht gegeben hatte –, weil sie bis ans Ende ihrer Tage die höchste Instanz in allen Fragen sein würde. Es war unschwer zu erkennen, dass Mrs. Gereth wieder und wieder ihren Teint, ihre Figur und vielleicht sogar ihre makellose Tugend, die sie noch erfolgreicher bewahrt hatte, geopfert hätte, wäre nur sie die geheiligte Madame de Jaume gewesen. Sie war es aber leider nicht, und dagegen zu protestieren bot sich ihr derzeit eine glänzende Gelegenheit. Natürlich war sie sich Owens Zugeständnisses ganz und gar bewusst, seiner Bereitschaft, sie die wenigen Dinge mitnehmen zu lassen, die sie am liebsten mochte; doch bislang hatte sie lediglich erklärt, ihm hier entgegenzukommen hieße, ihm einen Triumph zu gönnen, ihn in unmöglicher Weise ins Recht zu setzen. «Was sie am liebsten mochte?» Es gab nicht einen Gegenstand im Haus, den sie nicht «am liebsten» mochte, und am allerliebsten sei es ihr, wenn man sie ließ, wo sie war. Wie konnte Owen einen solchen Ausdruck benutzen, ohne sich seiner Heuchelei bewusst zu sein? Mrs. Gereth, deren Kritik oft heiter war, führte mit sardonischem Humor aus, wie glücklich sich ein Dutzend Gegenstände aus Poynton ausnehmen und welch bezaubernden Effekt sie hervorrufen würden, wenn sie zwischen die Absonderlichkeiten von Ricks eingestreut würden. Was war ihr ganzes Leben anderes gewesen als ein Streben nach Vollendung und Vollkommenheit? Dann lieber gleich Waterbath, in seiner zynischen Gleichartigkeit, statt der Schimpf eines solchen Gemischs!

Das alles war für Fleda nicht sehr hilfreich, insofern sie ihrem Auftrag, einen Ausweg zu finden, gerecht zu werden suchte. Als Owen nach vierzehn Tagen ein weiteres Mal nach Poynton kam, geschah das vorgeblich, um sich einen auf dem Besitz ansässigen Pächter vorzunehmen, der ihnen gegenüber keinen geraden Kurs verfolgt hatte; das Mädchen jedoch war sich sicher, dass er in Wirklichkeit auf Veranlassung von Mona gekommen war, um festzustellen, was seine Mutter im Schilde führte. Er wollte sich überzeugen, dass sie ihren Auszug vorbereitete, und er wünschte eine eindeutige, aber nicht weniger zwingende Pflicht im Hinblick auf die Frage zu erfüllen, welche Vergünstigungen sie zum Rückzug bewegen würden. Die Spannung zwischen den beiden war mittlerweile so groß, dass er derart rekognoszieren musste, ohne auf den Feind zu treffen. Mrs. Gereth war wie er selbst damit einverstanden, allfällige grausame Bemerkungen, die er anzubringen haben mochte, an Fleda Vetch zu richten; sie bedauerte ihre junge Freundin einzig wegen wiederholter Begegnungen mit einem Menschen, gegen den das Mädchen eine ihr völlig verständliche Abneigung empfinden müsse. Für Fleda zeugte es von feiner, bescheidener Einsicht auf Owens Seite, dass er nicht mit einem Brief von ihr gerechnet hatte: Ihm hätte so wenig wie ihr selbst an dem Eindruck gelegen, sie spioniere in seinem Interesse seiner Mutter nach. Was es so gedeihlich machte, auf diese vertrautere Weise mit ihm umzugehen, war ihr Gefühl, ganz und gar zu verstehen, wie die arme Mrs. Gereth litt, und vollkommen ermessen zu können, welches Opfer die andere Seite ihr monströserweise wie selbstverständlich abverlangte. Ebenso verstand sie, wie Owen selbst litt, nun da Mona ihn bereits dazu gebracht hatte, Dinge zu tun, die ihm missfielen. Lebhaft machte sich Fleda klar, wie sie selbst ihn zunächst dazu gebracht hätte, alles zu mögen, wozu sie ihn bringen wollte; selbst etwas so Unangenehmes wie sein Erscheinen hier, um quasi in Monas Namen festzustellen, dass die Anzahl der überlassenen Sachen natürlich eine eindeutige Grenze haben müsse. Sie unternahm einen längeren Spaziergang mit ihm, um die Lage zu bereden; um herauszufinden, ob ein Dutzend ganz nach Belieben ausgewählter Stücke in ihren Augen wohl eine ansehnliche Zuwendung wäre; und vor allem um die sehr heikle Frage zu erörtern, ob man die Klärung des Vorteils, den Mrs. Gereth genießen sollte, nicht ihrer – nun ja, ihrer Ehre überlassen sollte. Ebendas wünschte auch Owen; doch in Waterbath gab es nun einmal eine junge Dame, der er seinerseits Rechenschaft ablegen musste. Er war in seiner spontanen Verärgerung so rührend, wie seine Mutter in ihrem Eifern tragisch war; denn sowenig er, was die ganze Angelegenheit anging, um- hinkonnte, sich im Recht zu fühlen, konnte er umhin, sie zu hassen. Ebendieses Hasses wegen, überlegte Fleda, moch- te sie ihn so, und die Nachdrücklichkeit, mit der sie die- sen Hass seiner Mutter gegenüber herausstrich, kam ein-, zweimal der Enthüllung ihrer Zuneigung gefährlich nahe. Es gab Augenblicke, da es sie zu dieser Enthüllung dräng- te, insofern Mrs. Gereth ihr ja gerade in der Annahme, dass sie ihn nicht mochte, so sehr vertraute. Mrs. Gereth selbst mochte ihn in diesen Tagen überhaupt nicht, und Fleda war natürlich stets auf Mrs. Gereth' Seite. Am Ende, während die Vorbereitungen für seine Hochzeit noch liefen, ließ er sein Kommen und Gehen regelrecht zu einer Gewohnheit werden; doch bei keinem einzigen dieser Besuche wollte sei- ne Mutter ihn empfangen. Er sprach nur mit Fleda und ging nur mit Fleda spazieren; und wenn er sie im Hinblick auf die bedeutende Angelegenheit fragte, ob Mrs. Gereth tat- sächlich nichts tue, erwiderte das Mädchen für gewöhnlich: «Sie tut so, als täte sie nichts, wenn ich so sagen darf; aber ich glaube, in Wirklichkeit denkt sie darüber nach, was sie mitnehmen soll.» Wenn umgekehrt ihre Freundin im Her- renhaus sie fragte, was «diese Ungeheuer» täten, wusste sie darauf nur eine Antwort: «Sie warten darauf, liebe Dame, was *Sie* tun!»

Einen Monat nachdem Mrs. Gereth ihren großen Schock erlitten hatte, tat sie etwas Unerwartetes und Außergewöhn- liches: Sie griff sich ihre Gefährtin und fuhr mit ihr nach Ricks, um es sich anzusehen. Sie hatten sich zuerst nach London begeben und von der Liverpool Street aus einen Zug genommen. Und eine Übernachtung dort war noch das geringste der Leiden, gegen die sie sich gewappnet hatten.

Fleda hatte ihre bewundernswerte Reisetasche von ihrer hohen Wohltäterin bekommen.

«Aber es ist bezaubernd!», rief sie ein paar Stunden später aus und drehte sich nach einem wohlwollenden Vorstoß in Richtung der einzigen Fensterscheibe wieder nach dem schmucken kleinen Salon um. Mrs. Gareth hasste solche Fenster mit nur diesem einen, flachen Glas, das sich hinauf- und hinunterschieben ließ, zumal wenn sie die Sicht auf vier eiserne Töpfe auf Sockeln freigaben, die, weiß gestrichen und mit hässlichen Geranien, am Rand eines kiesbestreuten Wegs aufgereiht standen und sich redlich mühten, ihm das Gepräge einer Terrasse zu verleihen. Fleda hatte sofort den Blick von diesem Zierwerk abgewandt, doch Mrs. Gereth betrachtete es grimmig und fragte sich natürlich, wie ein Haus in den tiefsten Tiefen von Essex und drei Meilen von einem kleinen Bahnhof entfernt nur so vorstädtisch wirken konnte. Das Zimmer war im Grunde ein flacher Kasten, wobei die Kanten zwischen Wänden und Decke bar jeder Rundung oder Randleiste und lediglich durch den schmalen roten Tapetenstreifen gekennzeichnet waren, der oben auf die andere Tapete, ein schmutzig trübes, mit silbernen Blumen gesprenkeltes Grau, aufgeklebt war. Dieser Schmuck war ziemlich neu und ganz frisch; und über die Deckenmitte lief ein großer, eckiger Balken, weiß tapeziert, den als recht pittoresk zu bezeichnen Fleda dann doch nicht wagte. Sie erkannte rechtzeitig, dass dieses Wagnis auf schwachen Füßen stünde und dass sie alles in allem auch nichts zugunsten der Kaminsimse und Türen würde anführen können, derer ihre Gefährtin, wie sie sah, mit einem lautlosen Ächzen gewahr wurde. Speziell zum Thema Türen hatte Mrs. Gereth die dezidiertesten Ansichten. Was sie auf der Welt am meisten verachtete, war die Knauserigkeit einer ungeteilten Öffnung. In Poynton schwangen von einem Ende zum anderen hohe Doppelflügel. In Ricks glichen die Zimmereingänge den Löchern von Kaninchenbauten.

Gleichwohl war es insgesamt nicht so schlimm, wie Fleda befürchtet hatte; es war verblichen und melancholisch, wo die Gefahr bestanden hatte, dass es widersprüchlich und lebensbejahend, fröhlich und grell sein würde. Das Haus war mit Gegenständen vollgestopft, die in ihrer Anhäufung etwas Sprödes und in ihrer Wertlosigkeit etwas Gewinnendes hatten; Dingen, die ihr verrieten, dass sie ebenso langsam und liebevoll gesammelt worden waren wie die goldenen Blumen des ursprünglichen Hauses. Auch sie hätte mit ihnen leben können, wenn sie ihr Zuhause gebildet hätten: Sie ließen sie die alte, unverheiratete Tante lieb gewinnen; und sie stellte sich sogar die Frage, ob es dem Glücklichsein nicht förderlicher sei, anders als sie selbst niemals vom Wissen gekostet zu haben. Überhaupt wurde Fleda, mittellos, ein Habenichts, wie sie selbst sagte, insgeheim in Erstaunen gesetzt von den Ansprüchen einer Gescheiterten, die mit geringen Mitteln ein solches Refugium behaupten konnte. Je mehr sie sich umsah, desto gewisser wurde sie sich des Charakters der unverheirateten Tante, deren undeutlich wahrnehmbare Präsenz sie zu Versöhnlichkeit drängte: Die unverheiratete Tante war ein Engel gewesen; sie hätte die unverheiratete Tante verehrt. Die Arme war zaghaft, doch mit einigen Schrammen durchs Leben gegangen, war verletzlich, unwissend und feinfühlig gewesen: Auch das war so etwas wie eine Quelle, so etwas wie eine Atmosphäre für Reliquien und Raritäten, wenn auch von anderer Art als die in Poynton höchst geschätzten.

Mrs. Gereth hatte natürlich mehr als einmal betont, eines der tiefsten Geheimnisse des Lebens bestehe darin, wie –

bestimmte Naturen vorausgesetzt – grässliche Gegenstände geliebt werden könnten. Dabei stellte sich gegenwärtig
gar nicht die Frage nach der Liebe zu ihnen, nur die nach
zweckmäßiger Beharrlichkeit. Vielleicht hatte ein Gedanke dieser Art sie gestreift, als sie am Ende einer Stunde des
Brütens, nachdem sie mit einem angestrengten Seufzer den
Charakter des Hauses in sich aufgenommen hatte, ausrief:
«Nun ja, es lässt sich etwas daraus machen!»

Fleda hatte ihr mehr als einmal ihre nachsichtige Fantasie
über die unverheiratete Tante mitgeteilt – sie habe schwer
gelitten, da sei sie sich ganz sicher. «Das will ich auch stark
hoffen!», war indes alles, was die nüchternere der beiden
Ricks-Pilgerinnen darauf erwidert hatte.

6

Es bedeutete eine große Erleichterung für das Mädchen,
sich endlich sicher sein zu können, dass der schreckliche
Umzug tatsächlich stattfinden würde. Was andernfalls passieren mochte, war von vornherein ungewiss gewesen. Es
war absurd, an mögliche Gewalttätigkeiten auch nur zu
denken – an Gerangel, Kuddelmuddel, Knuffe, Kratzer,
Schreie; doch Fleda stellte sich etwas Dramatisches vor, eine
«große Szene», etwas irgendwie Würdeloses und Erbärm-
liches, mit zugefügten und erlittenen Wunden, eine Szene,
in der Mrs. Gereth' Präsenz zwar verglichen mit Bewegungen und Geräuschen deutlich hervorstach, Owen hingegen
undeutlich und insgesamt unaggressiv blieb. Er würde nicht
mit einer Zigarette zwischen den Zähnen dastehen, sehr
stattlich und unverschämt ruhig: So wäre das nur in einem
Roman, wo ihr eine solche Gestalt, wenn sie die Lider

senkte, über die Seite zu spazieren schien. Fleda hatte vielmehr, das freilich voller Scham, die wirre, mitleiderregende Vorstellung vor Augen, dass es in gewisser Weise an ihr war, Mrs. Gereth groß in Szene zu setzen, doch Mrs. Gereth ihren Auftritt verpatzte und lediglich erhitzt und gekränkt wirkte und so, als sei sie im Unrecht. Dass ihr sogar dieses Spektakel erspart bleiben würde, dafür ergaben sich in den Räumlichkeiten von Poynton Anzeichen nicht so sehr aus einer Atmosphäre von Konzentration, sondern aus dem Zutagetreten unguter Alternativen. Obwohl nicht die zu erwartenden Vorkehrungen getroffen wurden, sah sie eines Tages, an der Biegung eines Korridors, ihre Freundin ganz still dastehen, mit verzweifelt herabhängenden Händen, aber lebhaftem, abenteuerlustigem Blick. Dieser Blick, schien es Fleda, begegnete dem ihren mit einem seltsamen, vagen Draufgängertum, und es herrschte ein beinahe verlegenes Schweigen, ehe eine der beiden Freundinnen etwas sagte. Hinterher hatte das Mädchen das Gefühl, ihre Freundin habe ihr in diesem Augenblick vorgeworfen, sie selbst mache ihr einen Vorwurf, und sei diesem mit einer Art trotziger Inkaufnahme begegnet. Doch es war bloße melancholische Freimütigkeit, mit der Mrs. Gereth endlich seufzend klagte: «Ich überlege, was ich vorsorglich mitnehme!» Fleda hätte sie für dieses faktische Versprechen eines Zugeständnisses umarmen können, für diese Ankündigung, dass sie die Schwierigkeit, mit lediglich ein wenig Bergungsgut aus dem Wrack ein Obdach zusammenzuzimmern, endlich eingesehen hatte.

Freilich herrschte, als sie das Schiff nach ihrer Rückkehr von Ricks zu leichtern versuchten, eine nach wie vor große Verlegenheit, war es ihr doch noch immer verhasst, die herrlichen Gegenstände, die man nicht mitnehmen, den herrlichen Gegenständen zu opfern, die man mitnehmen würde. Dies machte aus denjenigen, die man nicht mitnehmen würde, sofort diejenigen, die man unbedingt mitnehmen müsste, und verdammte einen, wie Mrs. Gereth sagte, zu einem ewigen Teufelskreis. In einem solchen Kreis hatte sie sich tagelang unter Qualen bewegt, war tagelang damit umhergeschlichen, hatte Unvergleichliches miteinander verglichen. Deswegen musste man an ihnen festhalten – wegen ihrer flehenden Gesichter. Auch Fleda konnte in diesen Gesichtern lesen, so genau wusste sie über sie Bescheid und über die Gefahr, in der sie schwebten, und sie hatte wirklich wenig zu entgegnen, als ihre Gefährtin sie fragte, ob das Haus, an Oktobernachmittagen durchweg wunderlich schön, vielleicht wie ein Ort zum Aufgeben aussehe. Zunächst einmal wirkte es aufgrund irgendeines Effekts von Jahreszeit und Licht größer denn je, geradezu riesig, und es floss gleichsam über von der Stille des Kummers, der seinerseits aufgeladen war mit Erinnerungen. Alles lag in der Luft – jede Geschichte eines jeden Fundes, jeder Umstand eines jeden Fangs. Mrs. Gereth hatte jeden Vorhang zur Seite gezogen und jeden Schonbezug abgenommen; sie verlängerte die Sichtachsen, öffnete das ganze Haus weit, gab ihm den Anschein, als erwarte es königlichen Besuch. Der Schimmer gewirkter Stoffe verströmte sich in die Helligkeit; die alten Gold- und Messing-, die alten Elfenbein- und Bronzegegenstände, die frischen alten Tapisserien und schweren alten Damaste versprühten einen Glanz, in dem die arme Frau all ihre einstigen Lieben und Geduldsproben, alle ihre einstigen Kniffe und Triumphe diffundieren sah.

Fleda hatte das bedrückende Gefühl, ihr im Grunde genommen nicht sonderlich zu helfen: Gelindert wurde es freilich dadurch, dass Mrs. Gereth sie ungetadelt davonkommen ließ, im Augenblick gar keine Hilfe zu erwarten schien. Ihr Verständnis, ihre Anteilnahme, ihr Mitgefühl für alles, wofür auch ihre Gastgeberin Mitgefühl empfand, entwickelten eine Kraft, die die verfahrene Lage noch verlängern würde. «Ich wünschte nur, ich würde Sie langweilen und meine Besitztümer würden Sie ebenfalls langweilen», erklärte die Gute mit einigem Humor, «dann würden Sie kurzen Prozess mit mir machen, mich fortjagen, mir erklären, ich solle einfach bestimmte Sachen auf einen Karren stapeln, und fertig.» Fledas größte Schwierigkeit bestand darin, der Rolle entsprechen zu müssen, derzufolge sie Owen für einen Unmenschen hielt, oder wenigstens die Ungereimtheit auszuhalten, dass sie mit ihm redete, wenn er nach Poynton kam. Zum Glück war das ihre ausdrückliche Pflicht, ihre vorgeschriebene Aufgabe und überdies ein gebührender Schutz für Mrs. Gereth. Sie dachte unentwegt an ihn, und ihre Augen fanden an seiner männlichen Pracht inzwischen sogar noch mehr Gefallen als an den königlichen Vitrinen des roten Salons. Sie fragte sich, zunächst nur ganz leise, warum er so oft kam; aber sie wusste natürlich nichts von den Geschäften, die er wahrzunehmen hatte und deretwegen er sich zuweilen mit rotgesichtigen Männern in ledernen Hosen eine Stunde lang in seinem eigenen Zimmer besprach, das die einzige Monstrosität von Poynton war: nichts als Tabaktöpfe und Stiefelknechte, hatte seine Mutter gesagt – ein einziges Arsenal an Angriffs- und Züchtigungswaffen, und er selbst hatte noch achtzehn Gewehre und vierzig Peitschen eingestanden. Er traf Regelungen zugunsten seiner Frau, er tat Dinge, die den Ansichten der Brigstocks entgegenkamen. Wenn man bedachte, dass es sein Haus war, fand Fleda es nett von ihm, dass er sich im Hintergrund hielt, solange seine Mutter noch da war; auch dass er seine Besuche, unter Aufbietung einer gewissen Findigkeit im Hinblick auf Zugverbindungen, auf die Zeit zwischen den Mahlzeiten beschränkte und sich Mühe gab, sie seine Anwesenheit so wenig wie möglich spüren zu lassen. Das erschwerte es ihr ziemlich, Mrs. Gereth in der Haltung entgegenzukommen, dass er ein Unmensch sei; äußerstenfalls möglich war zuletzt eigentlich nur, ihr nicht zu widersprechen, wenn sie wiederholte, er sei als Posten eingesetzt – beleidigenderweise als Beobachtungsposten eingesetzt. Fraglos beobachtete er auch; aber er beobachtete irgendwie mit abgewandtem Gesicht. Er wusste, dass Fleda derzeit wusste, was er von ihr wollte, weshalb es grob von ihm wäre, es immer wieder zu betonen. Es existierte als etwas Vertrauliches zwischen ihnen und ließ ihn zuweilen mit seinem Vor-sich-hin-Starren ihren Blick treffen, als ob ein so angenehmes Schweigen sie nur noch stärker einen könnte. Lange Reden waren jedenfalls nicht seine Sache, und zunächst nahm das Mädchen als gegeben hin, dass sich bereits damit jede vorstellbare Aussage zu der Angelegenheit erschöpfte. Doch nach und nach spekulierte sie darüber, ob nicht denkbar sei, dass er einem Menschen gegenüber gesprächig wäre, der ihm, wie sie, ein gewisses häusliches Behagen zu bereiten vermochte, müsste er nicht noch etwas von seiner Gesprächigkeit für Mona aufsparen.

Von dem Augenblick an, da sie vermutete, er überlege vielleicht, wie Mona sein Plaudern mit einem heimlichen «Gegenüber», einer fast in Shilling bezahlten Hausgenossin beurteilen würde, erforderte die unterdrückte Gefühlsregung dieser jungen Dame noch mehr Unterdrückung. Sie wurde ungehalten über ihre Stellung in Poynton und erklärte sie insgeheim für falsch und schrecklich. Sie sagte sich, sie habe Owen doch wissen lassen, dass sie seine Mutter nach besten Kräften in dem von ihm gewünschten allgemeinen Sinne dirigiert habe; er verstehe das doch vollkommen und er verstehe außerdem, wie unwürdig es von ihnen beiden sei, sich mit einem Notizbuch und einer Knute vor der Guten aufzubauen. War dieses konkrete Einvernehmen nicht einfach auch ein konkreter Erfolg? Fleda wurde sich eines plötzlichen Verlangens wie auch drängender Gründe bewusst, ihren langen Aufenthalt zu beenden. Einerseits hatte sie es nicht wie ein Lakai des Rechts übernommen, Mrs. Gereth zur Bahn zu begleiten und sie zum Zeichen ihrer Abdankung in ein Abteil einzuschließen; ebenso wenig hatte sie sich verpflichtet, Owen unbegrenzt lange hinzuhalten, während seine Mutter Zeit gewann oder schon heimlich Gegenmaßnahmen ergriff. Außerdem behaupteten die Leute, sie hefte sich wie ein Blutegel an andere – an Leute, die Häuser besaßen, in denen sich etwas holen ließ: Diese Enthüllung wurde ihr in aller Offenheit von ihrer Schwester gemacht, die inzwischen eindeutig zu dem Kuraten verdammt war und im Hinblick auf deren Hochzeit sie eine als Geschenk gedachte, wunderschöne Stickarbeit fast fertiggestellt hatte, die, und zwar eben in Poynton, von einem alten spanischen Altartuch angeregt worden war. Für die beabsichtigte Empfängerin würde sie sich noch mehr anstrengen und sie für den Altar und darauf folgende Verlegenheiten mit mehr als diesem Textil herausputzen müssen. Sie würde, kurzum, in die Stadt fahren, um Maggie einzukleiden; und ihr Vater, der in West Kensington logierte, würde ein Übriges tun und sie aufnehmen. Er, um ihm Gerechtigkeit angedeihen zu lassen, warf ihr niemals einträgliche Zuneigungen vor; soweit es sie gab, war er eher bemüht, bei derselben vermuteten Ernte Nachlese zu halten. Mrs. Gereth ließ sie so heldenmütig ziehen, als wäre sie ein ungemein vorteilhafter Kauf gewesen, und Fleda wusste, sie würde so bald keinen Besuch des jungen Mannes versäumen, da dieser in Waterbath auf der Jagd war. Ein Owen auf der Jagd war ein verlorener Owen, und in Poynton gab es kaum Vergnügung.

Die erste Nachricht von Mrs. Gereth setzte sie davon in Kenntnis, dass diese, jedenfalls der Form nach, ihren gefürchteten Umzug hinter sich gebracht hatte. Der Brief war in Ricks geschrieben, wohin sie sich offenbar dank einer Anwandlung hatte befördern lassen, die so plötzlich gekommen war wie die Eingebung, der sie zuvor gehorcht hatte. «Ja, ich bin buchstäblich», schrieb sie, «mit einer Hutschachtel und einem Küchenmädchen angereist; ich habe den Rubikon überschritten, ich habe Besitz davon ergriffen. Es war wie ein Sprung ins kalte Wasser. Ich habe eingesehen, dass mir nur blieb, es zu tun, statt weiter zitternd dazustehen. Ich werde das Haus ein wenig aufwärmen, indem ich mich einfach eine Woche lang hier aufhalte; bei meiner nächsten Rückkehr wird das Eis gebrochen sein. Ich habe Sie, wenn ich in der Stadt war, nie gebeten, sich mit mir zu treffen, weil ich weiß, wie beschäftigt Sie sind und weil ich außerdem zu wild und abscheulich bin, um selbst für Sie eine passende Gesellschaft abzugeben. Sie würden sagen, ich gehe wirklich zu weit, und daran besteht kein Zweifel, ganz gleich, was ich tue. Ich bin jedenfalls bloß hier, um mich noch einmal umzusehen und dafür zu sorgen, dass bestimmte Dinge erledigt werden, ehe ich mit Sack und Pack einziehe. Wahrscheinlich werde ich die ganze nächste Woche in Poynton sein. Es gibt mehr Platz, als ich neulich ausgemessen habe, und ein recht gutes altes Worcester-Service. Aber was sind schon Raum und Zeit, und was ist selbst altes Worcester, für Ihre tief unglückliche und Ihnen gewogene A. G.?»

Am Tag nach Erhalt dieses Briefes hatte Fleda Anlass, ein großes Geschäft in der Oxford Street aufzusuchen – eine

Strecke, die sie auf Umwegen zurücklegte, zuerst zu Fuß, dann mittels zweier Omnibusse. Das zweite dieser Fahrzeuge setzte sie auf der dem Geschäft gegenüberliegenden Straßenseite ab, und während sie mit einem Päckchen und einem Regenschirm in der Hand, den Rock gerafft, auf dem Bürgersteig demütig darauf wartete, die Straße gefahrlos überqueren zu können, bemerkte sie, dass dicht neben ihr, dem Stockschwingen eines überschwänglichen Fahrgasts gehorchend, ein Kabriolett angehalten hatte. Dieser Fahrgast war kein anderer als Owen Gereth, der sie, während er dahinratterte, erblickt hatte und nun unter Zurschaustellung weißer Zähne, die unter dem Verdeck des Wagens hervor geradezu durch den Nebel blitzten, ausstieg, um sie zu fragen, ob er sie irgendwohin bringen könne. Als er erfuhr, dass ihr Ziel auf der anderen Straßenseite lag, schickte er seinen Wagen weg und schloss sich ihr an, geleitete sie nicht nur zu dem Geschäft, sondern führte sie auch hinein – mit der Versicherung, dass seine Besorgungen nicht weiter wichtig seien und dass es ihm Vergnügen bereite, sich mit den ihren zu beschäftigen. Sie sagte ihm, sie wolle einen Besatz für das Kleid ihrer Schwester kaufen, und er bekundete freudiges Interesse an der Erwerbung. Seine stets ausgelassene Freude stand oft in keinem Verhältnis zum Anlass, doch gegenwärtig schien sie ihr größer denn je; zumal nachdem sie angeregt hatte, er fände vielleicht die Gelegenheit günstig, irgendein Stück Zierrat für Mona zu kaufen. Nachdem sie sich einen Augenblick gefragt hatte, ob er die satirische Bedeutung dieser Bemerkung, denn sie war satirisch, in Gänze herausgehört hatte, tat Fleda diese Möglichkeit als unvorstellbar ab. Er stammelte, *sie* sei es, der er gerne etwas kaufen würde, etwas «Hinreißendes», und sie müsse ihm die Freude machen, ihm zu sagen, was ihr am besten gefalle. Er könne sich keine bessere Gelegenheit denken, ihr etwas zu schenken – ein Zeichen der Anerkennung für alles, was sie für Mama getan habe, wie es ihm schon seit Wochen vorschwebe.

Fleda hatte mehr als nur eine kleine Besorgung in dem großen Warenhaus zu erledigen, und er ging mit ihr hin und her, betont geduldig und vorgeblich interessiert an Fragen bezüglich Maß und Änderung. Ohne auch nur das geringste Zögern fragte sie sich, was wohl Mona von solchen Vorgängen hielte. Denn nicht sie hatte diese angezettelt – sondern Owen; und Owen, sprunghaft, ja extravagant, benahm sich ganz anders, als sie es je erlebt hatte. Er brach mitten im Satz ab, kam dann wieder darauf zurück, wiederholte Fragen, ohne auf die Antworten zu achten, machte vage und abrupte Bemerkungen über die Ähnlichkeiten von Verkäuferinnen und die Verwendungsmöglichkeiten von Chiffon. Er zog ihr Zusammensein über Gebühr in die Länge und vermittelte Fleda das Gefühl, er schöbe etwas Bestimmtes hinaus, dem er sich stellen musste. Hätte sie sich Owen Gereth jemals im Traum als leicht aufgeregt vorgestellt, so hätte er sich dort wohl genau in dieser Weise verhalten. Aber warum sollte er leicht aufgeregt sein? Selbst auf dem Höhepunkt der Krise hatte seine Mutter ihn nicht offenkundig nervös gemacht, und derzeit war er, was seine Mutter anging, zufrieden. Er hielt an der Idee fest, dass Fleda etwas nennen sollte, was sie sich von ihm schenken ließe: An diesem wunderbaren Ort gab es alles nur Erdenkliche, und er machte ihr widersinnige Vorschläge – eine Reisedecke, eine wuchtige Uhr, ein Tischchen für das Frühstück im Bett und vor allem, in prächtigem Einband, eine Ausgabe von jemandes «Werken». Es sollte ein Zeichen der Anerkennung sein, etwas, was man normalerweise subskribiert – und in diesem Falle würden vielleicht sogar die Brigstocks dazu beitragen, sodass zumal die «Werke» eine elegante Andeutung wären, dass er vor allem ihrer Klugheit gedenken wollte. Es war ihm ungeheuer ernst damit, zugleich verrieten die Artikel, die er ihr aufdrängte, ein Zartgefühl, das ihr zu Herzen ging: Am liebsten wäre ihm, während er sah, wie man diese hin- und herwendete, einer der prächtigen Stoffe für ein Kleid gewesen – eine Wahl, die ihm seine Furcht verbot, er könne gönnerhaft wirken, spiele auf ihre bescheidenen Mittel an, auf das, was ihr fehlte. Fleda tat sich leicht, ihn damit aufzuziehen, dass er ihre Verdienste übertrieb; sie zeigte ihm deren richtiges Maß, indem sie sich bereitfand, ein kleines Nadelkissen für einen Sixpence zu akzeptieren, in das mit Nadeln der Buchstabe F gesteckt war. Für diese Zurückhaltung war kein Loyalitätsgefühl gegenüber Mona erforderlich, und sie achtete darauf, nicht neuerlich auf ihrer beider schöne Freundin zu verweisen. Ihr fielen bei dieser Gelegenheit mehr Dinge an Owen Gereth auf als je zuvor, am meisten jedoch, dass er kein Wort von seiner Zukünftigen sagte. Sie fragte sich, was in der Zwischenzeit aus seiner Loyalität oder zumindest aus seiner «Façon» geworden war, und überlegte dann, dass, selbst wenn etwas sehr Gutes daraus geworden wäre, schon eine Situation, in der eine solche Frage aufkam, bereits ein wenig seltsam war. Natürlich dachte er nicht an etwas so Vulgäres wie ihr den Hof zu machen, doch es gab für einen bekanntermaßen Verlobten eine Art von Etikette.

Diese Etikette hielt Owen weder davon ab, nach Verlassen des Geschäfts bei ihr zu bleiben, noch, der Hoffnung Ausdruck zu verleihen, sie habe noch viel mehr zu erledigen, und sie zu drängen, sie möge mit ihm, um womöglich etwas zu entdecken, was er ihr dann wirklich schenken dürfe, in die Fenster anderer Geschäfte schauen. Es gab einen Augenblick, da sie unter seinem Drängen zu dem Schluss kam, seine Anerkennung zollte, würde man sie genauer analysieren, ihrer Bedeutungslosigkeit Tribut. Aber er wollte gleichwohl, dass sie ihn irgendwohin zum Mittagessen begleitete: Wem oder was zollte dies Tribut? Bestimmt galt sie ihm sehr wenig, wenn sie ihm für einen Ausflug in ein Restaurant nicht zu viel galt. Sie musste mit ihrem Besatz nach Hause, und das Äußerste, wozu sie sich in seiner Gesellschaft bereitfand, war, denselben Weg zum Marble Arch zurückzugehen und, nach einer Diskussion bei ihrer Ankunft dort, mit ihm durch den Park zu spazieren. Sie wusste, Mona hätte befunden, sie müsse jetzt wieder den «Penny-Bus» nehmen; aber diesmal musste sie schon für Owen und für sich selbst denken – sie konnte nicht auch noch für Mona denken. Selbst im Park war die Herbstluft trübe, und während sie sich, wie es Owen bevorzugte, westwärts über den Rasen bewegten, ließ das kühle Grau ihre Worte sanft werden, ließ sie zuletzt rar werden und alles andere dämmerig. Er wollte bei ihr bleiben – er wollte sie nicht verlassen: Er war in völliges Schweigen verfallen, doch das war es, was sein Schweigen sagte. Was hatte er aufgeschoben? Was wollte er weiter aufschieben? Sie bekam ein wenig Angst, während sie zusammen dahinschlenderten und sie nachdachte. Seine Andeutung, alles nur indirekt, war zu vage, um schamlos zu sein, aber es war, als ob er irgendwie anders empfände. Fleda Vetch verdächtigte ihn zunächst nicht, *ihr* gegenüber, sondern nur, Mona gegenüber anders zu empfinden; dabei wusste sie sehr wohl, dass Letzteres etwas damit zu tun haben dürfte, dass er hier neben ihr über den Rasen ging. In Romanen hatte sie von Gentlemen gelesen, die sich am Vorabend der Heirat beim Rekapitulieren ihrer Vergangenheit vorübergehend dem Einfluss einer früheren Bindung ergeben; und es lag nun etwas in Owens

Verhalten, ja in seinem Gesichtsausdruck, was auf eine Ähnlichkeit mit einem dieser Gentlemen hindeutete. Aber wem und was würde in diesem Fall Fleda ähneln? Sie war keine frühere Bindung, sie war überhaupt keine Bindung; sie war nur ein tiefgründiger Mensch, für den Glück so etwas wie der Kopfsprung des Perlentauchers war. Glück lag ganz unten auf dem Grund all dessen, was sich in letzter Zeit ereignet hatte; und in letzter Zeit ereignet hatte sich nur, dass Owen Gereth in Poynton aus und ein gegangen war. Das war die kleine Summe ihrer Erfahrung, und was sich für sie daraus ergab, war ihre Angelegenheit und vollkommen in Einklang damit, dass sie nicht im Traum gedacht hatte, für Owen hätte sich daraus eine Beziehung ergeben – oder zumindest das, was *sie* sich darunter vorstellte. Die ältere Beziehung jedenfalls bestand mit Mona – Mona, die er schon sehr viel länger kannte.

Sie gingen weit, nämlich bis zur südwestlichen Ecke des großen Parks, wo bei dem alten runden Teich und dem alten roten Palast, als sie Owen zum Abschied die Hand gereicht und erklärt hatte, vom Tor aus müsse sie nun wirklich ein Beförderungsmittel nehmen, plötzlich zwischen ihnen spürbar zu werden schien, dass dies eine wirkliche Trennung war. Sie stand auf der Seite seiner Mutter, sie gehörte zum Leben seiner Mutter, und seine Mutter würde künftig nie, niemals mehr nach Poynton kommen. Nach dem, was vorgefallen war, würde sie auch bei seiner Hochzeit nicht zugegen sein, und es war nun nicht mehr möglich, dass Mr. Gereth diese Feierlichkeit dem Mädchen gegenüber erwähnte, geschweige denn dem Wunsch Ausdruck gab, sie solle ihr beiwohnen. Mona würde aus Gründen der Schicklichkeit und mit Blick nicht so sehr auf den Bräutigam als vielmehr auf dessen Mutter ein solches Geschöpf wie Miss Vetch natürlich nicht einladen. Deshalb war nun alles zu Ende; sie würden ihrer verschiedenen Wege gehen; es war das letzte Mal, dass sie sich Aug in Auge gegenüberstanden. Im volleren Bewusstsein dessen sahen sie einander an, auf Owens Seite mit einem Ausdruck dumpfer Verstörtheit, der Steigerung seines häufigen Appells an allfällige Gesprächspartner, dem, was er sagte, das Richtige hinzuzufügen. Fleda kam in diesem Augenblick in den Sinn, dass das Richtige ohne Weiteres das Falsche sein könnte. Jedenfalls sagte er nur: «Ich möchte, dass Sie verstehen, wissen Sie … ich möchte, dass Sie verstehen.»

Was sollte sie verstehen? Er schien nicht fähig, es herauszubringen, außerdem war dieses Verstehen genau das, was sie nicht wollte. Verwirrt, wie sie war, hatte sie doch zumindest so viel erfasst, wie sie gerade noch bewältigen konnte; außerdem schoss ihr das Blut ins Gesicht. Er mochte sie – es war verblüffend – mehr, als er eigentlich sollte: Das war mit ihm los, und das war es, was sie schlucken sollte, sodass sie plötzlich so verschreckt war wie ein gedankenloses Mädchen, das sich dem Antrag eines verheirateten Mannes ausgesetzt sieht.

«Auf Wiedersehen, Mr. Gereth – ich *muss* jetzt weiter!», erklärte sie mit einer Aufgeräumtheit, die sie als unnatürliche Grimasse empfand. Sie riss sich jäh von ihm los, lächelte, wich über den Rasen zurück, drehte sich dann vollends um und bewegte sich, so rasch sie konnte. «Auf Wiedersehen, auf Wiedersehen!», stieß sie im Gehen erneut hervor und fragte sich, ob er sie einholen würde, ehe sie das Tor erreichte, war sich mit rotglühendem Abscheu bewusst, dass sie sich fast im Laufschritt bewegte, bewusst auch des sehr verwirrten, gut aussehenden Gesichts, das ihr gewiss hinterherblickte. Sie fühlte sich, als hätte sie eine Freundlichkeit mit einer großen, outrierten Brüskierung beantwortet, aber sie war jedenfalls davongekommen – obwohl ihr die Entfernung bis zum Tor und ihr hässlicher Galopp den Broad Walk entlang, der ihr mit jedem uneleganten Hüpfer wehtat, endlos erschienen. Schon von Weitem winkte sie einem Wagen an dem Stand in der Kensington Road und stieg ein, dankbar für das Umschlossensein in der vierrädrigen Droschke, die ihrem Zeichen eilfertig Folge geleistet hatte und die es ihr nach zwanzig Yards, als sie ungestüm ein Glasfenster hochgezogen hatte, erlaubte, in ihrem Elend die Bereitschaft zum Vergießen von Tränen zu fühlen.

7

Sobald ihre Schwester geheiratet hatte, fuhr sie zu Mrs. Gereth nach Ricks – ein diesbezügliches Versprechen war prompt eingefordert und gegeben worden; ihre insgeheimen Vorstellungen drehten sich sowieso sehr viel stärker um die dortigen Veränderungen, die inzwischen, soviel sie gehört hatte, abgeschlossen waren, als um den Erfolg ihres Planens und Knapsens für Maggies Glück. Ihre Fantasie hatte in der Zwischenzeit denn auch reichlich zu tun und zahlreiche Schauplätze aufzusuchen gehabt, denn als diese auf die eben erwähnte Aufforderung hin ihren Flug von West Kensington nach Ricks nahm, hielt sie sich nur eine Stunde über der Terrasse mit den bemalten Töpfen auf und überließ sich dann einem höheren Luftstrom, der sie geradewegs nach Poynton und nach Waterbath beförderte. Von irgendeinem größeren Zusammenstoß war nicht ein Wort an ihr Ohr gedrungen, und Mrs. Gereth hatte so gut wie gar nichts verlauten lassen, lediglich mitgeteilt, sie sei, wie ohne Weiteres vorstellbar, zu beschäftigt, zu erbittert und zu müde für eitle Höflichkeiten. Sie hatte nur geschrieben, sie habe das neue Haus gut im Griff und Fleda wäre überrascht, wie es sich mache. Alles sei noch immer in heillosem Durcheinander; gleichwohl sei in dem Sinne, dass sie die Schwelle von Poynton zum letzten Male überschritten habe, die Amputation, wie sie das nannte, nun erfolgt. Ihr Bein sei abgetrennt – sie habe inzwischen begonnen, mit dem hübschen hölzernen Ersatz umherzuhumpeln; sie werde ihr Leben lang humpeln, und bewundern dürfe ihre junge Freundin, wenn sie komme, die Schönheit ihrer Bewegung und den Lärm, den sie im Haus veranstalte. Die Strenge von Fledas Geheimnis, unter dessen Zucht sie sich hundertmal am Tag gesagt hatte, sie erfreue sich so bedeutsamer Obliegenheiten, dass sich jeder Gedanke daran verbiete, hatte der Zurückhaltung von Poynton wie auch der von Waterbath entsprochen. Sie hatte sich ausgiebig Maggie und dem Kuraten gewidmet und der Selbstsucht ihres Vaters himmlische Geduld entgegengesetzt. Das junge Paar fragte sich, warum es so lange gewartet hatte, da doch alles so einfach schien. Fleda hatte an alles gedacht, selbst daran, die «Schlichtheit» der Hochzeit mit Champagner aufzulockern und – sehr bestimmt – dafür zu sorgen, dass die Geistreichelei ihres Vaters mit nur einer Flasche auskam. Kurzum, Fleda wusste und sonnte sich in dem Wissen, dass sie sich mehrere Wochen lang in jedem Lebensbereich beispielhaft verhalten hatte.

Sie war durchaus darauf gefasst gewesen, von Ricks überrascht zu werden, denn Mrs. Gereth war eine wunderwirkende Zauberin, der schließlich und endlich gutes Ausgangsmaterial zu Gebote stand; doch der Eindruck, der sie auf der Schwelle erwartete, verschlug ihr den Atem und brachte sie zum Stocken. Die Dämmerung war schon hereingebrochen,

als sie ankam, und in der schlichten, viereckigen Eingangshalle, einem der wenigen guten Details, ließ der Schimmer
einer venezianischen Lampe an jeder der beiden Wände in
völliger Ausgewogenheit eine kleine, aber prächtige Tapis-
serie erkennen. Diese unmittelbare Wahrnehmung, dass das
Haus auf Kosten von Poynton ausgestaltet worden war, ver-
setzte ihr einen Schock: Es war, als hätte sie sich jäh im
Lichte einer Komplizin gesehen. Im nächsten Augenblick,
in Mrs. Gereths Arme geschlossen, wurde ihr Blick abge-
lenkt; aber in Blitzesschnelle waren ihr schon die Lücken
in dem früheren Haus vor Augen getreten. Die beiden Tapisserien, nicht die größten, aber doch die von der Zeit am
prächtigsten getönten Stücke, waren alles in allem dessen
höchster Stolz gewesen. Als sie wieder richtig sehen konnte, saß sie auf einem Sofa im Salon und starrte angestrengt
auf einen Gegenstand, den sie bald als den großen italie-
nischen Schrank identifizieren konnte, der sich im roten Salon befunden hatte. Ganz ohne hinzuschauen war sie sich
sicher, dass das Zimmer mit genau solchen Gegenständen
gefüllt, mit so vielen Trophäen des Kampfes ihrer Freundin
vollgestopft war, wie es nur aufnehmen konnte. Die Finger-
linge ihres Handschuhs, die auf der Sitzfläche des Sofas lagen, waren zu diesem Zeitpunkt schon regelrecht erschauert
beim Ertasten eines alten Samtbrokats, eines wundersamen
Gewebes, das sie unter Tausenden erkennen könnte, erkannt hätte, ohne den Blick darauf zu senken. Dieser blieb
mit insgeheimer Furcht auf den Schrank gerichtet, während
sie sich schmerzlich fragte, ob sie es vermerken, ob sie alles
vermerken oder einfach so tun sollte, als ließe es sie unberührt. Wie konnte sie so tun, als ließen sie etwa die sie an-
blinkenden Behänge des Lüsters unberührt, mit Mrs. Gereth neben sich, die sie anstarrte, während sie selbst den

Schrank anstarrte und den Rücken krümmte wie Atlas unter seinem Himmelsgewölbe? Sie war entsetzt von diesem Bild dessen, was auf Mrs. Gereth' Schultern lastete. Diese wartete und beobachtete sie, wappnete sich und setzte dieselbe Miene aus Bekennermut und Trotz auf, die sie an jenem Tag zur Schau getragen hatte, an dem sie in Poynton im Korridor überrascht worden war. Nichts zu sagen war absurd; doch zu exklamieren, Anteil zu nehmen gäbe einem das schlimme Gefühl, in einen Diebstahl verwickelt zu sein. Für Fleda klang dieses hässliche Wort in ihrem Schweigen mit, und eben seine Heftigkeit verstörte sie so, dass sie einen verschreckten Blick, wie von einem aufgescheuchten Geschöpf, nach links und rechts warf. Doch wieder zeigte ihr das vollständige Bild am ehesten die fernen, leeren Nischen, eine skandalöse Nacktheit zwischen hohen, kahlen Wänden. Zuletzt äußerte sie etwas Förmliches und Zusammenhangloses – sie wusste nicht, was: Es hatte weder zu dem einen noch zu dem anderen Haus einen Bezug. Dann spürte sie abermals gleichsam das ganze Gewicht ihrer Freundin auf ihrem Arm. «Ich habe ein bezauberndes Zimmer für Sie hergerichtet – es ist wirklich schön. Sie werden sich dort sehr wohlfühlen.» Dies erklang mit außerordentlicher Liebenswürdigkeit und mit einem Lächeln, das bedeutete: Oh, ich weiß, was Sie denken, aber was spielt das für eine Rolle, wo Sie so loyal auf meiner Seite stehen? Alles hatte sich in der Tat auf eine Frage der jeweiligen «Seite» zugespitzt, dachte Fleda, denn das ganze Haus befand sich in Schlachtordnung. Im sanften Lampenlicht, während eine schöne Einzelheit nach der andern sich zu dunkler Fülle entfaltete, verwahrte es sich dagegen, nicht zu einem Triumph des guten Geschmacks erklärt zu werden. Jäh erwachte Fledas Leidenschaft für Schönheit wieder zum Leben; und war, was diese nun am stärksten ansprach, nicht eine gewisse herrliche Kühnheit? Mrs. Gereth' erhobene Hand bildete als bloßer großartiger Effekt den Höhepunkt des Eindrucks.

«Es ist zu wunderbar, was Sie aus dem Haus gemacht haben!» – die Besucherin fing den Blick ihrer Freundin auf. Dieser erstrahlte vor Freude, so zufrieden war die Freundin selbst mit dem, was sie daraus gemacht hatte. Das war, so beiläufig begeistert es klang, keineswegs das, was Fleda hatte sagen wollen: Es zeigte sie als jemanden, der von der ersten Minute an törichterweise verkündete, auf wessen Seite er stand. So fasste Mrs. Gereth es auch eindeutig auf; wieder zog sie das entzückende Mädchen an sich und umarmte es zärtlich, sodass Fleda bald bemüht anders und unter gelassenerer Betrachtung fortfuhr: «Aber Sie haben ja absolut alles mitgenommen!»

«O nein, nicht alles. Ich habe gesehen, wie wenig ich in diesem winzigen Haus unterbringen kann. Ich habe nur mitgebracht, was ich benötige.»

Fleda war aufgestanden; Sie machte einen Gang durchs Zimmer. «Und ‹benötigt› haben Sie die allerbesten Stücke – die *morceaux de musée*[4], die jeweiligen Kostbarkeiten!»

«Den Plunder wollte ich jedenfalls nicht, wenn es das ist, was Sie meinen.» Vom Sofa aus folgte Mrs. Gereth der Richtung, die der Blick ihrer Gefährtin nahm; ihr zufriedenes Strahlen noch immer im Gesicht, rieb sie sich langsam die großen, schönen Hände. Wo auch immer sie sich befand, sie war selbst das Prunkstück der Galerie. Es war das erste Mal, dass Fleda zu Ohren kam, es existiere in Poynton auch Plunder, aber sie ging vorderhand nicht auf diese Scheineinrede ein; sie benannte nur von der Stelle im Zimmer aus, wo sie stand, eines nach dem andern, als hätte sie eine Liste vor sich, laut die Stücke, die in dem großen Haus verstreut gewesen waren, nun aber, wenn es denn überhaupt einen Fehler zu bemerken gab, einem auf einem Kaminvorleger getanzten Menuett glichen. Von jedem kannte sie jeden Zoll seiner Oberfläche und jeden schönen Zug seines Wesens – kannte von jedem den persönlichen Namen, den seine unverwechselbare Art oder Geschichte ihm verliehen hatte; und zum zweiten Mal spürte sie, wie die Äußerung dieses Wissens, entgegen ihrer Absicht, von ihrer Gastgeberin als uneingeschränkter Beifall aufgefasst wurde. Beifall gegenüber blieb Mrs. Gereth niemals gleichgültig, und für nichts konnte sie einen so sehr lieben wie dafür, dass man ihrer tiefen Moralität Gerechtigkeit widerfahren ließ. Es lag ein besonderer Schimmer in ihren Augen, als Fleda zuletzt, von der Zurschaustellung geblendet, ausrief: «Und sogar das Malteserkreuz!» Diese Bezeichnung, wiewohl streng genommen nicht korrekt, hatte in Poynton immer einem kleinen, aber wundervollen Elfenbeinkruzifix gegolten, einem Meisterstück an Feinheit und Ausdruck aus Spaniens Glanzzeit, von dessen Existenz und heikler Erlangbarkeit sie vor Jahren aufgrund eines merkwürdigen, romantischen Zufalls erfahren hatte – eines Hinweises, dem sie durch Labyrinthe von Heimlichkeit gefolgt war, bis der Schatz endlich zutage gefördert war.

«‹Sogar› das Malteserkreuz?» Mrs. Gereth erhob sich, während sie die Worte in scharfem Ton wiederholte. «Mein liebes Kind, Sie glauben doch nicht etwa, ich hätte *das* geopfert! Wofür um alles in der Welt hätten Sie mich gehalten?»

«Ein *bibelot*⁵ mehr oder weniger», sagte Fleda, «hätte am generell großartigen Urteil über Sie schwerlich etwas ändern können. Ich halte Sie schlichtweg für die größte aller Zauberkünstlerinnen. Sie sind mit einer Geschwindigkeit vorgegangen – und mit einer Unauffälligkeit!» Ihre Stimme zitterte leicht beim Sprechen, denn ihre Worte bedeuteten schlicht, dass das, was ihre Freundin zustande gebracht hatte, zu jener Sorte von Unternehmen gehörte, die ihrem Wesen nach auf den Schutz der Dunkelheit angewiesen waren. Fleda hatte das Gefühl, eigentlich gar nichts sagen zu können, wenn sie nicht sagen konnte, dass ihr auch die heldenhaft eingegangenen Risiken, all die überwundenen Gefahren klar waren. Sie beschloss ihren Gedanken mit einer resoluten und völlig freimütigen Frage: «Wie um alles in der Welt sind Sie nur damit davongekommen?»

Mit einem Zynismus, der Fleda überraschte, bekannte sich Mrs. Gereth zur Anwendung großer Listen. «Durch Berechnung, durch geschickte Wahl des richtigen Zeitpunkts. Ich *war* unauffällig, und ich *war* schnell. Ich habe manövriert, den Boden bereitet, und dann endlich habe ich mich beeilt!» Fleda holte tief Atem: Sie erkannte etwas viel Besseres als sophistische Gelassenheit bei der armen Frau, nämlich ein ungekünsteltes Hochgefühl, einen Zustand, mit dem vergleichsweise einfach umzugehen war. Zwar verdankte sich ihr Hochgefühl nicht so sehr dem, was sie getan, sondern dem, wie sie es getan hatte – mit einem Schachzug, wie er so brillant nur je in den Annalen geahndeter Verbrechen bewahrt worden war. «Es ist mir geglückt, weil ich alles durchdacht und nichts dem Zufall überlassen habe. Die ganze Geschichte wurde im Voraus organisiert, sodass die bloße Durchführung dann nur noch ein paar Stunden dauerte. Es war weitgehend eine Frage des Geldes: Oh, ich war furchtbar verschwenderisch – ich musste auf so viele Leute zurückgreifen. Aber sie waren alle zu dingen – eine kleine Armee von Arbeitern: die Packer, die Träger, die Helfer jeder Art, die Männer mit den mächtigen Fuhrwerken. Es galt, in der Tottenham Court Road alles in die Wege zu leiten und den Preis zu bezahlen. Noch habe ich ihn nicht bezahlt; es wird eine gesalzene Rechnung werden, aber wenigstens ist die Sache erledigt! Schlicht und einfach Schnelligkeit, das war das Wesentliche bei diesem Geschäft. ‹Sie haben zwei Tage›, habe ich gesagt, ‹und keine Sekunde mehr.› Sie haben den Auftrag übernommen und in zwei Tagen erledigt. An einem Dienstagmorgen sind die Leute gekommen, am Donnerstag waren sie wieder fort. Ich gebe zu, dass einige von ihnen Mittwoch die ganze Nacht gearbeitet haben. Ich hatte alles durchdacht; ich habe sie beaufsichtigt; ich habe ihnen gezeigt, wie. Ja, ich habe sie beschwatzt, ich habe sie umworben. Oh, ich war beflügelt – sie fanden mich wunderbar. Ich aß weder, noch schlief ich, aber ich war so ruhig wie jetzt. Ich wusste nicht, was in mir steckt; es herauszufinden lohnte sich. Ich bin höchst bemerkenswert, meine Liebe: Ich habe mit meinen eigenen Armen Tonnen gehoben. Ich bin müde, sehr, sehr müde; aber es ging ohne Kratzer und Schrammen aus, und es fehlt keine Teetasse.» Großartig sowohl in ihrer Erschöpfung als auch in ihrem Triumph, sank sie wieder auf das Sofa, ihr schweifender Blick eine Bündelung vieler Elemente und das unaufhörliche Reiben ihrer Hände ein deutliches Signal. «Auf mein Wort», sagte sie lachend, «hier sehen sie wirklich besser aus!»

Fleda hatte ehrfürchtig zugehört. «Und in Poynton hat niemand etwas gesagt? Es hat keinen Alarm gegeben?»

«Was für einen Alarm hätte es denn geben sollen? Owen hat mich beinahe trotzig allein gelassen. Ich hatte mir eine bestimmte Zeit vorgenommen, in der ich mich mit gutem Grund vor einem feindlichen Einfall sicher fühlen durfte.»

Wieder fragte sich Fleda etwas, was zu äußern sie zögerte: Es ginge schwerlich an, sich zu erkundigen, ob eine solche Heldin sich nicht vor ihren Dienstboten gefürchtet habe. Sie kannte überdies einige der Geheimnisse von Mrs. Gereth' heiterem Haushaltsregiment, das insgesamt daraus bestand, Scheu zu erschüttern und Neugier hervorzurufen – eine so kunstvolle Diplomatie, dass mehrere von den Dienstmädchen geradezu danach verlangten, sie nach Ricks zu begleiten. Mrs. Gereth, die den Gedanken ihrer Besucherin deutlich lesen konnte, griff ihn mit schöner Freimütigkeit auf. «Sie meinen, dass ich beobachtet wurde – dass er seine Gefolgsleute hatte, dazu verpflichtet, ihm zu telegrafieren, falls sie entdeckten, was ich ‹im Schilde› führte? Genau. Ich kenne die drei Personen, an die Sie denken: Ich habe selbst an sie gedacht. Nun ja, ich habe sie an die Kandare genommen – ich habe es ihnen gezeigt.»

Fleda hatte an niemand Besonderen gedacht und niemals wirklich Gefolgsleute vermutet; doch der Ton, in dem Mrs. Gereth sprach, steigerte ihre Spannung. «Was haben Sie mit ihnen gemacht?»

«Ich habe sie hart angefasst – sie in die vorderste Front gestellt. Ich habe sie arbeiten lassen.»

«Sie mussten Möbel tragen?»

«Sie mussten helfen, und zwar mir zuliebe. So habe ich sie für mich eingenommen: Das hatten sie am wenigsten erwartet. Ich bin zu ihnen marschiert, habe jedem in die Augen geblickt und ihm die Wahl gelassen, ob er mir oder meinem Sohn zu Diensten sein will. Sie wollten *mir* zu Diensten sein. Sie waren zu dumm!»

Sie wandelte sich immer mehr zur unmoralischen Frau, doch Fleda musste anerkennen, dass auch ein anderer Mensch dumm gewesen und auch ein anderer Mensch ihr zu Diensten gewesen wäre. «Und wann hat das alles stattgefunden?»

«Erst letzte Woche; es kommt mir vor wie hundert Jahre.

Wir haben hier so schnell gearbeitet wie dort, aber noch bin ich nicht vollständig eingerichtet; anderswo im Haus werden Sie es sehen. Das Schlimmste jedoch ist vorbei.»

«Glauben Sie wirklich?», wollte Fleda sogleich wissen. «Ich meine, akzeptiert er es sozusagen nachträglich?»

«Owen – was ich getan habe? Ich habe nicht die leiseste Ahnung», sagte Mrs. Gereth.

«Und Mona?»

«Sie meinen, sie wird die Seele der Auseinandersetzung sein?»

«Ich sehe Mona schwerlich als die ‹Seele› von irgendetwas», erwiderte das Mädchen. «Aber haben die beiden denn keinen Laut von sich gegeben? Haben Sie denn nichts gehört?»

«Kein Flüstern, keinen Schritt, die ganzen acht Tage nicht. Vielleicht wissen sie es noch gar nicht. Vielleicht ducken sie sich gerade zum Sprung.»

«Aber sie haben sich doch bestimmt gleich nach Ihrem Auszug dorthin begeben?»

«Vielleicht haben Sie ja noch gar nichts von meinem Auszug erfahren.» Erneut wunderte sich Fleda. Es erschien ihr kaum glaublich, dass nicht irgendein Signal von Poynton nach London gesendet worden sein sollte. Wenn der Sturm in Monas Brust eine solche Zeit der Stille brauchte, um sich zusammenzuballen, so würde er sich wahrscheinlich mit einem Donnerschlag entladen. Das große Schweigen aller Beteiligten war seltsam; doch als sie Mrs. Gereth zu einer Erklärung dieser Sache drängte, erwiderte diese nur mit der ihr eigenen tapferen Ironie: «Ach, es hat ihnen den Atem verschlagen!» Sie gab sich indes keinen Illusionen hin; sie war nach wie vor kampfbereit. Was war ihre Plünderung Poyntons denn auch anderes als das erste Gefecht eines Feldzugs?

Das alles war aufregend, und Fledas Stimmung sank erst, als sie zur Schlafenszeit, in dem zu ihrem besonderen Vergnügen verschönerten Logis, mehrere von den Gegenständen vorfand, die sie in ihrem früheren Zimmer am meisten bewundert hatte. Sie hatten Verstärkung durch andere Stücke aus anderen Zimmern bekommen, sodass die ruhige Atmosphäre einen Einklang ohne Bruch, das vollendete Bild eines Mädchenzimmers darstellte. Es war schönstes Louis seize, alles passend zusammengestellt und kombiniert – altes, geläutertes, gestaltetes, verblasstes Frankreich. Aufs Neue beeindruckte Fleda das kompositorische Genie ihrer Freundin. Sie konnte sich sagen, dass sich in dieser Nacht kein Mädchen in England unter so ausgesuchter Bewachung zur Ruhe legte, doch sie fand keine Freude an dem Privileg und nicht einmal Schlaf in den müden Stunden, die den Raum in der Winterdämmerung und der Glut des Kaminfeuers irgendwie grau und lieblos aussehen ließen. Sie war außerstande, sich etwas aus solchen Dingen zu machen, wenn sie ihr auf solche Weise zugefallen waren; sie alle hatten etwas Unrechtes an sich, was sie hässlich werden ließ. In ihrem nächtlichen Wachen sah sie Poynton entehrt; sie hatte es als ein glückliches Ganzes geschätzt, überlegte sie, und die sie nun umgebenden Teile schienen zu leiden wie abgehackte Gliedmaßen. Dort in der Stille zu liegen hieß unter anderem, auf eine sanfte, leise Klage von ihnen zu lauschen. Vor dem Zubettgehen war sie mit Mrs. Gereth umherspaziert und hatte gesehen, auf wessen Kosten das ganze Haus eingerichtet worden war. Vom Dach bis zum Keller auf Kosten des armen Owen – es gab keinen Stuhl, auf dem er nicht auch schon gesessen hatte. Die unverheiratete Tante war ausradiert worden – keine Spur mehr von ihr, die ihre Geschichte hätte erzählen können. Fleda versuchte, auf einige der noch nicht in Besitz genommenen Gegenstände in Poynton zu kommen, aber ihr Gedächtnis versagte, was diese anging, und in dem Bemühen, sich die früheren Zusammenstellungen zu vergegenwärtigen, entdeckte sie abermals nichts als Lücken und Narben, eine Leere, die sich zuweilen zu Schlimmerem verdichtete. Dieses konkrete Bild war ihr größter Kummer, denn es war Owen Gereth' Gesicht, seine traurigen, fremden Augen, die nun auf sie gerichtet waren wie nie zuvor. Sie starrten sie aus der Dunkelheit heraus an, mit einem Ausdruck, den sie nicht ertragen konnte: Er schien zu besagen, dass Owen Qualen litt und dass irgendwie sie Schuld daran hatte. Er hatte darauf gebaut, dass sie ihm half; darin hatte ihre Hilfe bestanden. Er hatte ihr die Ehre erwiesen, sie zu bitten, sich in seinem Interesse zu bemühen, hatte ihr eine schwierige und zugleich höchst heikle Aufgabe anvertraut. War das nicht genau die Art von Dienst, die sie ihm unbedingt hatte erweisen wollen? Nun, erwiesen hatte sie ihm schlicht den Dienst, dass sie ihn verraten und seiner Feindin ausgeliefert hatte. Abwechselnd bedrückten sie Scham, Mitleid und Groll; bald gingen die ersten beiden im letzten dieser Gefühle auf. Mrs. Gereth hielt sie in dieser Folterkammer des guten Geschmacks gefangen, zugleich war sie sich mindestens eine Stunde lang im Klaren darüber, dass sie Mrs. Gereth vielleicht hasste.

Etwas anderes jedoch stand, als der Morgen kam, noch eindeutiger fest: Das Abscheulichste auf der Welt wäre für sie, Owen jemals wiederzutreffen. Sie fasste auf der Stelle den Entschluss, keine Vorsichtsmaßnahme zu unterlassen, um dafür zu sorgen, dass sie ohne diese Kalamität durchs Leben ging. Sodann, während sie sich anzog, fasste sie noch einen zweiten. Ihre Situation war in nur wenigen Stunden unhaltbar verlogen geworden; in so wenigen Stunden wie möglich würde sie ihr daher ein Ende machen. Am besten geschähe das, indem sie ihrer Freundin sagte, sie könne zu ihrem größten Bedauern jetzt nicht mehr bei ihr bleiben, könne ihr nicht in dem Grade verbunden bleiben, wie es alles um sie herum so eindeutig verlangte. Sie zog sich mit einer gewissen Heftigkeit an, die verriet, wie es zu diesem Vorhaben gekommen war. Je mehr sie sich voneinander lösten, desto unwahrscheinlicher war es, dass sie Owen über den Weg lief; denn dieser würde seiner Mutter nun schon aus der Notwendigkeit heraus, sie zu Fall zu bringen, näher sein müssen. In der Inkonsequenz ihres Kummers wollte Fleda an deren Fall keinen Anteil haben; sie hatte sowieso schon an allem zu viel Anteil. Wie wichtig es war, nicht zuzulassen, dass ihr undankbares Bekunden einer Meinungsverschiedenheit von Tränenspuren begleitet wurde, dessen war sie sich schon vor dem Frühstück und im Hinblick darauf bewusst, welches Licht diese auf die Frage ihres Beweggrunds werfen könnten; gleichwohl blieb es, nachdem sie im Erdgeschoss dem Fenster unauffällig den Rücken zugewandt hatte, um den Zustand ihrer Augen zu verhehlen, nicht aus, dass sie sich dummerweise ein tiefes Schluchzen entschlüpfen ließ, ehe sie angemessen auf die Frage eingehen konnte, ob sie von ihrem Zimmer nicht entzückt sei. Sie empfand dieses Vorkommnis auf der Stelle als so schwerwiegend, dass sie als einzige Zuflucht sofortige Heuchelei sah, eine rettende Regung, die ihren Gefühlsausbruch der frisch in ihr Bewusstsein getretenen Großzügigkeit ihrer Gastgeberin zuschrieb – eine Bekundung, die ein Um-den-Tisch-Flattern und eine neuerliche Umarmung nach sich zog, jedoch nicht so erfolgreich improvisiert war, dass Fleda sich einbildete, Mrs. Gereth sei auch nur halbwegs beruhigt worden. Verblüfft war sie jedenfalls gewesen, und argwöhnisch mochte sie bleiben: Diese Überlegung machte sich zu jenem Zeitpunkt nach dem Frühstück geltend, als unsere junge Frau sich hinlänglich gefasst hatte, um sagen zu können, was ihr auf dem Herzen lag. Dementsprechend sagte sie es an diesem Vormittag überhaupt nicht. Sie war absurderweise umgeschwenkt; sie hatte den Schock der Angst erlebt, Mrs. Gereth könnte sich mit geschärftem Blick fragen, warum zum Kuckuck (diesen Ausdruck gebrauchte sie häufig, wenn sie sich etwas fragte) sie sich plötzlich so für Owens Rechte entflammte. Zur Not wäre sie zweifellos imstande, diese aus abstrakten Gründen zu verteidigen, aber das würde zu einer Diskussion führen, und der Gedanke einer Diskussion machte sie ihres Geheimnisses wegen nervös. Bis Poynton den Schlag auf irgendeine Weise erwidern und ihr ein Stichwort liefern würde, musste sie die Nervosität in Schach halten; und sie schalt sich selbst eine Närrin, weil sie, für welch kurzen Moment auch immer, vergessen hatte, dass ihre einzige Sicherheit im Schweigen lag.

Gleich nach dem Mittagessen führte ihre Freundin sie in den Garten, damit sie einen Blick auf die Umwälzung – oder wenigstens, wie die Herrin von Ricks es formulierte, den großen Aufruhr – werfen konnte, der dort verfügt worden war; aber die Damen hatten sich kaum zu dessen Betrachtung aufgestellt, als die jüngere sich eine Aussicht erfassen sah, die sich in einer ganz anderen Richtung eröffnete. Merkwürdigerweise wurde ihre Aufmerksamkeit durch die Bänder an der Haube des Stubenmädchens darauf gelenkt, die hinter der ordentlichen jungen Frau flatterten, welche unerwartet aus dem Haus gestürzt kam und, während sie über den Rasen lief, ein langes rotes Gesicht erkennen ließ, und diese Bänder schienen mit ihrem Flattern den Namen zu artikulieren, den zu vernehmen Fleda derzeit einzig lebte. «Poynton – Poynton!», sagten die Musselinstreifen, sodass das Stubenmädchen augenblicklich zur Akteurin in diesem Drama wurde, und Fleda, die kleinmütig davon ausging, dass sie selbst nur Zuschauerin war, blickte über die Rampenlichter auf die Exponentin der Hauptrolle. Die Art und Weise, wie diese Künstlerin den Blick erwiderte, zeigte sie ebenso in Gedanken vertieft. Beide wurden gleichermaßen von Denkbarem gequält, doch war, ehe diese Ankündigung erfolgte, die Befürchtung weder der einen noch der anderen in die Richtung gegangen, dass Mrs. Gereth' Opfer leibhaftig in Ricks auftauchen würde. Als die Botin sie davon unterrichtete, dass Mr. Gereth im Salon sitze, ertönte das blanke «Oh!», das Fleda ausstieß, so übereilt wie der Laut auf den Lippen ihrer Gastgeberin und war noch dazu, wie sie fand, viel weniger angemessen. «Dass irgendwer kommen würde, dachte ich mir schon», sagte jene hinterher, «aber ich habe alles in allem eher mit einem Anwaltsgehilfen gerechnet.» Fleda ließ unerwähnt, dass sie alles in allem mit zwei Constables gerechnet hatte. Sie verwunderte sich über Mrs. Gereth' Frage an das Stubenmädchen.

«Nach wem hat er gefragt?»

«Aber natürlich nach *Ihnen*, liebste Freundin!», warf Fleda ein und verfiel dabei instinktiv in die Anrede, die intensivsten Druck verriet. Sie wollte Mrs. Gereth zwischen sich und die Gefahr stellen.

«Er hat nach Miss Vetch gefragt, gnä' Frau», erwiderte das Mädchen mit einem Gesicht, das Fleda bestürzenderweise das Getuschel der Küche zu Ohren brachte.

«Ganz wie es sich schickt», sagte Mrs. Gereth streng. Dann, zu Fleda: «Bitte gehen Sie zu ihm.»

«Aber was soll ich tun?»

«Was Sie immer tun – feststellen, was er will.» Mrs. Gereth entließ das Mädchen. «Sagen Sie ihm, Miss Vetch kommt gleich.» Fleda erkannte, dass in diesem Augenblick nichts als der Wunsch, nur ihrem Sohn nicht zu begegnen, das Denken der Mutter bestimmte. Sie hatte vollständig mit ihm gebrochen, und was unlängst passiert war, war nicht dazu angetan, den Bruch zu heilen. Dazu brauchte es inzwischen mehr, als dass er sich uneingeladen an ihrer Tür einfand. «Er hat recht damit, dass er nach Ihnen fragt – er ist sich bewusst, dass Sie immer noch unsere Vermittlerin sind; nichts ist geschehen, was daran etwas geändert hätte. Was er durch Sie übermitteln möchte, bin ich wie auch schon zuvor bereit, mir anzuhören. Soweit es *mich* betrifft, wie soll ich ihm, wenn ich ihm vor einem Monat nicht gegenübertreten konnte, heute gegenübertreten? Wenn er gekommen ist, um zu sagen: ‹Meine liebe Mutter, du bist hier, in der armseligen Hütte, in die ich dich befördert habe, mit Tröstungen, die mir Vergnügen machen›, dann höre ich ihm zu; aber auf keiner anderen Grundlage. Das ist es, was Sie bitte feststellen sollen. Ich wäre Ihnen sehr verbunden, wie ich Ihnen zuvor schon verbunden war. Also!» Mrs. Gereth kehrte ihr den Rücken und begann, indem sie gekonnt Überlegenheit vortäuschte, sich der Miseren unmittelbar vor ihr anzunehmen. Fleda zögerte unterdessen, verweilte noch einige Minuten, wo man sie hatte stehen lassen, und spürte insgeheim, dass ihr Schicksal sie noch immer in der Hand hatte. Es hatte sie Owen Gereth gegenübergestellt und beabsichtigte offenbar, sie in dieser Lage zu halten. Aufs Neue wurde sie an zweierlei erinnert: zum einen, dass sie zwar die Rigorosität ihrer Freundin verurteilte, im Grunde jedoch nie die Geschichte der Szene erfahren hatte, die sich vor Wochen – an dem Tag, an dem sich die Ältere in ihrer Niederlage zu Bett gelegt hatte – in dem großen, in Furcht versetzten Haus zwischen den beiden Intimfeinden abgespielt hatte. Zum anderen, dass es ihr in Ricks wie in Poynton vor allen Dingen zukam, dankbar eine Nützlichkeit zu akzeptieren, die, wie sie sich stets vor Augen halten musste, nicht allgemein anerkannt war. Den Ausschlag aber gab zuletzt, während Mrs. Gereth im Gesträuch verschwand, dass sie, obwohl ein Stück vom Haus entfernt und auf der dem Salon abgewandten Seite, den jungen Mann dort ganz deutlich allein mit den Ursachen seiner Pein vor sich sah. Sie sah ihn schlicht auf seine Tapisserien starren, hörte den schweren Schritt auf seinen Teppichen und den schweren Atem, der kundtat, wie ungerecht er sich behandelt fühlte. Daraufhin ging sie rasch zu ihm.

8

«Ich habe nach Ihnen gefragt», sagte er, als sie dastand, «weil ich von dem Kutscher, der mich vom Bahnhof zum Wirtshaus gefahren hat, gehört habe, dass er Sie gestern hierhergebracht hat. Wir sind ins Gespräch gekommen – er hat es erwähnt.»

«Sie wussten nicht, dass ich hier bin?»

«Nein. Ich wusste nur, dass Sie in London all das zu erledigen hatten, wovon Sie mir an jenem Tag erzählt haben; und Mona kam der Gedanke, dass Sie nach der Hochzeit Ihrer Schwester weiter bei Ihrem Vater bleiben. Also dachte ich, Sie wären immer noch bei ihm.»

«Das bin ich auch», erwiderte Fleda in leichter Idealisierung der Umstände. «Ich bin nur vorübergehend hier. Aber wollen Sie damit sagen», fuhr sie fort, «Sie wären nicht hierhergekommen, wenn Sie gewusst hätten, dass ich bei Ihrer Mutter bin?»

Die Art, wie Owen ob der Frage zögerte, ließ diese neckischer klingen, als Fleda beabsichtigt hatte. Tatsächlich hatte sie keine andere Absicht im Sinn als die, sich strikt auf ihre Aufgabe zu beschränken. Wogegen auch immer er sich inzwischen gewappnet hatte, sie war bei der ganzen Sache, wie sie bereits erkannte, ein Element, mit dem er nicht gerechnet hatte. Er hatte sich in ganz anderer Weise vorbereitet – und demgemäß darauf geachtet, zunächst im Wirtshaus ein solides Mittagessen einzunehmen. Niemand hatte ihn gezwungen, nach ihr zu fragen, doch sie wurde sich in seiner Gegenwart des eigenartigen Verlangens bewusst, ihm das Gefühl zu vermitteln, dass ihm eigentlich nichts Schlimmes zustoßen konnte. Sie mochte ihn aus der Fassung bringen, wie man das nannte, aber sie würde keinen Vorteil daraus ziehen. Sie hatte noch nie einen Menschen erlebt, bei dem sie stärker den Wunsch verspürt hätte, leicht und ungezwungen, ausnehmend menschlich mit ihm umzugehen. Die Darstellung, die er gleich darauf von der Angelegenheit gab, besagte, dass er in der Tat nicht gekommen wäre, wenn er gewusst hätte, dass sie an Ort und Stelle war; denn dann – ob sie das nicht verstehe? – hätte er ihr schreiben können. Dann hätte sie an seiner Stelle seiner Mutter den Kopf zurechtsetzen können.

«Das hätte es mir erspart … nun ja, es hätte mir vieles erspart. Natürlich spreche ich lieber mit Ihnen als mit ihr», fügte er etwas unbeholfen hinzu. «Ich versichere Ihnen, als der Bursche von Ihnen anfing, habe ich mit beiden Händen die Gelegenheit ergriffen. Ehrlich gesagt, möchte ich Mama eigentlich gar nicht sprechen. Falls sie glaubt, mir *gefällt* das …!» Er seufzte enerviert. «Ich bin nur hergekommen,

weil mir das besser erschien als jede andere Vorgehensweise. Sie soll nicht sagen können, ich hätte mich nicht korrekt
verhalten. Sie wissen vermutlich, dass sie alles mitgenommen hat; oder wenn schon nicht restlos alles, so doch erheblich mehr, als man sich je hätte träumen lassen. Sie sehen es
ja selbst – sie hat die halbe Einrichtung hierhergeschafft.
Sie hat sie hier hineingestopft – Sie sehen es ja selbst!» Er
war auf seinen alten Kniff der kunstlosen Wiederholung,
der hilflosen Iteration des Offensichtlichen verfallen; doch
auf Fleda wirkte er ganz fremd, und sei es nur aufgrund der
kleinen hektischen Punkte, die sein klares Gesicht spren-
kelten und beinahe entstellten. Er hätte ein prächtiger junger Mann mit schlimmen Zahnschmerzen sein können, vielleicht sogar den ersten seines Lebens. Vor allem plagte ihn
ihrem Empfinden nach, dass Ärger ihm neu war. Er hatte
nie irgendeine Schwierigkeit erlebt; er hatte stets alle Hin-
dernisse genommen, seine Welt war ganz und gar die des
persönlich Möglichen, umgeben zwar von einer grauen Vorstadt, in die sich zu verirren er aber nie Gelegenheit gehabt
hatte. In dieser vulgären und schlecht beleuchteten Gegend
hatte er sich nun offensichtlich verlaufen. «Wir haben es
ganz und gar ihrem Ehrgefühl überlassen, wissen Sie», sagte er kläglich.

«Vielleicht könnten sie mit einigem Recht sagen, dass Sie
es ein wenig auch meinem überlassen haben.» So zwischen
den Kostbarkeiten vor ihm aufgebaut, als wäre sie in gewisser Weise deren Hüterin, hatte sie das Gefühl, komplett davon abrücken zu müssen. Mrs. Gereth hatte alles andere als
den Verrat an ihr unmöglich gemacht. «Von meiner Seite
kann ich Ihnen nur sagen, dass ich es ihr überlassen habe.
Auch ich hätte nicht im Traum gedacht, dass sie so vieles
aussuchen würde.»

«Und Sie halten es doch eigentlich auch nicht für recht und billig, oder? Bestimmt nicht!» Er sprach sehr rasch; er schien im Grunde zu appellieren.

Fleda knickte ein. «Ich denke, sie ist zu weit gegangen.» Dann fügte sie hinzu: «Ich werde ihr sofort erklären, dass ich das zu Ihnen gesagt habe.»

Diese Äußerung schien ihn stutzig zu machen, aber er erwiderte gleich darauf: «Sie haben ihr also nicht gesagt, was Sie denken?»

«Noch nicht; vergessen Sie nicht, dass ich erst gestern angekommen bin.» Sie empfand sich als schändlich schwach. «Ich hatte keine Ahnung, was sie tut. Ich wurde völlig überrumpelt. Sie hat es großartig hinbekommen.»

«Es ist das Raffinierteste, was ich je im Leben gesehen habe!» Sie blickten einander verständnisinnig, in Anerkennung der Raffinesse, an, und Owen brach abrupt in ein lautes Lachen aus. Das Lachen an sich war natürlich, sein Anlass jedoch seltsam; und seltsamer noch war für Fleda, sodass auch sie beinahe lachte, das wenig folgerichtige Mitleid, mit dem er hinzufügte: «Arme, liebe Mama! Das ist einer der Gründe, warum ich nach Ihnen gefragt habe», fuhr er fort, «um festzustellen, ob Sie sie unterstützen.»

Ganz gleich, was er sagte oder tat, sie mochte ihn deshalb nur umso mehr. «Wie kann ich sie denn unterstützen, Mr. Gereth, wenn ich, wie ich Ihnen erzählt habe, denke, dass sie einen großen Fehler gemacht hat?»

«Ein großer Fehler! Das ist in Ordnung.» Er sprach – warum, war ihr nicht klar –, als wäre mit dieser Attestierung viel gewonnen.

«Es gibt natürlich auch vieles, was sie nicht mitgenommen hat», fuhr Fleda fort.

«O ja, vieles. Aber Sie würden das Haus trotzdem nicht

wiedererkennen.» Er blickte sich mit seinem verfärbten Gesicht eines Beschwindelten im Zimmer um, was Fledas Mitgefühl für ihn noch vertiefte und jedes Lächeln über ein so unverstelltes Bild des Übertölpelten hinwegzauberte. «Dieses hier dagegen sofort, nicht wahr? Das sind genau die Dinge, die sie hätte dalassen müssen. Ist das ganze Haus voll davon?»

«Das ganze Haus», sagte Fleda unnachgiebig. Sie dachte an ihr wunderschönes Zimmer.

«Mir war gar nicht klar, wie viel mir an den Sachen liegt. Sie sind schrecklich wertvoll, nicht wahr?»

Owens Gebaren stellte sie vor ein Rätsel; sie war sich einer Wiederkehr des Aufruhrs bewusst, den er an jenem letzten, verwirrenden Tag in ihr hervorgerufen hatte, und sie hielt sich vor Augen, dass es nun, da sie gewarnt war, unentschuldbar wäre, Owen die Rechtfertigung der Furcht zu gestatten, die sie befallen hatte.

«Mutter glaubt, ich hätte nie Notiz davon genommen, aber ich versichere Ihnen, ich war schrecklich stolz auf alles. Bei meiner Ehre, ich *war* stolz, Miss Vetch.»

Seine Hilflosigkeit hatte etwas Eigenartiges; er schien sie überzeugen und sich selbst vergewissern zu wollen, dass sie aufrichtig empfand, mit wie viel Recht er das Vorgefallene eigentlich als Kränkung auffasste. Sie konnte nur fast ebenso hilflos wie er ausrufen: «Natürlich haben Sie recht gehandelt! Das Ganze ist höchst schmerzvoll. Ich werde Ihre Mutter sofort wissen lassen», erklärte sie erneut, «wie ich mich Ihnen gegenüber über sie geäußert habe.» Sie klammerte sich an diesen Gedanken als den Ausweis ihrer Redlichkeit.

«Werden Sie ihr sagen, was sie Ihrer Meinung nach tun müsste?», fragte er mit einem gewissen Eifer.

«Was sie tun müsste?»

«Finden Sie denn nicht … ich meine, dass sie sie hergeben muss?»

«Sie hergeben?» Wieder gab sich Fleda begriffsstutzig.

«Sie zurückschicken … um kein Aufsehen zu erregen.»

Das Mädchen hatte nicht den Drang verspürt, ihn zum Platznehmen zwischen den Monumenten des seinerseits erlittenen Unrechts aufzufordern, sodass er nervös und unbeholfen, mit den Händen in den Taschen, im Zimmer herumzappelte und so wirkte, als ergriffe er mit der Formulierung seiner Ansicht wieder ein wenig Besitz von ihnen. «Sie wieder verpacken und abtransportieren zu lassen, da sie sich darauf doch so gut versteht. Sie macht das wunderbar» – er fasste zwei, drei kostbare Stücke genauer ins Auge. «Was dem einen recht ist, ist dem andern billig!»

Er lachte über seine Formulierung, doch Fleda blieb ernst. «Sind Sie gekommen, um ihr das zu sagen?»

«Nicht in genau diesen Worten. Aber ich bin tatsächlich gekommen, um ihr zu sagen» – er geriet ins Stocken, dann brachte er es heraus – «ich bin gekommen, um ihr zu sagen, dass wir die Sachen umgehend zurückhaben müssen.»

«Haben Sie denn geglaubt, Ihre Mutter würde mit Ihnen sprechen?»

«Ich war mir nicht sicher, aber es erschien mir richtig, es zu versuchen … es ihr freundlich beizubringen, verstehen Sie denn nicht? Wenn sie mich nicht sprechen will, ist sie selbst schuld. Die einzige Alternative wäre gewesen, ihr die Anwälte auf den Hals zu schicken.»

«Ich bin froh, dass Sie das nicht getan haben.»

«Ich will es ja auch nicht, verwünscht nochmal!», antwortete Owen ehrlich. «Aber was soll man denn machen, wenn sie einem nicht entgegenkommt?»

«Was verstehen Sie unter Entgegenkommen?», fragte Fleda mit einem Lächeln.

«Na, dass sie mich ihr ein Dutzend Dinge nennen lässt, die sie haben kann.»

Das war eine Transaktion, die sich bildhaft vorzustellen Fleda nach Kurzem aufgeben musste. «Und wenn sie das nicht tut …?», fuhr sie fort.

«Dann übergebe ich alles meinem Anwalt. *Der* lässt sie nicht vom Haken, bei Gott! Ich kenne den Burschen!»

«Das ist schrecklich!», sagte Fleda und sah ihn mit wehem Blick an.

«Es ist schlechterdings brutal.»

Sein Mangel an Logik verblüffte sie ebenso wie seine Vehemenz, und sie überlegte, die Augen immer noch auf die seinen gerichtet, ehe sie ihm die Frage stellte, die nach alldem angezeigt schien. Endlich stellte sie sie: «Ist Mona sehr wütend?»

«Du meine Güte, ja!», sagte Owen.

Sie hatte bemerkt, dass er nicht von Mona sprechen würde, ohne dass sie davon anfing. Nachdem sie nun vergeblich darauf gewartet hatte, dass er mehr sagte, fuhr sie fort: «Sie war noch einmal dort? Sie hat den Zustand des Hauses gesehen?»

«Du meine Güte, ja!», wiederholte er.

Fleda erweckte nur ungern den Anschein, als nehme sie keine Rücksicht auf seine Kurzangebundenheit, aber eben weil sie ihr auffiel, spürte sie ein heftiges Verlangen, mehr zu erfahren. Was diese Bündigkeit nahelegte, war schlicht das, was ihr Verstand ihr sagte, denn Owen war zu jeglicher Kunst des Andeutens unfähig. Galt für die Verständigung mit ihm nicht in jedem Fall die Regel, dass sie in seinem Namen sagte, was er nicht sagen konnte? Dieser Sachverhalt war der jungen Frau präsent, als sie sich erkundigte, ob Mona sehr übel nehme, was Mrs. Gereth getan hatte. Er stellte sie prompt zufrieden; er stand vor dem Kamin, den Rücken diesem zugewandt, die langen Beine leicht gespreizt, und hinter seinem Rücken spielten seine Hände ziemlich heftig mit seinen Handschuhen. «Sie nimmt es furchtbar übel. Sie will es sich partout nicht gefallen lassen. Verstehen Sie denn nicht? – Sie hat das Haus mit all den Sachen gesehen.»

«Die sie nun natürlich vermisst.»

«Vermisst – das will ich meinen! Sie war schrecklich in all das verliebt.» Fleda erinnerte sich, wie verliebt Mona gewesen war, und überlegte, dass es, wenn dies die Art von Plädoyer war, die er sich zurechtgelegt hatte, in der Tat nur gut war, dass er seine Mutter nicht sah. Es war dies zwar nicht alles, was sie wissen wollte, aber ihr kam der Gedanke, dass es alles war, was sie wissen musste. «Sehen Sie, das bringt mich in die Lage, dass ich nicht durchführe, was ich versprochen habe», sagte Owen. «Wie sie selbst sagt» – er zögerte einen Moment – «es ist, als hätte ich sie unter Vorspiegelung falscher Tatsachen gewonnen.» Eben noch, da er sich mit größerer Scherzhaftigkeit geäußert hatte, als ihm bewusst war, blieb Fleda ernst; nun aber hatte sein eindeutiger Ernst den Effekt, ihre Heiterkeit zu erregen. Sie lachte laut heraus, und er schaute überrascht drein, fuhr jedoch fort: «Sie betrachtet es als regelrechten Schwindel.»

Fleda blieb stumm; doch schließlich, als er nichts hinzufügte, rief sie aus: «Natürlich macht es einen großen Unterschied!» Sie wusste alles, was sie wissen musste, wagte jedoch nach einem weiteren kurzen Schweigen gleichwohl, die Bemerkung zu äußern: «Es ist mir entfallen – wann findet doch gleich Ihre Hochzeit statt?»

Er trat vom Kamin weg und verfügte sich, offenbar unschlüssig, wohin er sich wenden sollte, am Ende an eines der Fenster. «Das ist noch etwas unsicher. Das Datum steht noch nicht endgültig fest.»

«Ach, ich meinte mich zu erinnern, Sie hätten mir in Poynton einen Tag genannt und dieser stünde kurz bevor.»

«Das habe ich wohl auch; es war der neunzehnte. Aber wir haben es geändert – sie wollte es verlegen.» Er schaute zum Fenster hinaus; dann sagte er: «Tatsächlich wird die Hochzeit erst stattfinden, wenn Mama zur Besinnung gekommen ist.»

«Zur Besinnung gekommen ist?»

«Das Haus wieder in den vorherigen Zustand versetzt hat.» Auf seine wegwerfende Weise fügte er hinzu: «Sie wissen doch, was ich meine!»

Er äußerte sich nicht ungeduldig, sondern mit einer Art intimer Vertraulichkeit, deren Milde ihr Gewissensbisse verursachte, weil sie ihn gezwungen hatte, ihr etwas zu verraten, was ihm peinlich, was sogar demütigend war. Ja, sie wusste in der Tat, was sie wissen musste: Alles, was sie wissen musste, war, dass Mona sich als fähig erwiesen hatte, mit der Faust auf den Tisch zu schlagen. Ihr Typus konnte nur den Oberflächlichen irreführen, und niemand auf der Welt war weniger oberflächlich als Fleda. In Waterbath hatte sie die Wahrheit erahnt, und in Poynton hatte sie darunter gelitten; in Ricks blieb ihr nichts weiter übrig, als sie mit jenem dummen Hochgefühl zu akzeptieren, das sie in sich aufsteigen fühlte. Mona war schnell damit gewesen, den betreffenden Körperteil einzusetzen, denn dergleichen vor der Heirat zu tun durfte man schnell nennen. Dass sie womöglich vorschnell gehandelt hatte – wer könnte das beurteilen außer jemandem, der die Sache im vollen Licht ihres Ausgangs hätte betrachten können? Weder in Waterbath noch in Poynton hatte selbst Fledas Gründlichkeit alles entdeckt, was in Owen Gereth steckte – oder vielmehr nicht steckte. «Natürlich macht das einen gewaltigen Unterschied!», sagte sie in Beantwortung seiner letzten Bemerkung. Im nächsten Augenblick fasste sie nach: «Also soll ich Ihrer Mutter von Ihnen bestellen, dass Sie sofortige und praktisch vollständige Rückgabe verlangen?»

«Ja, bitte. Das wäre schrecklich nett von Ihnen.»

«Nun gut. Möchten Sie warten?»

«Auf Mamas Antwort?» Owens Blick wurde starr, und er wirkte ratlos; er fieberte immer mehr von solch lebhafter Darlegung seines Falls. «Meinen Sie nicht, sie nimmt es vielleicht noch mehr übel, wenn ich hier bin – meint vielleicht, ich will sie zu einer umgehenden Antwort nötigen?»

Fleda erwog es. «Sie möchten also nicht warten?»

«Ich möchte sie korrekt behandeln, verstehen Sie das denn nicht ... sie so behandeln, als gäbe ich ihr mehr als nur ein, zwei Stunden Zeit.»

«Aha», sagte Fleda. «Wenn Sie also nicht warten – auf Wiedersehen.»

Auch das schien wiederum nicht in seinem Sinne. «Müssen *Sie* es denn umgehend tun?»

«Ich denke nur, sie wird ungeduldig sein ... ich meine, Sie wissen schon, zu erfahren, was zwischen uns besprochen worden ist.»

«Ich verstehe», sagte Owen und richtete den Blick auf seine Handschuhe. «Ich kann ihr ein, zwei Tage einräumen, wissen Sie. Ich habe mich natürlich nicht darauf eingerichtet, hier zu übernachten», fuhr er fort. «Das Wirtshaus scheint ein scheußliches Loch zu sein. Über die Züge weiß ich Bescheid ... ich hatte ja keine Ahnung, dass Sie hier sind.» Fast so rasch wie seinem Gegenüber schien ihm aufzugehen, dass hier kein offensichtlicher Zusammenhang wie zwischen Ursache und Wirkung vorlag. «Ich meine, in diesem Fall hätte ich nämlich das Gefühl gehabt, ich könnte hier übernachten. Ich hätte das Gefühl gehabt, ich könnte mich mit Ihnen ganz erheblich länger unterhalten als mit Mama.»

«Wir haben uns doch schon lange unterhalten», sagte Fleda lächelnd.

«Ja, schrecklich, nicht wahr?» Er äußerte sich mit jener Beschränktheit, gegen die sie nichts einzuwenden hatte. So wenig beredt er auch war, er hatte noch viel mehr zu sagen; vielleicht verweilte er, weil ihm vage bewusst war, dass es ihrem Wink, er möge gehen, an Aufrichtigkeit mangelte. «Da wäre noch eine Sache, bitte», meinte er, als gäbe es womöglich noch viele andere. «Bitte sagen Sie nichts von Mona.»

Sie verstand nicht. «Von Mona?»

«Davon, dass *sie* es ist, die findet, Mama sei zu weit gegangen.» Das war immer noch etwas undeutlich, doch nun verstand Fleda immerhin. «Es darf überhaupt nicht den Anschein haben, als käme es von *ihr*, begreifen Sie denn nicht? Das würde Mama nur noch mehr aufbringen.»

Wie sehr aufbringen, wusste Fleda genau, doch sie hatte eine gewisse Scheu davor, ausdrücklich zuzustimmen. Überdies war sie bereits tief in der Überlegung versunken, was «Mama» besänftigen könnte. Noch war es ihr völlig unklar, konnte sie sich nur an die Hoffnung klammern, dass ihr irgendeine Inspiration käme, nachdem er gegangen war. Oh, gewiss, es gab eine Lösung, aber die zog sie nicht in Betracht; trotzdem schwebte sie ihr im starken Licht von Owens gequälter Gegenwart, seines besorgten Gesichts und unruhigen Schritts einige Minuten lang vor. Sie vermutete, dass der arme junge Mann – bemerkenswerterweise – unter der achtbaren Rigorosität seines Anliegens aus bestimmten Gründen, aus Erschöpfung, aus Widerwillen, bereit gewesen wäre, nicht zu insistieren. Die Fähigkeit, gegen seine Mutter zu kämpfen, war ihm abhandengekommen – er war nicht kampftauglich. Es fehlte ihm an natürlichem Eifer, ja sogar an ausgesprochenem Zorn; er hatte nichts an sich, was ihm nicht eingetrichtert worden wäre, und dass er sich alle Mühe gab, die Lektion zu lernen, hatte ihn so krank gemacht. Er hatte seine Empfindlichkeiten, aber er versteckte sie wie Geschenke vor Weihnachten. Er war hohl, oberflächlich, mitleiderregend; eine andere Hand hatte ihn gegürtet. Es war natürlich die Hand Monas gewesen, und sie lag noch immer schwer auf seinem starken, breiten Rücken. Warum also hatte er sich ursprünglich so an ihrer Berührung erfreut? Fleda wischte diese Frage beiseite, denn sie hatte nichts mit ihrem Problem zu tun. Ihr Problem bestand darin, ihm zu helfen, wie ein Gentleman zu leben und durchzuführen, was er sich vorgenommen hatte; ihr Problem war, ihn wieder in seine Rechte einzusetzen. Dass Mona jeder Begriff davon fehlte, was sie verloren hatte, war völlig unerheblich – völlig unerheblich auch, dass sie nicht von der Beraubung, sondern von der Kränkung angetrieben wurde. Sie hatte jeden Grund, sich antreiben zu lassen, obwohl sie sich zumindest in puncto Rachsüchtigkeit sehr viel stärker antreiben ließ, als man hätte vermuten können – ganz gewiss mehr, als Owen selbst sich vorgestellt hatte.

«Bestimmt werde ich Mona nicht erwähnen», sagte Fleda, «es besteht ja auch nicht die geringste Notwendigkeit dazu. Dass Ihnen Unrecht geschehen ist, reicht vollkommen aus, und die Forderung, die Sie stellen, ist somit durchaus gerechtfertigt.»

«Ich kann Ihnen gar nicht sagen, was es mir bedeutet, Sie auf meiner Seite zu wissen!», rief Owen aus.

«Bis jetzt», sagte Fleda nach kurzem Schweigen, «hat Ihre Mutter keinerlei Zweifel daran gehabt, dass ich auf ihrer stehe.»

«Dann wird Sie von Ihrem Sinneswechsel nicht sonderlich erbaut sein.»

«Nein, ich nehme an, sie wird ganz und gar nicht erbaut sein.»

«Wollen Sie damit sagen, Sie werden einen regelrechten Auftritt mit ihr haben?»

«Ich weiß nicht genau, was Sie unter einem regelrechten Auftritt verstehen. Wir werden natürlich eine größere Diskussion führen – falls sie sich überhaupt auf eine Diskussion einlässt. Deshalb müssen Sie ihr unbedingt zwei bis drei Tage Zeit geben.»

«Wie ich sehe, glauben Sie, dass sie sich vielleicht weigert, überhaupt zu diskutieren», sagte Owen.

«Ich versuche nur, auf das Schlimmste vorbereitet zu sein. Sie müssen sich vor Augen halten, dass es ihrem Stolz ungemein zusetzen wird, den Standpunkt aufgeben zu müssen, den sie eingenommen hat, in aller Öffentlichkeit abtreten zu müssen, was sie sich in aller Öffenlichkeit angeeignet hat.»

Owen überlegte; sein Gesicht schien sich zu verbreitern, aber nicht zu einem Lächeln. «Sie ist wohl ungeheuer stolz, wie?» Es mochte das erste Mal sein, dass ihm dies in den Sinn kam.

«Das wissen Sie besser als ich», sagte Fleda mit stark übertriebener Betonung.

«Ich weiß nichts auf der Welt auch nur halb so gut wie Sie. Wenn ich so gescheit wäre wie Sie, dürfte ich hoffen, Mama umzustimmen.» Owen wartete auf weitere Gedanken, dann fuhr er fort: «Ich kann ehrlich gesagt nicht recht erkennen, was selbst Sie sagen oder tun könnten, um sie wirklich herumzukriegen.»

«Bis jetzt kann ich das auch noch nicht erkennen. Ich muss nachdenken – ich muss beten!», setzte das Mädchen lächelnd hinzu. «Ich kann Ihnen nur sagen, dass ich es versuchen werde. Ich *will* es versuchen, wissen Sie – ich will Ihnen helfen.» Daraufhin sah er sie so lange an, dass sie mit großer Entschiedenheit hinzufügte: «Deshalb müssen Sie mich jetzt bitte mit ihr ganz allein lassen. Sie müssen geradewegs zurück.»

«Zurück ins Wirtshaus?»

«O nein, zurück in die Stadt. Ich schreibe Ihnen morgen.»

Er drehte sich halbherzig nach seinem Hut um. «Es besteht natürlich auch die Möglichkeit, dass sie vielleicht Angst hat.»

«Sie meinen Angst vor den juristischen Schritten, die Sie unternehmen können?»

«Ich habe einen unanfechtbaren Anspruch – ich könnte sie drankriegen. Die Brigstocks sagen, es ist schlichtweg Diebstahl.»

«Ich kann mir ohne Weiteres vorstellen, was die Brigstocks sagen!», erlaubte sich Fleda ohne jeden feierlichen Ernst zu bemerken.

«Dabei geht das die Brigstocks gar nichts an, oder?», lautete Owens unerwartete Entgegnung.

Fleda war bereits aufgefallen, dass es sonst niemanden geben mochte, der so langsam war und zugleich so raschen Stimmungswechseln unterlag. Sie zeigte sich belustigt. «Die Brigstocks können mit sehr viel mehr Recht sagen, dass es mich nichts angeht.»

«Jedenfalls belegen Sie Mama nicht mit Schimpfnamen.»

Fleda fragte sich, ob Mona das tat, und deshalb war es ein

umso schönerer Zug von ihr, dass sie gleich darauf ausrief: «Sie wissen nicht, mit was für Schimpfnamen ich sie belegen werde, falls sie nicht nachgibt!»

Owen bedachte sie mit einem düsteren Blick; dann pustete er ein Stäubchen von der Krone seines Hutes. «Aber falls Sie nun tatsächlich mit ihr aneinandergeraten?»

Er wartete so lange auf eine Antwort, bis Fleda schließlich sagte: «Ich glaube, ich weiß nicht, was Sie mit ‹aneinandergeraten› meinen.»

«Nun ja, falls sie *Sie* mit Schimpfnamen belegt.»

«Ich glaube nicht, dass sie das tun wird.»

«Ich will damit sagen, falls sie wütend darüber ist, dass Sie mich unterstützen – was tun Sie dann? Sie kann unmöglich erbaut davon sein, wissen Sie.»

«Dann ist sie eben nicht erbaut davon; aber das kommt alles darauf an. Ich muss überlegen, was ich dann tue. Sie müssen sich meinetwegen keine Sorgen machen.»

Sie äußerte sich mit Entschiedenheit, doch Owen schien immer noch unzufrieden. «Sie werden doch hoffentlich nicht weggehen?»

«Weggehen?»

«Falls sie es Ihnen tatsächlich übel nimmt.»

Fleda schritt zur Tür und öffnete sie. «Das kann ich noch nicht sagen. Sie müssen Geduld haben und abwarten.»

«Natürlich muss ich das», sagte Owen, «… natürlich, natürlich.» Als die Tür offen stand, nutzte er die Gelegenheit nur, um zu äußern: «Sie möchten, dass ich verschwinde, und ich verschwinde auch gleich. Aber beantworten Sie mir vorher bitte noch eine Frage. Falls Sie meine Mutter doch verlassen würden, wohin würden Sie dann gehen?»

Die Ungeheuerlichkeit der Frage ließ sie leicht blinzeln. «Ich habe nicht die geringste Ahnung.»

«Ich vermute, Sie würden nach London zurückgehen.»

«Ich habe nicht die geringste Ahnung», wiederholte Fleda.

«Sie wohnen ... äh ... nicht an einem bestimmten Ort, nicht wahr?», fuhr der junge Mann fort. Er wirkte verlegen, sowie er dies ausgesprochen hatte; sie erkannte, dass er gröber als beabsichtigt auf den Umstand angespielt zu haben meinte, sie besitze, wenn man ganz offen sein wollte, kein eigenes Zuhause. Gemeint hatte er es als Anspielung höchst taktvoller Art auf alles, was sie opfern würde, falls es zu einem Zerwürfnis mit seiner Mutter käme; aber es gab eigentlich keine elegante Art, diesen Punkt zu berühren. Nicht ganz offen zu sein war die einzige Möglichkeit, die einem blieb.

Angespannt, wie sie war, schreckte Fleda vor jedweder Behandlung dieses Themas zurück; sie ließ seine Frage schlichtweg unbeantwortet. «Ich werde Ihre Mutter aber nicht verlassen», sagte sie stattdessen. «Ich werde auf sie einwirken. Ich werde sie vollkommen überzeugen.»

«Das glaube ich sofort, wenn Sie sie auf diese Weise ansehen!»

Sie war so aufs Äußerste angespannt, dass man hätte meinen können, in ihrem blassen, schönen kleinen Gesicht schimmere ein Licht – ein Licht, das, zunächst unerwidert einfach nur auf ihn geworfen, bald einen intensiven Widerschein in seinem eigenen Gesicht fand. «Ich bringe sie zur Einsicht, ich bringe sie zur Einsicht!» – tönte sie wie eine Silberglocke. Sie glaubte in diesem Augenblick fest daran, dass es ihr gelingen werde; doch dieser Glaube wandelte sich in etwas anderes, als sie im nächsten Augenblick gewahrte, dass Owen sich rasch zwischen sie und die Tür schob, die sie geöffnet hatte, und diese, so könnte man sagen, vor ihrer Nase energisch schloss. Das hatte er getan, ehe sie ihn daran hindern konnte, und nun stand er da, die Hand an der Klinke, und lächelte sie seltsam an. Deutlicher, als er es hätte aussprechen können, war das Gefühl in jenen Sekunden des Schweigens.

«Als ich in die Sache hineingeraten bin, habe ich Sie nicht gekannt, und wie kann ich Ihnen, nun da ich Sie kenne, erklären, was sich verändert hat? Und *sie* ist im Licht dieses Streits so verändert, so hässlich und vulgär. Nein, so eine wie *Sie* habe ich nie gekannt. Das ist etwas anderes, das ist etwas ganz Neues. Hören Sie mir einen Moment zu: Lässt sich da nicht etwas machen?» Schon in jenen Augenblicken in Kensington hatte es in der Luft gelegen, und es brauchte nur Worte, um es zur vollendeten Tat werden zu lassen. Umso mehr Grund für das aufgeregte Gemüt des Mädchens, warum es nicht in Worte gefasst werden durfte; ihr einziger Gedanke war, nichts zu hören, dafür zu sorgen, dass die Tat unvollendet blieb. Das würde sie tun, und wenn sie grob unhöflich sein musste.

«Bitte lassen Sie mich hinaus, Mr. Gereth», sagte sie; woraufhin er die Tür zu öffnen nur derart kurz zauderte, dass sie sich, als sie hinterher über das alles nachdachte – und sie sollte ewig darüber nachdenken –, fragte, welchen Ton sie wohl angeschlagen hatte. Sie gingen in die Eingangshalle, wo sie auf das Stubenmädchen traf, bei dem sie sich erkundigte, ob Mrs. Gereth inzwischen ins Haus gekommen sei.

«Nein, Miss; und ich glaube, sie ist auch nicht mehr im Garten. Sie ist die rückwärtige Straße hinaufgegangen.» Mit anderen Worten, sie hatten das ganze Haus für sich allein. In anderer Stimmung wäre es ein Vergnügen gewesen, mit dem Stubenmädchen zu konversieren.

«Bitte öffnen Sie die Haustür», sagte Fleda.

Wie auf der Suche nach seinem Regenschirm blickte sich

Owen vage in der Eingangshalle um – blickte sogar wehmutsvoll die Treppe hinauf –, während die adrette junge Frau Fledas Bitte nachkam. Dann wanderte Owens Blick durch die gerahmte Öffnung. «Ich finde es furchbar schön hier», ließ er sich vernehmen. «Ich versichere Ihnen, ich persönlich könnte es hier aushalten.»

«Das möchte ich meinen, wo die Hälfte Ihrer Sachen hier ist! Es ist praktisch Poynton – jedenfalls fast. Auf Wiedersehen, Mr. Gereth», fügte Fleda hinzu. Ihrem Plan nach sollte die adrette junge Frau natürlich an der Tür stehen bleiben, um diese nach dem Weggang des Gastes hinter ihm zu schließen. Die Dienstbotin jedoch war jäh hinter einer mit grünem Fries bespannten und mit Messingnägeln verzierten Schwingtür verschwunden, einem Gräuel, den abzuschaffen Mrs. Gereth noch nicht die Zeit gefunden hatte. Fleda streckte die Hand aus, doch Owen wandte sich ab – er konnte seinen Schirm nicht finden. Sie trat ins Freie – sie war entschlossen, ihn hinauszukomplimentieren; und gleich darauf gesellte er sich zu ihr in den kleinen, verputzten Säulenvorbau, der wenig Ähnlichkeit mit sonst irgendeinem Detail von Poynton hatte. Es war, wie Mrs. Gereth gesagt hatte, der Säulenvorbau eines Hauses in Brompton[6].

«Oh, ich meine nicht, weil all die Sachen hier sind», erklärte er im Hinblick auf seine Äußerung von eben. «Ich meine, ich könnte es mir so gefallen lassen, wie es war; es gab dort viele gute Sachen, finden Sie nicht auch? Ich meine, wenn alles wieder in Poynton wäre, wenn alles in Ordnung gebracht wäre.» Aber der Höhenflug dieser Idee offenbarte in gewisser Weise, dass ihr Flügel gebrochen war. Fleda verstand seine Erklärung nicht, es sei denn, sie hätte sich auf einen anderen und großartigeren Austausch bezogen – dass nämlich dem großen Haus nicht nur seine Tische und Stühle, sondern auch seine entfremdete Herrin zurückgegeben wurden. Dies würde bedeuten, dass er sich und natürlich noch jemand anderen in Ricks installierte. Diese andere Person konnte schwerlich Mona Brigstock sein. Nun streckte er die Hand aus; und abermals hörte sie seine unausgesprochenen Worte: «Wenn in dem anderen Haus wieder alles an Ort und Stelle wäre, könnte ich hier mit *Ihnen* leben. Verstehen Sie denn nicht, was ich meine?»

Sie verstand vollkommen und reichte ihm mit einem Ausdruck, dem man, wie sie sich schmeichelte, nichts von ihrer Einsicht anmerkte, schlicht die Hand. «Auf Wiedersehen, auf Wiedersehen.»

Er hielt sie ganz fest und ließ auch nach ihrem angestrengten Versuch, sich zu befreien, nicht los – einem Versuch, den sie nicht wiederholte, da sie es für das Beste befand, sich ihre Fassungslosigkeit nicht anmerken zu lassen. Mit dieser Lösung – dass sie mit ihm in Ricks lebte – wäre ihm, und nicht weniger auch ihr, aufs Schönste gedient; auch Mrs. Gereth wäre damit vortrefflich gedient. Wo freilich Mona dabei bliebe, konnte sich Fleda nur vergeblich fragen. Während er sie, noch immer ihre Hand umklammernd, ansah, hatte sie das Gefühl, nun in der Tat für die Extravaganz seiner Mutter in Poynton bezahlen zu müssen – die Lebhaftigkeit, mit der diese öffentlich kundgetan hatte, dass die kleine Fleda Vetch diejenige sein sollte, die den allgemeinen Frieden wahrte ... Diese Lebhaftigkeit war es, auf die der arme Owen zurückgekommen war, und wenn Mrs. Gereth mehr Diskretion gezeigt hätte, wäre die kleine Fleda Vetch nicht in Nöte geraten. Sie erkannte, dass Owen nun das qualvollste Bedürfnis verspürte, sich zu äußern, und solange er ihre Hand nicht losließ, konnte sie sich nur fügen. Ihr bester Schutz wäre vielleicht, nichtssagend und eisern dreinzuschauen; also schaute sie so nichtssagend und eisern wie möglich drein und wurde dafür unmittelbar mit dem Gefühl belohnt, dass dies keineswegs das war, was er wollte. Es ließ ihn sogar zögern wie von einem plötzlichen Bedenken, einem Rückruf zu Pflicht und zu Ehre. Doch er brachte gleichwohl heraus: «Es gibt eines, was ich Ihnen wohl sagen sollte, wenn Sie sich schon so freundlich für mich einsetzen; dabei werden Sie natürlich selbst einsehen, dass es keinesfalls anginge, es *ihr* zu sagen.» Was meinte er? Wieder ließ er sie warten, und während sie, unter strengem Zwang, wartete, hatte sie den merkwürdigen Eindruck, seine Schlichtheit wäre im Schwinden. Seine natürliche Ehrlichkeit glich dem Duft einer Blume, und in diesem Augenblick kam es ihr vor, als wäre ihre Nase ohne jenen Duft von der Blüte gestreift worden. Angespielt hatte er zweifellos auf seine Mutter; und war, was er zu der fraglichen Angelegenheit meinte, nicht das Gegenteil dessen, was er gesagt hatte – dass es durchaus anginge, es ihr zu sagen? Es wäre das erste Mal gewesen, dass er das Gegenteil dessen im Sinn hatte, was er sagte, und darin lag ein gewisser Reiz und zugleich etwas Spannungsvolles in der Uneindeutigkeit. «Es ist einfach so, dass Mona mir zu verstehen gegeben hat ... wissen Sie», stammelte er, «es ist einfach so, dass sie mir in aller Deutlichkeit klargemacht hat ...!» Er versuchte zu lachen und geriet dabei wieder ins Stocken.

«Klargemacht hat ...?», ermutigte ihn Fleda.

Er spürte es, er überwand seine Schwierigkeit. «Na, dass, wenn ich die Sachen nicht zurückbekomme – und zwar jedes einzelne Stück außer einigen wenigen, die *sie* aussucht ... sie mir nichts mehr zu sagen hat.»

Nach kurzem Innehalten ermutigte Fleda ihn erneut. «Ihnen nichts mehr zu sagen hat?»

«Na, dass sie mich dann schlicht nicht nimmt, verstehen Sie denn nicht?»

Owens Beine, ganz zu schweigen von seiner Stimme, hatten gezittert, während er das sagte, und sie spürte, wie sein Griff um ihre Hand sich lockerte, sodass sie wieder freikam. Ihr einfühlsamer Blick löste sich in einem lebhaften Lachen. «Oh, es wird alles gut, denn Sie *werden* sie bekommen. Ganz bestimmt; Ihnen wird nichts passieren, keine Sorge!» Die Hand an der Tür, wich sie ins Haus zurück. «Auf Wiedersehen, auf Wiedersehen.» Sie wiederholte es mehrmals unter tapferem Lachen, scheuchte ihn regelrecht weg und machte ihm, da er sich nicht rührte und lediglich auf der anderen Seite der Schwelle stand, die Tür vor der Nase zu, ganz so, wie er ihr die Salontür vor der Nase zugemacht hatte. Nie hatte sich ein Gesicht, nie jedenfalls ein so schönes, dieser Ungehörigkeit so unmittelbar dargeboten. Sie hielt sogar eine Zeit lang die Klinke fest, für den Fall, dass er versuchen sollte, wieder hereinzukommen. Endlich, da sie nichts hörte, stürzte sie in Richtung Treppe und rannte hinauf.

9

War dies zwar noch vor einer Weile alles, was sie hatte wissen müssen, hatte sie es denn doch nicht gewusst, sodass sie, erfüllt von Gefahr und Sorge oben in ihrem Zimmer angelangt, wo ihr das Zeitalter von Louis seize plötzlich geschmack- und sinnlos erschien, nun zum ersten Mal die Versuchung empfand, der sie ausgesetzt war. Owen hatte sie ihr mit einer Kunstfertigkeit vor Augen geführt, von der er sich selbst nie etwas hätte träumen lassen. Mona würde ihn fortjagen, wenn er nicht zum Äußersten schritt – wenn seine

Verhandlungen mit seiner Mutter fehlschlügen, wäre er vollkommen frei. Diese Verhandlungen hingen von einer jungen Dame ab, die er angelegentlich auf die Vorbedingung seiner Freiheit hingewiesen hatte; und wie um die Nöte der jungen Dame noch zu verschlimmern, hatte das ränkevolle Schicksal Mrs. Gereth, wie das Stubenmädchen sagte, «die rückwärtige Straße hinauf» geschickt. Damit bliebe der jungen Dame umso mehr Zeit, den Entschluss zu fassen, dass bei den Verhandlungen nichts herauskommen würde. Es gäbe verschiedene Möglichkeiten, die Frage an Mrs. Gereth zu richten, und Fleda könnte die Frist bis zu ihrer Rückkehr nutzbringend für die Auswahl derjenigen verwenden, die am sichersten auf einen Fehlschlag hinausliefen. Diese Auswahl erforderte wahrhaftig kein großes Geschick; zu deutlich lag auf der Hand, dass eine effektive Erwähnung Monas mit einem Fehlschlag belohnt würde. Würde jener verabscheuungswürdige Name richtig ins Feld geführt, würde Mrs. Gereth bis zum Tode Widerstand leisten, und vor erbittertem Widerstand würde sich Owen gewiss zurückziehen. Es wäre ein Rückzug ins Junggesellenleben, und Fleda überlegte, dass er nun in dem Bewusstsein weggegangen war, ihr das praktisch gesagt zu haben. Während sie darauf wartete, dass die rückwärtige Straße Mrs. Gereth wieder freigab, konnte sie nur hoffen, dass er sich an diesem Bewusstsein freute. Es gab auch etwas, woran *sie* sich freute, aber das war etwas ganz anderes. Die Gewissheit, dass sie Gegenstand seines Verlangens geworden war, verlieh ihr Flügel, die sie durch die Luft flattern fühlte: Es war wie der Einbruch einer Flut in alles, was sich in ihr angestaut hatte. Die Tiefen des so Gespeicherten waren unergründlich gewesen, und trotzdem schwollen sie nun, eine volle halbe Stunde lang, in dem leeren Hause bis zum Überfließen an. Er schien es gerechtfertigt zu haben, dass sie sich dieses Geheimnis eingestand. Seltsam nur, dass es umgekehrt nichts gab, was sich in seinem Fall durch dieses Eingeständnis rechtfertigen ließ! Wie ließ sich rechtfertigen, dass er Mona wegen einer anderen Frau aufgab? Seine Position war ein kläglicher Appell an Fleda, dies zu legitimieren. Aber er glaubte selbst nicht daran, er besaß nichts von dem Mut, den sein Eigensinn vorgaukelte. Sie erkannte unschwer, wie unrecht alles sein musste, wenn es einem so zu männlichem Auftreten genötigten Mann an Mut fehlte. Sie hatte ihn durcheinandergebracht, gewiss, und er hatte sich aus der Erschütterung heraus geäußert, sie hier anzutreffen. Er hatte sie, weiß Gott, ebenfalls durcheinandergebracht, aber sie gehörte zu denen, die sich zusammennehmen konnten. Sie war tatsächlich im Vorteil, überlegte sie, weil sie ihn nicht hatte merken lassen, dass sie überwältigt worden war.

Überdies war sie inzwischen wieder vollständig auf den Beinen, obwohl in der ungeheuren Anstrengung, die dafür erforderlich gewesen war, etwas mitschwang, was auf unermessliche Nachsicht für den jungen Mann hinauslief. Wie konnte sie denn schließlich wissen, was in der von seiner Mutter erzeugten Unruhe aus Monas Beziehungen zu ihm geworden sein mochte? Wäre er imstande gewesen, seine fünf Sinne, soweit vorhanden, besser beisammenzuhalten, hätte er wahrscheinlich gespürt – so deutlich, wie sie das in seinem Namen gespürt hatte –, dass er, solange diese Beziehungen nicht beendet waren, kein Recht hatte, auch nur das Wenige zu sagen, was er gesagt hatte. Er hatte kein Recht, den Anschein zu erwecken, als wollte er ein anderes Mädchen in die Sache hineinziehen, damit es ihm beim Weglaufen half. Wenn er in Nöten war, musste er aus eigenem Antrieb aus diesen Nöten herauskommen, er musste zuerst aus ihnen herauskommen, und alles, was er irgendjemand anderem zu sagen hatte, musste aufgeschoben und hintangestellt werden. Sie selbst jedenfalls – es war ihr eigener Fall, der sich hier abzeichnete – dachte nicht im Traum daran, ihm beizuspringen, es sei denn im Sinne ihrer gemeinsamen Ehre. Sie durfte sich niemals in diese Sache hineinziehen lassen; sie würde niemals einen Finger gegen Mona erheben können. Etwas in ihr würde es sie für alle Zeiten als Schandfleck empfinden lassen, ihr Glück einer Einmischung zu verdanken. Es erschiene ihr unerträglich vulgär, die Tochter der Brigstocks «ausgestochen» zu haben; und selbst bloße Zurückhaltung würde sie nicht hinlänglich beruhigen, recht gehandelt zu haben. Einzig und allein ihr bisschen Anwesenheit als Kostgängerin durch ihren Nutzen zu rechtfertigen hieße, recht zu handeln; zum Heroismus bekehrt, wie sie es nun war, konnte sie ihren Nutzen nur in einer edlen, feinsinnigen Tat sehen. Sie konnte, kurzum, überhaupt nichts tun, sofern sie es nicht mit einem gewissen Grad von Stolz tun konnte. Und dafür gesorgt zu haben, dass der arme Owen sich leicht aus der Affäre zog, wäre nichts, worauf man stolz sein konnte. Niemand hatte ein Recht darauf, sich solch tiefen und heiligen Gelöbnissen leicht entziehen zu können. Wie konnte Fleda daran zweifeln, dass sie gewaltig gewesen waren, wo sie sehr wohl wusste, was ein von ihr abgelegtes Gelöbnis bedeutet hätte? Wenn Mona so beschaffen war, dass sie derartige Gelübde gering achten konnte, dann war das ihre eigene Angelegenheit. Owen augenscheinlich geliebt, aber eben doch nur eingeschränkt, nur bis zum Gegenwert einiger Tische und Stühle geliebt zu haben war etwas, was sie nicht einmal ansatzweise begreifen konnte. Von einer anderen Art zu lieben ein Beispiel zu geben, war sie selbst bereit, ein Beispiel, dessen Schönheit freilich nicht allgemein bekannt würde. Und käme es ans Licht, so würde es vielleicht auch nicht allgemein verstanden, insofern der besondere Druck, den sie auszuüben gedachte, sollte er von Erfolg gekrönt sein, Owen zwangsläufig weiter an eine Zuneigung binden würde, die eines plötzlichen und gewaltsamen Todes gestorben war. Selbst im Eifer ihres Nachdenkens behielt Fleda die Wahrheit im Blick, dass es nämlich ein merkwürdiges Ergebnis ihrer Großherzigkeit wäre, ihren Freund an der Befreiung von einer Frau zu hindern, die er ablehnte. Und wenn er Mona nicht ablehnte, was trieb ihn dann um? Und wenn doch, fragte sich Fleda, was trieb dann sie selbst um mit ihren albernen Erwägungen?

Unsere junge Dame begegnete dieser Form von Versuchung, die zu erkennen sie unumwunden freute, indem sie erklärte, dass es unredlich und niederträchtig wäre, eine derartige Grausamkeit zu befördern. Mit seinen Ablehnungen hatte sie nichts zu tun; sie hatte nur mit seinem guten Wesen und seinem guten Namen zu tun. Sie freute sich an ihm, so wie er war, am meisten jedoch an diesen beiden Dingen. Die schlimmste Aversion und die lebhafteste Reaktion würden nichts an der Tatsache ändern – da man nun einmal Tatsachen ins Auge sah –, dass seine starken Arme erst neulich ein bemerkenswert schönes Mädchen so eng umschlossen haben mussten, wie diese es gestattet hatte. Fledas Gefühl bildete zu diesem Zeitpunkt ein wundersames Gemisch, in dem Monas Vergünstigungen und Monas Schönheit als machtvolle Denkhilfen figurierten. Sie selbst war nicht schön, und ihre einzigen Vergünstigungen waren die versteinerten Blicke, die sie gerade im Salon praktiziert hatte – dies wurde ihr auf eine Weise bewusst, die merklich zu jenem seltsamen Triumphgefühl beitrug, das sie großmütig stimmte. Das Verdienst solchen Großmuts lässt sich wohl kaum mindern, selbst wenn man erwähnt, dass es zu derartigem Höhenflug

nur kam, weil Fleda durch das Fernrohr ihrer langen Gedan-
kengänge erkannte, was ihr aus der Klemme helfen könnte. Mona selbst würde ihr heraushelfen; zumindest war das
möglich. Insgeheim dachte sie, dass, selbst wenn sie erreichte, was sie Owen versprochen hatte, immer noch die Möglichkeit bestand, dass Mona eigenmächtig handelte. Vielleicht hatte sie mittlerweile, unter Gemütsanspannung oder
was auch immer sie inzwischen antrieb, Dinge gesagt oder
getan, die sich nicht mehr einrenken ließen. Falls der Bruch
von Waterbath aus erfolgte, könnten sie noch alle glücklich werden. Es war dies eine Kalkulation, die Fleda nicht
zu Papier gebracht hätte, aber unter dem Strich beeinflusste
sie ihre Empfindungen. Sie war mittlerweile in einer so be-
merkenswerten Verfassung, dass sie sich zwar weigerte, aus
Owens Fehler Nutzen zu ziehen, ihn sogar verurteilte und
sich beeilte, ihn zu vertuschen, gleichwohl aber eine Süße
daraus sog, die sich schwerlich mit ihrem Wunsch vertrug,
er wäre nicht begangen worden. Passiert war weiter nichts,
weil er instinktiv gewusst hatte, der Ärmste, bei wem er
ihn begehen konnte, und dass er ihn nicht bei irgendeinem
grässlichen, gemeinen Mädchen begangen hatte, das einen
noch größeren gemacht und ihn auf diese Weise sofort zugrunde gerichtet hätte, entschädigte sie dafür, ihn so besorgt
erlebt zu haben. Ihrer beider geschützter Fehltritt (denn sie
gab sich der Vorstellung hin, dass es auch ihrer war) glich
einem gefährlichen, schönen Lebewesen, das sie eingefan-
gen hatte und halten konnte – lebhaft und hilflos im Käfig
ihrer eigenen Leidenschaft halten und den ganzen Tag lang
betrachten und ansprechen konnte. Dort hatte sie es sicher
eingeschlossen, als sie von einem Fenster im ersten Stock
aus Mrs. Gereth wieder im Garten sah. Daraufhin ging sie
zu ihr hinunter.

10

Fledas Kurs stand fest, sie hatte sich ihre Worte zurechtgelegt; auf der Terrasse mit den bemalten Blumentöpfen brach es aus ihr hervor, noch ehe ihre Wohltäterin eine Frage stellen konnte. «Er hatte ein ganz einfaches Anliegen: Er fordert, dass Sie alles umgehend wieder zusammenpacken und so rasch wie möglich mit der Eisenbahn zurückschicken.»

Die rückwärtige Straße hatte Mrs. Gereth offenbar erschöpft; recht blass und bleich von ihrem Spaziergang, straffte sie sich. Es lag etwas Schrilles und Dünnes in dem «Oh!», das sie ausstieß – woraufhin sie sich nach einer Sitzgelegenheit umschaute. Aus ihrer Bewegung sprach eine Kritik am Ablauf der Ereignisse, der einer müde Zurückgekehrten eine solche Nachricht zumutete; doch Fleda erkannte, dass ihre Freundin beim Hin- und Herwälzen der verschiedenen Möglichkeiten in der vergangenen Stunde am häufigsten genau diese spezielle Gefahr zutage gefördert hatte. Am Ende des kurzen, grauen Tages, der feucht und mild gewesen war, kam die Sonne heraus; die Terrasse ging nach Süden, und an der wärmsten Wand des Hauses stand eine Bank, deren schmiedeeiserne Beine und Armlehnen wie knorrige Äste geformt waren. Die Herrin von Ricks ließ sich daraufsinken, und das schöne Gesicht, das sie ihrer Gefährtin darbot, zeigte jene ruhige Miene, die sie aufgesetzt hatte, um sich alles anzuhören. Seltsamerweise ließ gerade dieses feine Gefäß ihrer Aufmerksamkeit Fleda bangen, was wohl am besten hineinzugießen war.

«Eine happige ‹Forderung›, meine Liebe, nicht wahr?», fragte Mrs. Gereth und zog ihren Mantel enger um sich.

«Ja, so würde ich es auch nennen!» Zu ihrer eigenen Überraschung lachte Fleda.

«Ich meine, verbunden mit der Drohung, sie durchzusetzen, und dergleichen.»

«Ganz eindeutig verbunden mit der Drohung, sie durchzusetzen – unter Zwang, wie man das wohl nennen würde.»

«Welcher Art von Zwang?», fragte Mrs. Gereth.

«Nun, rechtlichem Zwang, wissen Sie das denn nicht? – Er will ihnen die Anwälte auf den Hals schicken, wie er das nennt.»

«Nennt er es so?» Sie schien sich mit unbeteiligter Neugier zu äußern.

«So nennt er es», sagte Fleda.

Mrs. Gereth überlegte einen Augenblick lang. «Ach, die Anwälte!», rief sie leichthin aus. Wie sie da beinahe gemütlich, mit nur leicht hochgezogenen Schultern und zusammengerafftem Mantel, als fröstelte sie ein wenig, im sich rötenden Wintersonnenuntergang saß, wirkte sie auf Fleda besitzergreifender denn je, weit entfernt davon, dem Unvermuteten auf halbem Wege entgegenzukommen. «Will er sie hierherschicken?»

«Er meint wohl, dass das passieren könnte.»

«Die Anwälte können schwerlich das Packen besorgen», bemerkte Mrs. Gereth neckisch.

«Ich vermute, er möchte, dass sie – jedenfalls in erster Linie – versuchen, Sie umzustimmen.»

«In erster Linie, wie? Und was möchte er in zweiter Linie?»

Fleda überlegte; sie hatte nicht vorhergesehen, dass eine so einfache Frage sie aus der Fassung bringen könnte. «Das weiß ich leider nicht.»

«Haben Sie denn nicht gefragt?» Es klang aus Mrs. Gereth' Mund wie: «Was haben Sie denn die ganze Zeit gemacht?»

«Ich habe nicht sehr viel gefragt», sagte ihr Gegenüber. «Er ist schon einige Zeit fort. Er schien hauptsächlich deutlich machen zu wollen, dass er sich mit nichts anderem als dem Erwähnten zufriedengeben würde.»

«Dass ich alles zurückgebe?»

«Dass Sie alles zurückgeben.»

«Und, meine Liebe, was haben Sie ihm gesagt?», fuhr Mrs. Gereth sanft fort.

Wieder zögerte Fleda, wand sich innerlich angesichts des Kosenamens, angesichts dessen, was die Worte, aufgeladen mit dem Vertrauen, das zu enttäuschen sie sich nun verpflichtet hatte, als selbstverständlich voraussetzten. «Ich habe ihm gesagt, dass ich es Ihnen sagen würde!» Sie lächelte, spürte jedoch, dass ihr Lächeln zu kläglich ausfiel, und auch, dass Mrs. Gereth sie inzwischen mit einer gewissen Unverwandtheit ansah.

«Wirkte er sehr wütend?»

«Er wirkte sehr traurig. Er nimmt es sehr schwer», fügte Fleda hinzu.

«Und wie nimmt *sie* es?»

«Ach, das ... ich empfand eine gewisse Scheu, das zu fragen.»

«Sie haben es also nicht aus ihm herausgebracht?» In den Worten lag ein Unterton von Erstaunen.

Fleda war verlegen; sie hatte sich noch nicht zu einer eindeutigen Lüge entschlossen. «Ich dachte nicht, dass Sie das kümmert.» Diese kleine Unwahrheit würde sie riskieren.

«Nun, das tut es auch nicht!», verkündete Mrs. Gereth; und Fleda fühlte sich weniger schuldig, als sie das hörte, denn diese Worte verfolgten so wenig ein Ziel wie die ihren.

«Haben Sie denn nichts erwidert?», fuhr die Ältere fort.

«Sie meinen, zu Ihrer Rechtfertigung?»

«Ich hatte nicht die Absicht, Sie in dieser Hinsicht zu bemühen. Meine Rechtfertigung», sagte Mrs. Gereth, die es warm hatte, wie sie da saß, und mit ihrer glasklaren Vorstellung, die dennoch nicht recht Schritt halten konnte, den Blick auf den Kies senkte, «meine Rechtfertigung war die ganze Vergangenheit. Meine Rechtfertigung war die Grausamkeit…» Hier jedoch rief sie sich mit einer kurzen, heftigen Geste zur Ordnung. «Was soll ich noch groß sagen… jetzt.» Sie brachte diese Sätze mit einer kühlen Langmut vor, als redete sie Fleda in deren wirklicher und wahrhaftiger Eigenschaft als Owens Vertreterin an. Unsere junge Dame schlich vor der Bank hin und her, kämpfte gegen das Gefühl an, diese sei von einer Richterin besetzt, betrachtete ihre Stiefelspitzen, musste dabei an Mona denken, brachte die Kiesel im Gehen leise zum Knirschen. Sie bewegte sich aus Angst, schob es von Augenblick zu Augenblick auf, jenen Mut zu demonstrieren, den sie nach eigener Überzeugung besaß. Sie hätte diesen Mut, wenn sie davon überzeugt wäre, Owen zuliebe leiden zu müssen. Während Mrs. Gereth sprach, hatte Fleda sich gefragt, wie diese ihre Rechtfertigung formulieren würde. Sie hatte sie so formuliert, als wäre sie über jeden Tadel erhaben, als legte sie etwaige Zweifel zugunsten ihres Widersachers aus und täte die Frage dann für alle Zeiten ab. «Wenn es uns», fuhr Mrs. Gereth fort, «schon in Poynton nicht gelungen ist, ihm unseren Standpunkt zu verdeutlichen, dann natürlich schlicht deshalb, weil er die Augen verschließt. Ich habe angenommen, Sie hätten ihm Ihre Meinung kundgetan, dass ich, wenn ich mich schon so entschieden durchgesetzt habe, auch unerschütterlich dabei bleibe.»

Fleda hielt vor ihrer Gastgeberin inne. «Ich habe ihm meine Meinung gesagt, dass Sie sehr konsequent, sehr dickköpfig und sehr stolz seien.»

«Ganz recht, meine Liebe: Ich bin eine Eiferin durch und durch – was solche Dinge anlangt!» Mrs. Gereth wies mit dem Kinn auf das Haus samt Inhalt. «Das habe ich nie geleugnet. Ich würde – um sie zu retten, sie zu bekehren – selbst die Kinder von Ketzern entführen. Wenn ich weiß, dass ich im Recht bin, gehe ich dafür auf den Scheiterhaufen. Soll er mich ruhig lebendig verbrennen!», rief sie mit glücklichem Gesicht aus. «Hat er sich abfällig über mich geäußert?», wollte sie dann wissen.

Fleda war stehen geblieben, erinnerte sich an ihren Vorsatz. «Wie wenig Sie ihn kennen!»

Mrs. Gereth starrte sie an und brach dann in ein Lachen aus, womit ihr Gegenüber nicht gerechnet hatte. «Ah, meine Liebe, ganz gewiss nicht so gut wie Sie!» Das Mädchen wandte sich daraufhin wieder ab – sie hatte das Gefühl, man sähe ihr die Verlegenheit deutlich an; zugleich war ihr bewusst, dass Mrs. Gereth' Blick während eines kurzen Schweigens auf sie gerichtet war. Also machte sie abermals kehrt, um ihm zu begegnen, sah sich stattdessen jedoch einer Frage gegenüber, die dem Blick noch mehr Nachdruck verlieh. «Warum hatten Sie eine ‹Scheu› davor, von Mona zu sprechen?»

Wieder machte Fleda vor der Bank halt, und ihr kam eine Eingebung. «Ich würde meinen, gerade Sie müssten das wissen», sagte sie mit geziemender Würde.

Verständnislosigkeit stand Mrs. Gereth einen Moment lang ins Gesicht geschrieben; dann dämmerte es ihr – sie erinnerte sich sichtlich der Szene im Frühstückszimmer nach Monas Übernachtung in Poynton. «Weil ich Sie ihr gegenübergestellt habe – ihm gesagt habe, *Sie* wären die Richtige?» Ihre Augen blickten tief. «Das waren Sie auch – das sind Sie immer noch!»

Fleda gab ein kühnes, dramatisches Lachen von sich. «Danke, meine Liebe – wo alle wirklich guten Sachen doch nun in Ricks sind!»

Mrs. Gereth überlegte, um Ergründung bemüht, wie es schien; doch zuletzt erklärte sie ohne Umschweife: «Wissen Sie, für Sie würde ich sie zurückschicken!»

Das Herz des Mädchens machte einen gewaltigen Sprung; schlagartig dämmerte ihr der richtige Weg. Zwar umhüllte bereits im nächsten Augenblick Dunkel diesen Kurs, aber ein paar aufgeregte Sekunden lang hatte sie verstanden. Die Sachen «für sie» zurückzuschicken hieß natürlich, sie zurückzuschicken, wenn auch nur eine leise Möglichkeit bestand, dass sie deren Herrin werden könnte. Selbst durch die Überlegung, welches Anzeichen für eine solche Möglichkeit Mrs. Gereth plötzlich wahrgenommen hatte, wurde ihr Herzklopfen nicht geringer: Einzig dass sie etwas von ihrem Geheimnis ahnte, konnte ihr ein Licht aufgesteckt haben. Diese Ahnung wiederum war eine ziemlich direkte Folge jener impliziten Einsicht in die Richtigkeit der Herausgabe, von der sie, wie Fleda sehr wohl bewusst war, auch mit noch so vielen Worten nicht mehr würde abrücken können. Fleda empfand zugleich, dass sie zwar die Schätze, aber doch auch ihr Geheimnis retten wollte. Also schaute sie so unschuldig wie möglich drein und sagte, so rasch es ging: «Für mich? Warum um alles in der Welt für mich?»

«Weil Sie sich so ins Zeug legen.»

«Tue ich das? Empfinden Sie mich so? Sie wissen doch, dass ich ihn verabscheue», fuhr Fleda fort.

Eine Zeit lang hatte sie das Gefühl, Mrs. Gereth betrachte sie mit der Distanziertheit einer strengen, klugen Fremden. «Was treibt Sie dann um? Warum wollen Sie, dass ich nachgebe?»

Fleda zögerte; sie spürte sich erröten. «Ich habe nur gesagt, dass Ihr Sohn das will. Nicht, dass *ich* es will.»

«Dann sagen Sie es, und fertig!»

Das war gebieterischer als alles, was ihre Freundin, wiewohl sie sich in ihrer Gegenwart oft sehr pointiert äußerte, jemals mit Bedacht zu ihr gesagt hatte. Es traf sie wie ein Peitschenhieb, doch sie beschränkte sich mit Mühe darauf, es als Mahnung zu verstehen, dass sie einen kühlen Kopf bewahren musste. «Ich weiß, dass er seiner Verpflichtung nachkommen muss.»

«Seiner Verpflichtung zu heiraten? Aber ebendie ist uns doch so zuwider!»

«Warum sollte sie *mir* zuwider sein?», fragte Fleda mit bemühtem Lächeln. Dann, ehe Mrs. Gereth antworten konnte, fuhr sie fort: «Ich denke eher an sein allgemeines Unterfangen – ihr das Haus so zu übergeben, wie sie es ursprünglich gesehen hat.»

«Ihr das Haus zu übergeben!» Mrs. Gereth holte die Worte aus den Tiefen des Unaussprechlichen herauf. Es war ein Effekt wie das Ächzen eines Herbstwinds, und sie wurde blass, als hätte sie von der Landung einer ausländischen Armee hier an ihrer Küste gehört.

«Ich denke», fuhr Fleda fort, «an die schlichte Frage des Einhaltens einer wichtigen Klausel seines Vertrags: Es spielt keine Rolle, ob dieser mit einem Dummkopf oder mit einem Ungeheuer an Klugheit besteht. Ich denke an seine Ehre und seinen guten Namen.»

«Die Ehre und den guten Namen eines Mannes, den Sie verabscheuen?»

«Ganz gewiss», antwortete das Mädchen resolut. «Ich wüsste nicht, was Sie veranlasst zu sprechen, als hätten Sie es mit einem Kleingeist zu tun. So denken Sie auch nicht.

Von dieser Annahme sind Sie im Umgang mit mir nie ausgegangen. Ich kann Ihrem Sohn gerecht werden – weil er mir seinen Fall dargelegt hat.»

«Ach, er hat Ihnen also seinen Fall dargelegt!», rief Mrs. Gereth mit triumphierendem Beiklang. «Eben schienen Sie sich noch zu äußern, als wäre zwischen ihnen nichts von Belang vorgefallen.»

«Irgendetwas fällt immer vor, wenn man ein wenig Vorstellungskraft besitzt», erklärte unsere junge Dame.

«Ich nehme an, Sie meinen damit nicht, dass Owen eine solche besitzt!», antwortete Mrs. Gereth mit ihrem ungezwungenen Lachen.

Fleda hielt inne. «Nein, ich meine damit nicht, dass Owen eine solche besitzt.»

«Warum verabscheuen Sie ihn eigentlich so?», wollte ihre Gastgeberin unvermittelt von ihr wissen.

«Soll ich ihn dafür lieben, dass er Sie hat leiden lassen?»

Mrs. Gereth erhob sich langsam, überquerte den Weg, zog ihre junge Freundin an die Brust und küsste sie. Dann hakte sie sich in wunderlicher, gebieterischer Geselligkeit bei Fleda unter. «Wir wollen uns ein wenig bewegen», sagte sie, zog sie eng an sich und schauderte leicht. Sie schlenderten die Terrasse entlang, und Mrs. Gereth stellte eine weitere Frage. «Dann war er also beredt, der Ärmste – er hat Ihnen sein Herz ausgeschüttet und sich über das erlittene Unrecht beschwert?»

Fleda lächelte auf ihre Gefährtin hinab, die sich, in den Mantel gehüllt und sichtlich gebeugt, schwer auf sie stützte und ihr ein merkwürdiges, ungewohntes Gefühl von Alter und List vermittelte. Sie griff zu einer Ausflucht: «Er konnte mir nichts erzählen, was ich nicht schon weitgehend wusste.»

«Ganz recht, Sie wissen alles. Nein, meine Liebe, Sie sind nicht kleingeistig; Sie besitzen eine großartige Vorstellungskraft, und Sie sind das liebenswerteste Geschöpf der Welt. Wenn Sie albern wären, wie die meisten Mädchen – oder vielmehr alle –, dann hätte ich Sie beleidigt, ich hätte Sie empört, und dann wären Sie entsetzt vor mir geflüchtet. Nein, wenn ich es mir recht überlege», fuhr Mrs. Gereth fort, «Sie wären nicht vor mir geflüchtet: Im Gegenteil, nichts hätte Sie bewogen, von der Stelle zu weichen. Sie hätten sich in Ihr warmes Eckchen gekuschelt, Sie wären verletzt gewesen, sie hätten geweint, sich als Märtyrerin gefühlt und jede Gelegenheit ergriffen, den Leuten zu sagen, dass ich ein Unmensch bin – was ich dann ja auch gewesen wäre!»

Sie gingen auf und ab, und Mrs. Gereth wollte Fleda, die lachend Einwände erhob, nicht erlauben, dieses kühne Bild mit irgendeiner leichten Höflichkeit abzumildern. Sie pries ihre Klugheit und Geduld; dann sagte sie, es werde kalt und dunkel und sie müssten zum Tee ins Haus gehen. Sie zögerte es jedoch hinaus, den Garten zu verlassen, und kam stattdessen auf Owens Ultimatum zurück, zu dem sie noch ein, zwei Fragen stellte; besonders, ob Fleda den Eindruck gehabt habe, dass er wirklich glaube, sie werde nachgeben.

«Ich denke, er glaubt wirklich, dass ich Sie dazu bringen kann, wenn ich mich nur genügend bemühe.» Nachdem sie diese Worte geäußert hatte, blieb unsere junge Frau jäh stehen und ahmte die Umarmung nach, die sie selbst vor einigen Minuten empfangen hatte.

«Und Sie haben versprochen, sich zu bemühen: Ich verstehe. Auch das haben Sie mir nicht verraten», fügte Mrs. Gereth hinzu, während sie weitergingen. «Aber Sie sind ja schließlich zu jeder Schurkerei fähig!» Während Fleda noch überlegte, in welchen Begriffen sie erklären sollte, warum sie tatsächlich auch zu der so gebrandmarkten Zurückhaltung fähig gewesen war, brach aus ihrer Gefährtin eine im Grunde irrelevante und der Form nach profane Frage heraus: «Warum zum Teufel kommt sie eigentlich nicht zustande?»

Fleda zögerte. «Sie meinen die Heirat der beiden?»

«Natürlich meine ich ihre Heirat!»

Sie dachte erneut nach. «Ich habe nicht die geringste Ahnung.»

«Sie haben ihn nicht gefragt?»

«Wie um alles Welt können Sie so etwas nur denken!» Sie sprach in schockiertem Ton.

«Dass Sie eine so taktlose Frage stellen? Ich hätte sie gestellt – an Ihrer Stelle, meine ich; aber ich bin Gott sei Dank auch recht grob!» Fleda spürte insgeheim, dass sie selbst grob war oder es jedenfalls in Kurzem würde sein müssen; und Mr. Gereth fuhr zunehmend zielstrebiger, wie sie fand, fort: «Welcher Tag war es doch gleich? War das nicht jetzt irgendwann?»

«Daran kann ich mich wirklich nicht erinnnern.»

Es war Teil des großen Zerwürfnisses und folgte aus Mrs. Gereth' Charakter, dass sie sich in ihrem Hochmut diesem Detail gegenüber bis dato vollkommen gleichgültig gezeigt hatte. Nun jedoch hatte sie erkennbar einen Grund, sich zu vergewissern. Sie bedachte sich, und ihr entfuhr: «Ist der Tag nicht schon vorbei?» Dann blieb sie unvermittelt stehen und fügte hinzu: «Auf mein Wort, sie müssen sie verschoben haben!» Da Fleda darauf keine Antwort gab, hakte sie nach. «*Haben* sie sie verschoben?»

«Ich habe nicht die leiseste Ahnung», sagte das Mädchen.

Wieder fixierte ihre Gastgeberin sie eingehend. «Hat er es Ihnen denn nicht gesagt – hat er nichts darüber gesagt?»

Fleda hatte unterdessen Zeit zum Nachdenken gehabt, was das fortgesetzte Pochen jener Überlegungen zu bedeuten hatte, die den Zeitraum zwischen Owens Weggang und der Rückkehr seiner Mutter ausgefüllt hatten. Wenn sie seine Worte jetzt wiedergäbe, liefe das ihrem eindeutigen Versprechen zuwider; es würde nur ihrem kleinen geknebelten und verblendeten Verlangen Vorschub leisten. Sie ahnte sehr wohl, welche Folgen es hätte, wenn sie Mrs. Gereth sagte, sie habe es aus dem Mund des aufgewühlten Owen selbst erfahren, dass Mona nur auf die Rückgabe warte und ohne diese nichts tun werde. Es kam darauf an, die Rückgabe zu erreichen, ohne dieses Wissen preiszugeben. Die einzige Möglichkeit, es nicht preiszugeben, bestand darin, nichts Wahres über die Sache zu erzählen; und die einzige Möglichkeit, diese Bedingung einzuhalten, bestand darin, ihrer Gefährtin so zu antworten, wie sie es gleich darauf tat. «Er hat mir überhaupt nichts gesagt. Er hat das Thema gar nicht berührt.»

«Auf keine Weise?»

«Auf keine Weise.»

Mrs. Gereth beobachtete sie und überlegte. «Sie sind also nicht der Auffassung, dass die beiden auf die Sachen warten?»

«Wie denn? Sie ziehen mich nicht zurate.»

«Ich glaube bestimmt, dass sie warten – dass wenigstens Mona wartet.» Mrs. Gereth erwog es abermals; sie hatte eine glänzende Idee. «Ich will verdammt sein, wenn sie nicht einknickt, falls ich nicht nachgebe.»

«Sie wird niemals, niemals einknicken», sagte Fleda.

«Sind Sie da sicher?»

«Sicher kann ich es nicht sagen, aber es ist meine Überzeugung.»

«Die Sie *ihm* verdanken?»

Das Mädchen zögerte einige Sekunden lang. «Die ich ihm verdanke.»

Mrs. Gereth bedachte sie mit einem langen letzten Blick, dann wandte sie sich abrupt ab. «Es ist wirklich lästig, dass Sie ihn nicht zum Reden gebracht haben! Na schön, kommen Sie zum Tee», fügte sie ziemlich nüchtern hinzu und ging geradewegs ins Haus.

11

Dieser Eindruck von Nüchternheit, die eine Komplikation erahnen ließ, veranlasste Fleda, ehe sie der Aufforderung nachkam, sich noch ein Weilchen auf der Terrasse zu verweilen; überdies verspürte sie das Bedürfnis, nach einem solchen Flug in die kalte Luft des Leugnens Atem zu schöpfen. Als sie endlich zu Mrs. Gereth ging, fand sie diese in aufrechter Haltung vor dem Kamin im Salon. Den Tee hatte man ebenfalls dort aufgetragen, und die Herrin des Hauses, für die dessen Zubereitung im Allgemeinen ein hohes und niemals delegiertes Zeremoniell darstellte, wahrte eine vom Zischen der Teeurne[7] unbeeindruckte Haltung. Dieses Versäumnis war ein so deutliches weiteres Anzeichen der Anspannung, dass Fleda, um ihre Bangigkeit zu kaschieren, diese Aufgabe ohne Entschuldigung schnurstracks selbst in die Hand nahm; nur um prompt darauf hingewiesen zu werden, dass sie sie konfus verrichte und die Wege des kleinen Silberlöffels, den sie in die Kanne leerte, nicht mitzähle. «Nicht *fünf,* meine Liebe – die üblichen drei», sagte ihre Gastgeberin mit der nämlichen Ironie und sah dann schweigend zu, wie Fleda ihren Fehler unbeholfen korrigierte. Der

Tee brauchte einige Minuten zum Ziehen, und diese nutzte Mrs. Gereth, um plötzlich auszurufen: «Wissen Sie, Sie haben mir noch gar nicht verraten, wie Sie mich ‹dazu zu bringen› gedenken!»

«Alles zurückzugeben?» Wieder schaute Fleda in die Kanne und äußerte ihre Frage mit einer Forschheit, die sie selbst als leicht übertrieben empfand. «Nun, indem ich Ihnen die Sache deutlich vor Augen führe; indem ich so beredt bin, dass ich Sie überzeuge, dass ich eine Wirkung auf Sie haben werde; indem ich dafür sorge, dass es Ihnen leidtut, so weit gegangen zu sein», sagte sie kühn. «Kurzum, indem ich Sie schlicht und ernsthaft darum bitte und Sie zugleich daran erinnere, dass ich Sie zum ersten Mal um so etwas bitte. Oh, Sie haben schon viel für mich getan – unendlich vieles und Schönes», rief sie aus, «aber das alles haben Sie aus eigener Großzügigkeit heraus getan – ich habe Sie nie gebeten, mir auch nur eine Briefmarke zu leihen.»

«Geben Sie mir eine Tasse Tee», sagte Mrs. Gereth. Einen Augenblick später, als sie die Tasse entgegennahm, erwiderte sie: «Nein, um eine Briefmarke haben Sie mich nie gebeten.»

«Das gibt mir gewisse Rechte!», antwortete Fleda forsch.

«... und versetzt Sie in die Lage zu erwarten, dass ich es schlicht und einfach tue, um Ihnen einen Gefallen zu erweisen?»

So jedenfalls sah es das Mädchen. «Vor einer Weile haben Sie gesagt, meinetwegen würden Sie es tun.»

«Ihretwegen, aber nicht Ihrer Beredtheit wegen. Verstehen Sie, was ich mit dem Unterschied meine?», fügte Mrs. Gereth hinzu, während sie ihren Tee umrührte.

Um die Antwort hinauszuzögern, blickte sich Fleda beim Trinken in dem schönen Raum um. «Wissen Sie, es gefällt mir nicht im Mindesten, dass Sie so viel mitgenommen haben. Es war bei meiner Ankunft hier ein großer Schock für mich, festzustellen, wie weit Sie gegangen sind.»

«Geben Sie mir noch Tee», sagte Mrs. Gereth; einen Moment lang herrschte Schweigen, während Fleda noch eine Tasse eingoss. «Wenn Sie schockiert waren, meine Liebe, dann, muss ich sagen, haben Sie Ihr Schockiertsein geschickt verborgen.»

«Ich weiß. Ich hatte Angst, es zu zeigen.»

Mrs. Gereth trank von ihrer zweiten Tasse. «Und jetzt haben Sie keine Angst?»

«Nein, jetzt habe ich keine Angst.»

«Was hat sich verändert?»

«Ich habe mich zusammengenommen.» Fleda hielt inne; dann fügte sie hinzu: «Und ich habe mit Mr. Owen gesprochen.»

«Sie haben mit Mr. Owen gesprochen...», pflichtete Mrs. Gereth bei. Sie stellte ihre Tasse ab und ließ sich in einen Sessel sinken, in dem sie sich zurücklehnte, legte den Kopf nach hinten und sah ihre junge Freundin an. «Ja, vor einer Weile habe ich Ihnen gesagt, für Sie würde ich es tun. Aber Sie haben mir noch nicht gesagt, was Sie als Gegenleistung tun werden.»

Fleda überlegte. «Alles auf der weiten Welt, was Sie verlangen.»

«Ach, ‹alles› bedeutet gar nichts! Das sagt sich zu leicht.» Mrs. Gereth lehnte sich noch weiter zurück und schloss mit einem Ausdruck von Degout, einem Ausdruck gar, als überließe sie sich der Schläfrigkeit, die Augen.

Fleda betrachtete ihr friedliches Gesicht, das der einsetzende selbstvergessene Schlaf besonders hübsch erscheinen ließ; sie bemerkte, wie sehr die Prüfung der vergangenen

Wochen zu den Anzeichen seines Alterns beigetragen hatte. «Nun gut, dann stellen Sie mich auf die Probe. Was verlangen Sie?»

Daraufhin öffnete Mrs. Gereth die Augen und sprang schlagartig auf. «Bringen Sie die beiden auseinander!»

Fleda verwunderte sich: Ihre Gefährtin war im Nu wieder jung geworden. «Ihn und Mona? Wie um alles in der Welt ...?»

«Indem Sie sich nicht dumm stellen!», rief Mrs. Gereth sehr scharf. Sie gab Fleda jedoch auf der Stelle einen Kuss, um diese Grobheit wiedergutzumachen, und nahm unserer jungen Dame beflissen den Hut ab, den diese beim Betreten des Hauses aufbehalten hatte. Sie bedachte die Haare des Mädchens mit einer freundlichen Berührung und zog ihr sachlich die Jacke zurecht. «Nun schauen Sie doch nicht wie eine Schwachköpfige, Sie sind nämlich keine – nicht im Mindesten. *Ich* bin schwachköpfig; und das schon, wie ich gerade festgestellt habe, seit unseren ersten gemeinsamen Tagen. Ich war ein gewaltiger Esel. Aber das ist eine andere Geschichte.»

Fleda, als stimmte sie in aller Bescheidenheit zu, bestritt dies in keiner Form; sie ließ die plötzliche Beschwörung ihrer eigenen Vorzüge durch ihre Freundin einfach über sich ergehen. «Wie kann ich die beiden denn auseinanderbringen?», fragte sie gleich darauf.

«Indem Sie aus sich herausgehen.»

«Indem ich aus mir herausgehe?» Sie sprach mechanisch, immer noch eher wie eine Schwachköpfige, und hatte das Gefühl, als flammte ihr die Unaufrichtigkeit ihrer Frage aus dem Gesicht. Sie war in aller Lebhaftigkeit wieder da, die Vorstellung, wie man wirklich auf Mrs. Gereth einwirken musste. Deren Bewegungen waren nun rasch; sie wandte sich ebenso schnell wieder von Fleda ab, wie sie sich ihrer bemächtigt hatte, und diese setzte sich, um sich auf die volle Verantwortung einzurichten.

Ohne auf die Frage einzugehen, stocherte ihre Gastgeberin heftig im Feuer, bevor sie sich wieder mit ihr beschäftigte. «Dann haben Sie heute also gleich zwei Dinge getan – nicht wahr? –, die Sie zuvor noch nie getan haben. Zum einen, mich um den Dienst, den Gefallen oder das Zugeständnis – wie auch immer Sie es nennen wollen – zu bitten, das Sie gerade erwähnt haben; und zum anderen, mir (und das gewiss nicht zum ersten Mal!) eine ungeheuerliche kleine Flunkerei aufzutischen.»

«Eine ungeheuerliche kleine Flunkerei?» Fleda wurde ganz schwach zumute; sie war froh um den Rückhalt ihrer Sitzgelegenheit.

«Dann eben eine ungeheuerliche große!», sagte Mrs. Gereth scharf. «Sie ‹verabscheuen› Owen nicht im Geringsten, meine Liebe. Vielmehr liegt Ihnen sehr viel an ihm. In Wirklichkeit, meine Gute, sind Sie in ihn verliebt – da haben Sie's! Erzählen Sie mir keine Lügen mehr!», rief sie mit einer Stimme und einem Gesicht, die einem, wie Fleda begriff, keine Wahl ließen, als wacker standzuhalten und auszuharren. Wenn die Wahrheit erst einmal heraus war, war sie heraus, und Fleda erkannte mit jedem Augenblick deutlicher, dass die Wahrheit die einzige Möglichkeit bot. Daher nahm sie hin, was kommen musste; sie legte den Kopf zurück und schloss die Augen, wie es eben noch ihre Gefährtin getan hatte. Sie hätte die Hände vors Gesicht geschlagen, wenn dies nicht noch beschämender gewesen wäre. «Oh, Sie sind erstaunlich, ganz erstaunlich», sagte Mrs. Gereth. «Sie sind großartig, und ich hatte recht damit, sobald ich Sie gesehen habe, auf Sie zu verfallen und Ihnen zu vertrauen!» Bei diesem letzten Wort kniff Fleda die Augen noch fester zusammen, doch ihre Freundin ließ nicht ab. «Noch bis vor Kurzem hätte ich nicht im Traum daran gedacht – erst als wir, nachdem er gekommen und wieder gegangen war, einander gegenüberstanden. Da stach etwas bei Ihnen hervor; es hat mich stark beeindruckt, und ich wusste zunächst nicht, was ich davon halten sollte. Sie waren gerade mit ihm zusammen gewesen, und Sie haben sich nicht natürlich verhalten. Jedenfalls nicht für *mich*», fügte sie mit einem Lächeln hinzu. «Ich habe aufgepasst, das kann ich Ihnen versichern, und was all dies zu bedeuten haben könnte, sollte mir dämmern, als Sie sagten, Sie hätten ihn nicht über Mona befragt. Das hat mich auf die Fährte gebracht, aber ich habe mir nichts anmerken lassen, oder? Ich hatte das Gefühl, es wäre *in* Ihnen, tief drinnen, und ich müsste es hervorzuziehen. Tja, nun habe ich es hervorgezogen, und es ist ein Segen. Gestern, als Sie beim Frühstück Tränen vergossen haben, war ich schrecklich verwirrt. Was war denn nur die ganze Zeit los mit Ihnen? Das ist doch kein Verbrechen, Fleda, wissen Sie das denn nicht?», rief die entzückte, erstaunliche Frau. «Als junges Mädchen war ich ständig verliebt, und nicht immer in so nette Menschen wie Owen. Ich habe mich nicht so gut benommen wie Sie; verglichen mit Ihnen, muss ich abscheulich gewesen sein. Aber wenn Sie stolz und zurückhaltend sind, ist das Ihre Angelegenheit; ich bin auch stolz, allerdings nicht zurückhaltend – das verdirbt es. Vor allem bin ich dumm – das bin ich wirklich; so vernagelt, dass ich mich deswegen schäme. Freilich hätte mich auch niemand außer Ihnen täuschen können. Wenn ich Ihnen vertraut habe, dann eben deshalb, weil Sie klüger sind als ich: Und jetzt müssen Sie es mehr denn je sein!» Plötzlich spürte Fleda sich an den Händen gepackt: Mrs. Gereth war ihr zu

Füßen geplumpst und lehnte sich an ihre Knie. «Retten Sie ihn ... retten Sie ihn: Sie können es!», flehte sie inbrünstig. «Wie könnten Sie ihn denn auch nicht mögen, wo er doch so ein lieber Mensch ist? Er *ist* ein lieber Mensch, meine Liebste; an meinem Jungen ist kein Arg! Sie können ihn um den Finger wickeln – das wissen Sie! Warum widmet er uns sonst so viel Zeit? Bringen Sie die beiden auseinander: Er fleht Sie ja geradezu darum an, der arme Tropf! Überlassen Sie ihn nicht einem solchen Schicksal, und ich werde Sie niemals im Stich lassen. Stellen Sie ihn sich mit dieser Person, dieser Familie, dieser Zukunft vor! Wenn Sie ihn nehmen, gebe ich alles her. Da haben Sie's, das ist ein feierliches Versprechen, das heiligste meines Lebens. Stechen Sie sie aus, und er bekommt jedes einzelne Stück, das ich mir geschnappt habe. Geben Sie mir Ihr Wort, und ich werde es akzeptieren. Ich bestelle noch heute Abend die Packer!»

Schon vorher hatte Fleda sich vorgebeugt und war ihrer Gefährtin um den Hals gefallen, und die beiden Frauen waren, sich aneinanderklammernd, aufgestanden, während die jüngere am Busen der älteren weinte. «Sie beschönigen es, weil Sie mehr darin sehen, als jemals sein kann. Aber wie werden Sie nach meinem grässlichen Doppelspiel jemals wieder an mich glauben können?»

«Ich sehe darin einfach, was sein *muss*, wenn Sie auch nur einen Funken Mitleid haben. Wo um alles in der Welt war da ein Doppelspiel, wo Sie sich doch verhalten haben wie eine Heilige? Sie waren großartig, Sie waren wunderbar, und all Ihr Unglück hat ein Ende.»

Fleda trocknete sich die Augen und schüttelte unsagbar traurig den Kopf. «Nein, Mrs. Gereth, es hat kein Ende. Ich kann nicht tun, worum Sie mich bitten – ich kann Ihre Bedingung nicht erfüllen.»

Mrs. Gereth starrte sie an; wieder umwölkte sich ihr Gesicht. «Warum denn nicht, um Himmels willen, wo Sie ihn doch anbeten? Ich weiß, was Sie in ihm sehen», erklärte sie in verändertem Ton. «Sie haben vollkommen recht!»

Fleda brachte ein schwaches, eigensinniges Lächeln zustande. «Ihm liegt zu viel an ihr.»

«Warum heiratet er sie dann nicht? Er gibt Ihnen eine außergewöhnliche Chance.»

«Er käme nicht im Traum darauf, dass ich je an ihn gedacht habe», sagte Fleda. «Warum sollte er, wenn nicht einmal Sie darauf gekommen sind?»

«In mich haben Sie sich ja auch nicht verliebt, meine Gute.» Dann fügte Mrs. Gereth hinzu: «Ich werde zu ihm gehen und es ihm sagen.»

«Wenn Sie irgendetwas dergleichen tun, werden Sie mich niemals wiedersehen – absolut und buchstäblich niemals!»

Mrs. Gereth blickte ihre junge Freundin unverwandt an, und ihr war anzumerken, dass sie ihr wohl oder übel glauben musste. «Dann sind Sie verrückt, sind böse. Schwören Sie, dass er es nicht weiß?»

«Natürlich weiß er es nicht!», rief Fleda indigniert.

Ihre Wohltäterin schwieg kurz. «Und dass er *seinerseits* keine Gefühle hat?»

«Für mich?» Fleda machte große Augen. «Noch bevor er sie geheiratet hat?»

Mrs. Gereth stieß darob ein scharfes Lachen aus. «Wenigstens Ihren Witz müsste er zu würdigen wissen. Ach, meine Liebe, Sie sind aber auch ein Schatz! Weiß er denn gar nichts zu schätzen? Hat er Ihnen denn absolut kein Symptom geliefert – keinen Blick geschenkt, keinen Seufzer gehaucht?»

«Der Fall», sagte Fleda kalt, «liegt so, wie ich ihn zu schildern die Ehre hatte.»

«Dann ist er ein ebenso großer Esel wie seine Mutter. Aber Sie wissen, Sie müssen noch eine Erklärung für den Aufschub liefern.»

«Wieso muss ich das?», fragte Fleda kurz darauf.

«Weil Sie sich hier so lange vertraulich mit ihm besprochen haben. Wissen Sie, Sie können nicht mehr so tun, als fehlte es Ihnen an List.»

Das Mädchen überlegte hin und her; ihr war bewusst, dass sie sich zwischen zwei Risiken entscheiden musste. Sie hatte ein Geheimnis gehabt, und das Geheimnis war ausgeplaudert. Owen hatte auch eines, ein ausgewachsenes, wenn auch von gestern, noch unverletzt, und das größere Risiko war nun, dass seine Mutter ihre formidable Hand auch darauf legte. Alle Zärtlichkeit, die Fleda für ihn empfand, bewog sie, ihn zu beschützen; also stellte sie sich der geringeren Gefahr. «Der Aufschub», überwand sie sich zu antworten, «geht vielleicht auf Mona zurück. Ich meine, weil er ihr die Sachen überlassen hat.»

Mrs. Gereth stürzte sich auf diese Bemerkung. «Sodass sie völlig mit ihm bricht, wenn ich die Sachen behalte?»

Fleda zuckte zusammen. «Ich habe Ihnen erzählt, was ich in dieser Hinsicht glaube. Sie wird Szenen machen und darauf bestehen; sie wird ihm zusetzen. Aber sie wird an ihm festhalten; sie wird ihn niemals gehen lassen.»

Mrs. Gereth bedachte das. «Nun, ich werde die Sachen behalten, um sie auf die Probe zu stellen», verkündete sie schließlich, worauf Fleda sich ziemlich elend fühlte, als hätte sie alles gegeben und dafür nichts bekommen.

12

«Ich muss ihm, das gebietet der schlichte Anstand, mitteilen, dass ich mit Ihnen über die Angelegenheit geredet
habe», sagte sie an jenem Abend zu ihrer Gastgeberin. «Was
soll ich ihm als Antwort schreiben?»

«Schreiben Sie ihm, dass Sie ihn noch einmal sprechen
müssen», sagte Mrs. Gereth.

Fleda schaute vollkommen verständnislos drein. «Weswegen um alles in der Welt sollte ich ihn noch einmal sprechen
wollen?»

«Wegen allem, wonach Ihnen der Sinn steht!»

Die Ungezwungenheit dieser Bemerkung hätte die junge
Frau getroffen, hätte sie nicht schon seit einer Stunde gespürt, wie sehr sich der Verkehr mit ihrer Freundin plötzlich
verändert hatte – vor allem, was nach Ansicht jener Freundin ihr eigenes Verhältnis zu der großen Frage anging. Alles, was auf Owens Besuch gefolgt war, hatte dazu geführt,
dass dieses Verhältnis zum schlechthinnigen Schlüssel der
Krise wurde. Sie war ihr weiß Gott aufgedrängt worden,
die Krise, doch nun streckte sie ihre großen, vereinnahmen-
den Arme aus – Arme, die zudrückten, bis sie verletzten und
Fleda aufschreien musste. Es war, als wäre alles in Ricks gemeinsam in ein großes Gefäß gegossen worden, einen öf-
fentlichen Gärbottich aus Emotion und Leidenschaft, um
dann klatschend serviert, um gekostet und beredet zu werden; alles jedenfalls bis auf den einen kleinen Wissensschatz,
den sie zurückbehielt. Eigentlich hätte ihr das gefallen müssen, überlegte sie, verriet es doch Sympathie und eine in-
nigere Verbundenheit mit der Quelle von so viel Schönem
und Neuem in ihrem Leben; dennoch gingen einige feine
Instinkte in ihr auf Abstand. Sie hatte – und zwar nicht erst

zu diesem Zeitpunkt – erkennen müssen, dass es Dinge gab, über die sich Mrs. Gereth' berühmte feine Nase weniger freute als über einen günstigen Kauf oder «Erlesenes». So freute sie sich gewiss auch nicht über das Wissen, das sie eben erlangt hatte; doch waren sie beide schließlich von diesem Augenblick an noch inniger miteinander verbunden, und jemand, der tief in ihrer Schuld stand, musste, was kam, einfach aushalten und hinnehmen. Es gab Möglichkeiten, wie sie einen solchen Menschen schwer inkommodieren konnte, und zwar nicht nur allerbesten Gewissens, sondern auch mit einer aus guten Absichten gespeisten, hochgradigen Brutalität. Einer der direktesten Streiche, die Mrs. Gereth führen könnte, so erkannte Fleda, wäre ein Freudentanz angesichts des Mysteriums, das sie, diese schreckliche Frau, entweiht hatte; das lärmende, rechtmäßige, taktlose Vergnügen des ans Ufer springenden Entdeckers. Wie jeder andere vom Glück begünstigte Forscher würde sie von der glücklichen Insel Besitz ergreifen. Mrs. Gereth war ungemein praktisch veranlagt: Fast das Einzige, was sie am zarten Geheimnis ihrer jungen Freundin in den Blick nahm, war der ausgezeichnete Nutzen, den sie daraus ziehen konnte – ein Nutzen, der so sehr nach ihrem Geschmack war, dass sie sich weigerte, in der Qualität des Materials ein Hindernis zu sehen.

Fleda maß Mrs. Gereth' Antwort auf ihre Frage sehr viel mehr Bedeutung bei, als es ihr noch vor wenigen Stunden in den Sinn gekommen wäre, und zugleich ahnte sie, dass es auch noch deutlicher ging.

«Meinen Sie, ich soll ihm vorschlagen, noch einmal hierherzukommen?», fuhr sie gleich darauf fort.

«Du meine Güte, nein. Sagen Sie, dass Sie in die Stadt fahren und sich dort mit ihm treffen.» Es ging tatsächlich noch deutlicher; Fleda empfand das umso stärker, als ihre Gefährtin vor dem Zubettgehen noch einmal auf das Thema zurückkam und sagte: «Ich überlasse ihn vollständig Ihnen, wissen Sie – Sie können mit ihm tun, was Sie wollen. Verfahren Sie mit ihm, wie es Ihnen klug erscheint – ich stelle keine Fragen. Ich verlange nur, dass Sie es in die Tat umsetzen.»

«Das ist bezaubernd», erwiderte Fleda, «aber es verrät mir, wie Sie zu bedenken so gütig sein wollen, nicht im Mindesten, in welchem Sinne ich ihm schreiben soll. Es ist keine Antwort auf das, was ich Ihnen ausrichten sollte.»

«Die Antwort ist völlig klar. Er bekommt alles zurück, sowie er sagt, dass er Sie heiraten wird.»

«Wollen Sie im Ernst behaupten», fragte Fleda, «Sie hielten mich für fähig, ihm diese Nachricht zu überbringen?»

«Was sonst kann ich denn im Ernst behaupten – wo Sie damit drohen, sich von mir loszusagen, wenn ich es ihm mitteile?»

«Oh, wenn *Sie* es ihm mitteilen …!», murmelte das Mädchen sehr ernst, aber zumindest auch froh in dem Wissen, dass Mrs. Gereth bekannte, diesbezüglich gewarnt und hilflos zu sein. Dann fügte sie hinzu: «Wie kann ich weiter mit Ihnen zusammenleben, wo ich die Basis unseres Verhältnisses so tief missbillige? Ich finde nun einmal, dass Sie ihn weit mehr ausgeplündert haben, als gerecht oder barmherzig ist – denn ich habe zwar erwartet, dass Sie etwas, aber nicht im Mindesten, dass Sie alles mitnehmen würden. Wie kann ich hier bleiben, ohne das Gefühl zu haben, ich unterstütze Sie in Ihrer Grausamkeit und habe an Ihren unrechtmäßig erlangten Gewinnen teil?» Fleda war entschlossen, wenn sie schon der Kälte ihres ungeschützten, ausgeforschten Zustands ausgesetzt war, wenigstens Nutzen daraus zu ziehen, und wenn Mrs. Gereth schon in der Kammer ihrer Seele ein und aus ging, diese Freiheit wenigstens zu erwidern. «Wissen Sie, in ein, zwei Tagen werde ich sämtliche Gegenstände, die Sie umgeben, regelrecht hassen – werde blind sein für all die Schönheit und Kostbarkeit, an der ich mich zuvor erfreut habe. Bitte halten Sie mich nicht für grob; es hat keinen Sinn, jetzt nicht offen zu sein. Wenn ich Sie verlasse, ist alles zu Ende.»

Mrs. Gereth jedoch blieb unbeirrbar: Fleda musste anerkennen, dass ihr Vorteil nun nur allzu real war. «Es ist zu schön, wie Ihnen an ihm liegt; es ist Musik in meinen Ohren. Nichts anderes als eine solche Leidenschaft könnte Sie veranlassen, solche Dinge zu sagen; so hätte ich mich auch verhalten, meine Liebe. Warum haben Sie es mir nicht schon eher erzählt? Ich hätte mich geradewegs für Sie begeistert; nie hätte ich auch nur einen Kerzenleuchter umgezogen. Bleiben Sie nicht bei mir, wenn es Sie quält: Halten Sie sich, wenn es Sie zu viel kostet, nicht dort auf, wo Sie den ganzen Plunder vor Augen haben. Fahren Sie in die Stadt – fahren Sie für ein Weilchen zu Ihrem Vater. Es muss ja nicht für lange sein; zwei, drei Wochen, dann ist alles wieder gut. Ihr Vater wird Sie mit Vergnügen aufnehmen, wenn Sie ihm nur klarmachen, worum es geht – nämlich darum, Sie ihm für immer vom Hals zu schaffen. *Ich* mache ihm das klar, wissen Sie, wenn Sie zu schüchtern sind. Ich würde selbst mit Ihnen hinfahren, ich würde Sie begleiten, damit Sie sich nicht langweilen: Wir würden uns in einem Hotel einmieten und könnten uns ein bisschen amüsieren. Wir haben nicht viel unschuldiges Vergnügen erlebt, seit wir uns kennengelernt haben, nicht wahr? Aber das würde Ihnen natürlich nicht in den Kram passen. Ich wäre ein Schreckgespenst für Owen – ich wäre fürchterlich im Wege. Ihre

Chance ist dort – Ihre Chance ist, allein zu sein. Nutzen Sie sie um Gottes willen zum richtigen Ende. Falls Sie Geld brauchen, ich habe ein bisschen was, das ich Ihnen geben kann. Aber ich stelle keine Fragen – nicht einmal eine, die so klein ist wie Ihr Schuh!»

Sie stellte tatsächlich keine Fragen, setzte aber die merkwürdigsten Dinge als selbstverständlich voraus; nach Verstreichen einiger Tage empfand Fleda das noch stärker. Am zweiten des Monats schrieb unsere junge Dame an Owen; ihre Emotionen hatten sich bis zu einem gewissen Grade geklärt – etwas zumindest konnte sie in aller Kürze sagen. Wenn sie Mrs. Gereth auch alles gegeben und bislang dafür nichts bekommen hatte, so hatte sie sich andererseits doch rasch – es dauerte nur eine Nacht – gegen den ersten entmutigenden Dämpfer gewehrt. Ihr Verlangen, ihm zu dienen, war zu leidenschaftlich, das Gefühl, dass er sich auf sie verließ, zu süß: Dies richtete sie wieder auf und verhalf ihr zu neuer Geduld, zu neuer Subtilität. Es durfte nicht umsonst gewesen sein, dass sie so viel gegeben hatte; tief in ihr brannte wieder die Entschlossenheit, etwas zurückzubekommen. Und so schrieb sie Owen schlicht, sie habe einen heftigen Auftritt mit seiner Mutter gehabt, aber er müsse geduldig sein und ihr Zeit lassen. Es sei, wie sie beide erwartet hätten, schwierig, aber sie gebe sich alle Mühe für ihn. Sie habe eine gewisse Wirkung erzielt – sie werde alles tun, diese zu vertiefen. Unterdessen müsse er sich vollkommen ruhig verhalten und dürfe keine anderen Schritte unternehmen; er müsse ihr nur vertrauen, für sie beten und an ihre vollständige Loyalität glauben. Sie machte keinerlei Anspielung auf Monas Haltung noch darauf, dass er, was jene junge Dame anlangte, nicht Herr der Lage war; doch in einem Postskriptum schrieb sie, im Hinblick auf seine Mutter: «Natürlich wundert sie sich sehr, dass Ihre Hochzeit noch nicht stattgefunden hat.» Nachdem der Brief abgeschickt war, bedauerte sie es, das Wort «Loyalität» verwendet zu haben; es gab zwei, drei vagere Begriffe, deren sie sich ebenso gut hätte bedienen können. Als Antwort von Owen erhielt sie umgehend ein kleines Brieflein, dessen Unzulänglichkeiten sie dadurch begegnete, dass sie es im Stillen für sich als rührend schlicht bezeichnete, das sie jedoch wie zum Beweis, dass Mrs. Gereth so viele Fragen stellen durfte, wie sie mochte, dieser sogleich zum Lesen aushändigte. Er besaß keinerlei Kunstfertigkeit im Umgang mit der Feder, er hatte nicht einmal eine schöne Handschrift, und sein Brief, eine kurze Bekundung freundlichen Vertrauens, enthielt nur wenige geläufige und farblose Worte der Anerkennung und Zustimmung. Er werde, so der wesentliche Inhalt, da Miss Vetch es empfehle, Mama ganz gewiss nicht allzu sehr hetzen. Er werde fürs Erste auch dafür sorgen, dass niemand anders an sie herantrete, hoffe aber gleichwohl weiterhin, sie werde einsehen, dass sie zur Besinnung kommen müsse. «Sie wissen natürlich», fügte er hinzu, «dass sie mich nicht ewig warten lassen kann. Bitte grüßen Sie sie von mir und sagen Sie ihr das. Wenn sich das Ganze friedlich regeln lässt, dann sind gewiss Sie diejenige, die dies vermag.»

Fleda hatte mit großer Spannung auf seine Erwiderung gewartet; so deutlich stellte sie sich vor, er habe sich, wie sie es stillschweigend formulierte, auf dem Papier gehen lassen, dass sie sich, als der Brief eintraf, zunächst beinahe davor fürchtete, ihn zu öffnen. Es bestand immerhin eine eindeutige Gefahr, denn wenn er es sich in den Kopf setzte, ihr Liebesbriefe zu schreiben, würde sie ihm nicht mehr helfen können: Sie würde sie zurückschicken, sie würde jeden weiteren Verkehr mit ihm ablehnen müssen; es wäre gleichermaßen das Ende aller Träume und dessen, was wirklich war. Fledas Vorstellungskraft vermochte mühelos sämtliche Höhen und Tiefen sowie Extreme der Dinge zu umspannen und insbesondere auch jede Tragik oder verzweifelte Not mit einem einzigen Bissen zu verschlingen. Zunächst war sie vielleicht ein wenig enttäuscht, in dem riskanten Brieflein keine einzige Silbe zu finden, die vom Erwartbaren abwich; doch im nächsten Augenblick hatte sie einen Standpunkt gewonnen, von dem aus sich das Schreiben als eine in ihrer Schlichtheit beinahe inspirierte Leistung präsentierte. Selbst für Owens Verhältnisse war es schlicht, und sie fragte sich, was ihn zu dieser außergewöhnlichen Schlichtheit veranlasst hatte. Dann erkannte sie wunderbarerweise, dass Naturen, die recht haben, einfach recht handeln. Er war nicht klug – man sah es an seiner Art zu schreiben; aber selbst der klügste Mann von England hätte keinen besseren, unter den gegebenen Verhältnissen äußerst glücklichen Instinkt besessen, ihr nämlich etwas zu schicken, was sich vortrefflich dazu eignete, Mrs. Gereth gezeigt zu werden. Das hatte etwas zutiefst Divinatorisches, denn er konnte natürlich nicht wissen, welche Linie Mrs. Gereth verfolgte. Überdies erklärte es sich – und das war das Alleranrührendste daran – durch seinen Wunsch, sie selbst möge zur Kenntnis nehmen, wie fürchterlich gut er sich benahm. Gerade seine Dürftigkeit lenkte ihre Aufmerksamkeit auf seine Tugend, und ebendas waren die Früchte ihrer schönen und schrecklichen Ermahnung. Er hielt an Mona fest, er tat seine Pflicht, er sorgte mit Nachdruck dafür, dass er ohne Tadel blieb.

Fleda hatte ihrer Freundin den Brief als triumphales Unterpfand der Herzensunschuld des jungen Mannes überreicht, doch nachdem Mrs. Gereth sich auf den bezeichnenden Makel gestürzt hatte, überdauerte ihr Hochgefühl nur noch einen kurzen Moment: «Warum um alles in der Welt sagt er dann noch immer kein Sterbenswörtchen über den Tag, den *Tag*, den TAG?» Sie wiederholte das Wort mit einem Crescendo von höchster Schärfe; sie verkündete, dass nichts auffälliger sein könne als dessen Nichterwähnung – eine Nichterwähnung, die schlichtweg Bände spreche. Was, kurzum, beweise dies anderes, als dass sie genau den Effekt erziele, um den sie sich bemüht habe – dass sie mit Mona fertiggeworden sei oder rasch mit ihr fertigwerden würde?

Eine solche Herausforderung anzunehmen war Fleda in gewisser Weise verpflichtet. «Mag sein, dass Sie mit Mona fertigwerden», entgegnete sie mit einem Lächeln, «aber das kann ich schwerlich als hinreichenden Beleg dafür ansehen, dass Sie mit Monas Liebstem fertigwerden.»

«Warum denn nicht, bei einer derart bemühten Auslassung von seiner Seite, um auf jede Weise die peinliche Spannung zu bemänteln, die zwischen den beiden herrscht – die peinliche Spannung, die auf höheren Ratschluss herbeizuführen ich das Mittel gewesen bin? Durch sein Schweigen gibt er Ihnen deutlich zu verstehen, dass seine Heirat praktisch abgeblasen ist.»

«Er spricht zu mir von dem Einzigen, das mich etwas angeht. Er gibt mir deutlich zu verstehen, dass er nicht einen Deut von seiner Forderung abrückt.»

«Nun, dann soll er auch den einzigen Weg einschlagen, der dazu führt, dass sie ihm erfüllt wird!»

Fleda musste nicht eigens nachfragen, wie ein solcher Weg aussehen könnte, auch erledigte sich der ihr gelieferte Grund nicht von selbst durch die beinahe irritierende Zuversicht, mit der Mrs. Gereth ihre Argumente auf ihre Wünsche folgen ließ. Diese Tage, die sich schleppend zu seltsamen, unbehaglichen zwei Wochen dehnten, zeugten deutlicher von

jenem Zug als jede andere Zeitspanne, welche die Verschwö-
rerinnen gemeinsam durchlebt hatten. Unserer jungen Frau
hatte es zunächst ferngelegen, den Stärkegrad eines Zugs zu
messen, den Owen selbst wahrscheinlich als die «Dreistig-
keit» ihrer Gefährtin bezeichnet hätte. Mittlerweile badete
sie gleichsam in Kühnheit, fühlte sich, als ergösse sich auf
sie durch weit aufgerissene Fenster ein glühendes Licht; und
das Einzigartige an der Prüfung war, dass sie nicht nachdrücklich dagegen protestieren konnte, ohne sich sogar in
ihren eigenen Augen den Tadel der Undankbarkeit, den
Vorwurf der Kleingeistigkeit zuzuziehen. Ging Mrs. Gereth'
offensichtliche Entschlossenheit, sie in Owens Arme zu treiben, mit einem Gebaren einher, als schätzte sie ihre Würde
recht gering, so durfte man am Ende daraus nur schließen,
dass sie im Hinblick auf einige andere Eigenschaften doch
recht große Wertschätzung genoss. Es war eine neue Version
der alten Geschichte, in der jemand die Treppe hinauffällt.
Jene wunderbare Frau war dieselbe, die es im Sommer, in
Poynton, nur schwer erklärlich gefunden hatte, warum ein
so gutmütiges Mädchen nicht noch mehr zur persönlichen
Schlappe der Brigstocks beitrug – auch nicht dankbarer gewesen war für die ansehnliche öffentliche Lobhudelei für
Fleda Vetch. Nur war ihre Leidenschaft jetzt heftiger, waren
ihre Bedenken geringer; der anhaltende Wettstreit forderte
sie, und ihre Kampfeslust war eins geworden mit ihrer Gewohnheit, alles als Waffen einzusetzen, was ihr gerade unter
die Finger kam. Sie hatte keinerlei Vorstellung vom Leben
eines anderen, ausgenommen jenen Aspekt, mit dem sie kol-
lidierte. Fleda war sich durchaus bewusst, dass sie anderen-
falls eine rare Ausnahme gewesen wäre, doch als ebensolche
hatte sie sie ja ursprünglich auch empfunden. Mrs. Gereth
nahm das Wesen eines anderen eigentlich nicht wahr – stell-

te sich im Hinblick auf Menschen nur eine Frage: Waren sie gescheit oder dumm? Gescheit zu sein hieß, «Erlesenes» zu erkennen. Fleda erkannte es durch unmittelbare Eingebung, und ihre Freundin hatte dem durch freundlichen Beifall Tribut gezollt. Das Mädchen verbrachte nun Stunden mit der trüben Aussicht, vielleicht nie wieder etwas «Gutes» vor Augen geführt zu bekommen: So sehr glich diese Art von Erfahrung einem Rohr, das man geknickt hatte, einem fehlgeleiteten Quell des Friedens. Selbst in einem gewöhnlichen kleinen Haus, das sein *cachet*[8] einem Universallieferanten verdankte, wäre sie mehr mit sich im Frieden gewesen. West Kensington hielte schöne, geharnischte Gräuel der Vereinfachung bereit; es war, als winkten sie ihr und lockten sie zu sich zurück. Gelassen erinnerte sie sich an Waterbath; und was ihre Gründe anging, weiter in Ricks zu bleiben, so ließ deren Überzeugungskraft rasch nach. Einer davon war das Versprechen, das sie Owen gegeben hatte: ihre Zusicherung, Druck auf seine Mutter auszuüben; der andere war der Umstand, dass von den beiden Unannehmlichkeiten – nämlich der, von Mrs. Gereth angestachelt zu werden, und der, den Anschein zu erwecken, als liefe man jemand anderem nach – erstere vorderhand die erträglichere blieb.

Mit dem Verstreichen der Tage jedoch wurde immer deutlicher, dass ihre einzige Erfolgsaussicht darin bestand, sich einen solchen erbärmlichen Anschein zu geben. Überdies entschieden zuletzt ihre Nerven die Frage, und die Wahl erfolgte gezwungenermaßen schlicht durch die Gewalt, die man ihrem Geschmack antat – oder jedenfalls dem, was von jenem hohen Prinzip nach der monatelangen ungehemmten und rücksichtslosen Befriedigung großer Ansprüche und Forderungen noch übrig war. Schön und gut, wenn man versuchte, einer Diskussion auszuweichen, Owen Gereth baute darauf, dass sie einen Kampf lieferte, und gegen Überdruss und Stumpfheit anzukämpfen war schließlich keine Kleinigkeit. Die Grundlage ihres Handelns war allzu merkwürdig – sie hatte ein Ultimatum präsentiert, und man hatte es ihr vor der Nase zerrissen. Der Bote reiste gewöhnlich ab, wenn so etwas geschah; er hielt nicht noch vor der Stadt Maulaffen feil. Mrs. Gereth schaute jeden Morgen demonstrativ in die «Morning Post», ihre einzige Zeitung, und jeden Morgen galt ihr der Umstand, dass nichts Entsprechendes darin stand, als neuerlicher Beweis dafür, dass alles «abgeblasen» war. Wozu sonst gab es die «Post», als um einem zu verraten, dass die eigenen Kinder unglücklich verheiratet waren – und um, blieb solch ein Quell des Elends trocken, den Schluss zu ziehen, dass man ausnahmsweise wie durch ein Wunder verschont wurde? Sie warf Fleda beinahe höhnisch deren Trägheit vor, weil sie nicht in der Lage war, etwas Bestimmtes aus jemand Bestimmtem herauszukriegen – und das praktisch im selben Atemzug, in dem sie sie mit einer Art Dankbarkeit überhäufte, die dem Mädchen noch lästiger erschien als Vorwürfe. Persönlich wollte Mrs. Gereth mit der Sache natürlich nichts mehr zu tun haben; aber Fleda kannte doch Leute, die Mona kannten und die sie gewiss ins Vertrauen zog – unvorstellbare Menschen, die sie bewunderten und das «Entrée» zu Waterbath besaßen. Was nützte es schließlich, die begabteste und ungezwungenste Briefeschreiberin zu sein, wenn es einem brillanten Geschöpf nicht gelang, solchen Barbaren – unter irgendeinem Vorwand – eine Art Streiflicht zu entlocken? Fleda war nicht nur ein brillantes Geschöpf, sondern sie hörte sich dieser Tage auch für neue und seltsame Reize gelobt: Plötzlich figurierte sie in den eigenartigen Gesprächen von Ricks als hervorragende, ja fast gefährliche Schönheit. Jenes Retouchieren ihrer

Frisur und Kleidung, dem ihre Freundin beim ersten flüchtigen Blick auf ihr Geheimnis impulsiv gefrönt hatte, wurde sehr häufig stillschweigend wiederholt. Sie hatte nicht nur den Eindruck, angepriesen und angeboten, sondern auf eine Weise beraten, aufgeklärt und initiiert zu werden, die sie kaum fassen konnte – Künste, die selbst einem armen Mädchen schleierhaft waren, das in guter Gesellschaft und mutterloser Armut den Realitäten ins Augen blicken und Leerstellen hatte ausfüllen müssen.

Diese Künste wurden, war Mrs. Gereth in Hochstimmung, mit einem tapferen, zynischen Humor ausgeübt, mit dem Fledas Fantasie nicht Schritt halten konnte: Unserer jungen Dame blieb nur, sich zu fragen, was um alles in der Welt ihre Gefährtin von ihr erwartete. «Ich will, dass Sie dazwischenfahren!» – so Mrs. Gereth' vertraute und bündige Formulierung für den Kurs, den sie verordnete. Immer wieder stellte sie das Bild, wie sie es nannte (obwohl die Skizze zu flüchtig war, um diesen Namen zu verdienen), in Frage, das Fleda sich von jener Gleichgültigkeit machte, zu der eine früher eingegangene Bindung den Eigentümer von Poynton verpflichtet hatte. «Wollen Sie etwa sagen, er könnte Sie, Mona hin oder her, Tag für Tag so sehen, ohne die gewöhnlichen Gefühle eines Mannes zu empfinden? Wissen Sie albernes, geziertes Ding denn nicht ein wenig besser über die Männer Bescheid, diese Wüstlinge?» Dieser Art von Verhör wurde Fleda unregelmäßig und ohne jeden Anlass unterzogen. Sie hatte sich schon fast an den Refrain gewöhnt. «Wollen Sie etwa sagen, dass neulich, als man Sie ihm, diesem großen Tölpel, praktisch übereignet hatte und er genau hier vollkommen allein mit Ihnen war …?» Das arme Mädchen ließ zu diesem Zeitpunkt niemals irgendeinen Zweifel daran, was sie sagen wollte; doch Mrs. Gereth fing an anderer Stelle und zu anderer Gelegenheit verlässlich wieder damit an. Endlich schrieb Fleda ihrem Vater, er müsse sie eine Zeit lang beherbergen, sie beherbergen, während sie sich umsehe; und als sie zur Freude ihrer Gefährtin nach London zurückkehrte, ging jene mit ihr zum Bahnhof und verabschiedete sie. Beim Verlassen des Hauses war gerade die «Morning Post» geliefert worden, und Mrs. Gereth hatte sie für die Reisende eingesteckt, die nie einen Penny für eine Zeitung ausgab. Auf dem Bahnsteig, als die junge Frau ihre Fahrkarte gelöst und ihren Platz eingenommen hatte, schlug sie das Blatt am Abteilfenster auf und rief, nachdem sie kurz hineingeschaut hatte, wie üblich aus: «Nichts, nichts, nichts: na, so was!» Jeder Tag, in dem nichts darin stand, war ein Nagel im Sarg der Heirat. Einen Moment später fuhr der Zug an, doch während Fleda sich mit undurchdringlicher Miene vorbeugte, fasste Mrs. Gereth sie bei der Hand und blickte mit wunderbaren Augen zu ihr auf. «Gehen Sie nur aus sich heraus, Liebste – gehen Sie nur aus sich heraus!»

13

Dass Mrs. Gereth keine verschämten Fragen stellen wollte, bewies sie gewissenhaft dadurch, dass sie nach Fledas Abreise nach London die Lippen fest geschlossen hielt. Kein Brief aus Ricks traf in West Kensington ein, und da Fleda nichts mitzuteilen hatte, was nach dem Geschmack der einen wie der anderen Partei gewesen wäre, verzichtete sie darauf, eine Korrespondenz zu eröffnen. Mit einem weniger schweren Herzen hätte sie sich vielleicht über die Empfindung amüsiert, dass die Zurückhaltung vonseiten Ricks' ihr bedeuten zu wollen schien, wie viel Freiraum sie sich nehmen konnte. Sie hatte jedenfalls keine guten Nachrichten für ihre Freundin, außer in dem Sinne, dass ihr Schweigen keine schlechte Nachricht war. Noch konnte sie nicht schreiben, dass sie «dazwischengefahren» sei; andererseits aber hatte sie auch keinen Beleg für eine Ankündigung, dass Mona nicht von ihrer Beute abzubringen sei. Sie hatte sich nicht der von Mrs. Gereth so gepriesenen Feder bedient, um den Nachhall von Waterbath wieder zum Leben zu erwecken; sie hatte beharrlich davon abgesehen, nachzuforschen, was irgendwo, nah oder fern, erzählt, angedeutet oder vermutet wurde. Sie tat nicht mehr, als einen morgendlichen Penny für die «Morning Post» auszugeben; und jedes Mal las sie, dass das inspirierte Blatt über das baldige Stattfinden bestimmter Hochzeitsfeierlichkeiten so wenig zu berichten hatte wie über deren Absage. Zugleich war offensichtlich, dass Mrs. Gereth bei diesen Gelegenheiten sehr viel mehr Grund zum Triumphieren als zum Zittern hatte und dass sie im Fall weiterer solcher Triumphe ganz zu zittern aufhören würde. Besonders deutlich trat nun zutage, dass sie sich eine dezidierte Vorstellung davon gebildet hatte, welche Umstände, wäre Fleda geneigt gewesen, einem Dazwischenfahren des Mädchens förderlich gewesen wären. Fleda wurde klargemacht, dass diese Umstände eine Intervention besonders begünstigt hätten; prompt sah sie sich gezwungen, dieser Einschätzung insgeheim beizupflichten. Ein Effekt ihrer innigen Vertrautheit mit Mrs. Gereth bestand darin, dass sie jedes Gefühl von Vertrautheit mit wem auch sonst immer eingebüßt hatte. Die Dame von Ricks hatte eine Wüste um sie herum geschaffen, Fleda so vollständig in Besitz genommen und vereinnahmt, dass andere, die ihr nahestanden, in den Hintergrund getreten waren. War sie nicht vor Monaten ermahnt worden, dass die Leute sie verloren zu haben wähnten und sich im Großen und Ganzen mit dem Verlust abgefunden hatten? Ihre derzeitige Lage in der großen, besinnungslosen Stadt offenbarte sich eindeutig als obskur: Sie betrachtete sie jedenfalls mit Augen, denen diese Lektion suspekt erschien. Sie schrieb weder Briefe, noch empfing sie welche; weder frönte sie Erinnerungen, noch klopfte sie an irgendwelche Türen; sie streifte vage in Londons westlicher Wildnis umher und kultivierte schüchterne Formen jener «Kunst des Hauswesens», vor der sie Achtung empfunden hatte, ehe sie vom bitteren Baum der Erkenntnis kostete. Ihr einziger Plan sah vor, sich still wie ein Mäuschen zu verhalten, und als sie mit dem Versuch scheiterte, sich in der faden Vorstadt zu verlieren, glich sie – oder meinte das zumindest – einer einsamen Fliege, die über eine staubige Karte krabbelt.

Woher hatte Mrs. Gereth im Voraus gewusst, dass ihr, wenn sie sich entschloss, «gemein» zu sein (wie Fleda es nannte), alles in die Hände arbeiten würde? – zumal die Art und Weise, in der ihr armer Vater nach dem Frühstück zu seinem Club schlotterte, den Eindruck erweckte, als wäre er siebzig, wo er doch in Wirklichkeit erst siebenundfünfzig war, und sie den ganzen Tag herrlich allein ließ. Er kam gegen Mitternacht zurück, bedachte sie mit einem sehr harten Blick und wagte keine lange Rede – gab ihr nur durch unnachahmlich dezente Hinweise zu verstehen, dass die Anwesenheit eines Familienmitglieds ihn zwang, seinen ganzen Tagesablauf zu ändern. Im gemeinsamen Wohnzimmer leisteten ihr jene Gegenstände Gesellschaft, die er, wie er gern sagte, gesammelt hatte – schäbige und ramponierte Gegenstände, deren Typus bei seiner Tochter wenig Anklang fand: alte Brandyflaschen und Streichholzschachteln, alte Kalender und Handbücher, durchmischt mit einem Sortiment von Federwischern und Aschenbechern, eine aus Pfennigbasaren eingebrachte Ernte. Jene Seite von Fleda, die ihr Mrs. Gereth' Zuneigung gewonnen hatte, war ihm schlichtweg unbekannt, und sie hörte ihn oft zu Gott wünschen, es gäbe etwas Vernünftiges, woran ihr liege. Warum sie nicht versuche, etwas zu sammeln – was, spiele keine Rolle. Sie werde feststellen, dass es das Leben interessant mache – es gebe endlos viele Kuriositäten, die sich mühelos auftreiben ließen. Er meinte, einen Sinn für schöne Sachen zu haben, den seine Kinder leider nicht geerbt hätten. Das zeigte die Grenzen ihrer Bekanntschaft mit ihm an – Grenzen, wie Fleda in aller Deutlichkeit erkannte, deretwegen er sich nur fragen konnte, warum um alles in der Welt sie eigentlich da war. Während sie selbst sich die Frage buchstabengetreu wiederholte, war sie nicht in der Lage, das Rätsel zu lösen. Sie hätte ihrem Treiben weder einen Namen geben noch es erklären können, außer indem sie sagte, sie habe von Ricks weggemusst. Das Ganze war ein großes Provisorium, und was würde danach kommen? Danach konnte nichts kommen außer einer noch tieferen Beklemmung. Sie hatte weder ein Zuhause noch eine Perspektive – nichts auf der ganzen weiten Welt außer einem Gefühl der Spannung. Moralisch gesprochen war das so, als figurierte man mit einer Garderobe von nur einem einzigen Kleidungsstück in der Gesellschaft.

Natürlich hatte sie ihre Pflicht: ihre Pflicht gegenüber Owen – eine eindeutige Aufgabe, nach seinem Besuch in Ricks neuerlich mit Brief und Siegel von ihr bestätigt; aber damit war kein Gefühl von Besitz, sondern nur ein schreckliches Gefühl von Verlust verbunden. Sie hatte sich vollständig von Mrs. Gereth' breitem Fittich befreit; und nun, da sie sich tatsächlich zwischen den Federwischern und Aschenbechern befand, wurde sie beim Gedanken an all die Schönheit, der sie abgeschworen hatte, von kurzen, wilden Böen der Verzweiflung gepackt. Falls ihre Freundin die Kostbarkeiten tatsächlich behielt, würde sie niemals zu ihr zurückkehren. Falls diese Freundin sich andererseits davon trennte, was um alles in der Welt gäbe es dann noch, wohin man zurückkehren konnte? Ein tiefes Frösteln durchlief Fleda, wenn sie an die Herrin von Ricks dachte, die dann auch nur noch das besäße, was sie, vulgär gesprochen, auf dem Leibe trug: Dieses Bild ließ sich für sie mit nichts anderem vergleichen außer ihrer Vorstellung von Marie Antoinette in der Conciergerie[9] oder vielleicht von irgendeinem tropischen Vogel, einem Geschöpf heißer, dichter Wälder, versetzt in ein eiskaltes Moor, damit er dort sein Leben friste. Ihr geistiges Auge vermochte sich Mrs. Gereth in der Tat nur in dieser ihrer trüben, schillernden Luft vorzustellen; es bedurfte des ganzen Lichts ihrer Kostbarkeiten, um sie greifbar und deutlich hervortreten zu lassen. In einem gewöhnlich geschnittenen und verwinkelten Haus wurde sie, abgezehrt und unnatürlich, nur für einen Moment sichtbar; dann verschwand sie, wie jählings in Treibsand versunken. Fleda verlor sich in der üppigen Fantasie, als wäre sie selbst Herrin von Poynton, als würde der großen Königinmutter als Domizil eine ganze Provinz abgetreten. Sie wäre mit ihrem Tross und ihrer Beute von ihrem Feldzug zurückgekehrt, und der Palast würde seine Läden entriegeln und der Morgen in seinen Sälen funkeln. Im Falle einer Kapitulation wäre die arme Frau nicht imstande, jemals wieder mit dem Sammeln zu beginnen; sie war inzwischen zu alt und zu mittellos, die Zeiten hatten sich geändert, und gute Sachen waren unmöglich teuer. Überdies müsste die Kapitulation vor der Schwiegertochter, ausgenommen ein seltsamer

Mensch wie Mona, keineswegs auf eine Abdankung hinaus-
laufen; jedes andere halbwegs nette Mädchen, das zu heiraten Owen sich in den Kopf gesetzt hätte, wäre nachgerade froh gewesen, für das Museum eine Kustodin zu haben,
die einem wandelnden Katalog gleichkam, eine Kustodin,
die mehr als jeder andere Mensch in den Geheimnissen des
Dienstes an kostbaren Stücken bewandert war. Ein halbwegs nettes Mädchen wäre ohnehin häufig abwesend und
empfände es zu solchen Zeiten als Segen, Mrs. Gereth auf
ihrem Posten zu wissen.

Von den ersten Tagen an hatte Fleda klar erkannt, dass es
zwar durchaus nicht in Frage kam, Owen wissen zu lassen,
wo sie sich aufhielt, es gleichwohl aber ein gutes Werk wäre,
wenn ihm irgendein Zeichen übermittelt würde; sich durch
den Umstand, dass Mrs. Gereth ein klingendes Glöckchen
darangehängt hatte, von dieser Freundlichkeit abbringen zu
lassen wäre schwach, wäre hässlich. Eine offene Beziehung
zu ihm war nur vordergründig diskreditiert: Um seinetwillen müsste sie ihm aufmunternde Worte schicken. So überlegte sie wiederholt, schob die Ausführung jedoch ebenso
wiederholt hinaus: Hatte sie generell vorgehabt, sich so still
wie ein Mäuschen zu verhalten, so hatte ein Gespräch wie
dasjenige in Ricks einen merkwürdigen Beitrag zu jenem
Ideal geleistet. Deshalb ließ sie in wirrer Bevorzugung der
Praxis vor der Theorie die Tage verstreichen; nichts erschien
ihr so sehr geboten wie der Gewinn kostbarer Zeit. Sie würde nicht ewig bei ihrem Vater bleiben können, könnte nun
aber von dem Umstand profitieren, dass sie ihre Schwester
verheiratet hatte – Maggies Ehebund war um ein kleines,
überzähliges Zimmer herum aufgebaut worden. An diesem
Zufluchtsort verborgen, könnte sie wieder zu malen und mit
Unterstützung der dankbaren Maggie – denn diese wenigs-

tens war dankbar – ihr Werk loszuschlagen versuchen. Tatsächlich hatte sie sich seit ihrem Besuch in Waterbath nicht mehr mit einem Pinsel abgemüht, und in Waterbath selbst hatte der Anblick der Familienkleckssereien sie ungeheuer auf der Hut sein lassen. In Poynton wiederum war an Produktion unmöglich zu denken; keine Kunst, die aktiver war als buddhistische Versenkung, könnte dort ihr Haupt erheben. Poynton hatte seine Herrin restlos aller dürftigen Hervorbringungen entblößt; manchmal entrollte sie ein großes, prunkhaftes, geblümtes Viereck von einem alten, unvollendeten «Werk» und die darin eingeschlagenen Nadeln und Seidenstoffe, ihr Gold und Silber; aber eher wäre ihre Hand von Blut als von Tusche oder Wasserfarbe befleckt gewesen. In der Nähe von Fledas derzeitigem Domizil befand sich der kleine Laden eines Mannes, der Bilder aufzog und rahmte und freudlos mit Künstlerbedarf handelte. Manchmal blieb sie davor stehen, um ein paar schüchterne Versuche zu betrachten, denen das trübe Schaufenster zu einer Öffentlichkeit verhalf: kleine, zum Verkauf dort platzierte Studien, deutliche Warnungen an junge Damen ohne Fortüne und ohne Talent. Eine dieser jungen Damen hatte die Stücke unter Leiden hervorgebracht; eine dieser jungen Damen war, um festzustellen, ob jemand zugegriffen hatte, ebenso hilflos wie sie selbst davor hin und her gegangen. Niemand hatte je zugegriffen, und niemand würde je zugreifen; dabei lagen die Stücke deutlich über den Leistungen mancher anderer junger Damen. Für Fleda war es eine Frage der Disziplin, gelegentlich eine Lektion daraus zu ziehen; außerdem musste sie nun, wenn sie das Haus verließ, nach Gründen für ihren Aufenthalt im Freien suchen. Der einzige Ort, an dem sie diese fand, waren die Schaufenster. Darin war sie einem Dienstmädchen vergleichbar, das sich «seinen Nachmittag nimmt», aber was hieß das schon: Eines Tages würde sie einem solchen Menschen vielleicht noch stärker ähneln. Das ging vierzehn Tage so, an deren Ende das Gefühl plötzlich verflogen war. Sie war wie üblich vor den kleinen Bildern stehen geblieben und hatte sich, als sie sich abwandte, Aug in Auge mit Owen Gereth gesehen.

Bei seinem Anblick überliefen rasch zwei frische Wellen ihr Herz, eine kurz nach der anderen. Die erste war die unmittelbare Erkenntnis, dass ihre Begegnung kein Zufall war; die zweite das ebenso prompte Bewusstsein, dass die Straße der beste Ort dafür war. Noch bevor er es ihr verriet, wusste sie, dass er gekommen war, um sie zu sprechen, und als Nächstes wusste sie, dass er eine Mitteilung von seiner Mutter erhalten hatte. So viel verstand sie, während er mit einem Lächeln sagte: «Ich habe Sie nur von hinten gesehen, Sie aber sofort erkannt. Ich war auf der anderen Straßenseite. Ich bin bei Ihnen zu Hause gewesen.»

«Wie kommt es, dass Sie wissen, wo ich wohne?», fragte Fleda.

«Na, Sie gefallen mir!», sagte er lachend. «Wie kommt es, dass Sie mich nicht wissen lassen, dass Sie hier sind?»

Fleda hielt es daraufhin für das Beste, ebenfalls zu lachen. «Wieso sind Sie gekommen, da ich es Sie nicht habe wissen lassen?»

«Oh, ich bitte Sie!», rief Owen. «Machen Sie das Ganze nicht noch schlimmer. Warum um alles in der Welt haben Sie es mich nicht wissen lassen? Ich bin gekommen, weil ich Sie unbedingt sehen muss.» Er wusste nicht recht weiter, dann fügte er hinzu: «Ich habe den Tipp von Mutter. Sie hat mir geschrieben – man stelle sich vor!»

Sie standen immer noch da, wo sie einander begegnet waren. Ihr Instinkt gebot Fleda, ihn dort festzuhalten; dies umso mehr, als sie sich bereits vorstellen konnte, für wie selbstverständlich er es nahm, dass sie sich gleich zusammen zu ihrer Tür begeben würden. Er hatte, wie er da vor ihr stand, ein ganz anderes Auftreten: Er wirkte weniger gezaust und mitgenommen als in Ricks; er zeigte eine wiedergewonnene Frische. Vielleicht jedoch lag das nur daran, dass sie ihn bis jetzt kaum je in London-Form, wie er das genannt hätte, gesehen hatte – gekleidet, wie er in der Stadt eben gekleidet war. Auf dem Lande, von der Jagd erhitzt und mit Schmutz bespritzt, hatte er sie immer sehr an einen pittoresken Bauern in landestypischer Tracht erinnert. Diese Tracht, wie Owen sie trug, wechselte von Tag zu Tag; sie war so umfangreich wie die Garderobe eines Schauspielers; aber es fehlte ihr nie an Spuren von Erde und Wetter, Hecken und Gräben, Haar- und Federwild. Es hatte Tage gegeben, da war er ihr vorgekommen wie die allmächtige Natur in einem einzigen Paar Stiefel. Es machte ihn nun nicht zu einem anderen Menschen, dass er fein angezogen, glänzend und prächtig war, dass er einen höheren Hut, leichte Handschuhe mit schwarzen Nähten und einen Schirm trug, der so edel war wie eine Lanze; aber es machte ihn, wie sie bald befand, wirklich stattlicher, und das wiederum verlieh ihm – denn sie konnte nie an ihn und auch an manch anderes nicht denken, ohne sich seines Vokabulars zu bedienen – mächtig Oberwasser. Ja, das war vorderhand das Bedeutsame an ihrer Situation – er hatte mächtig Oberwasser. Sie versuchte zu verhindern, dass diese Erkenntnis in ihrer Stimme mitzitterte, während sie im Ton größerer Überraschung, als sie wirklich empfand, zu ihm sagte: «Dann haben Sie also die Beziehungen zu ihr wieder aufgenommen?»

«Sie war es, die sie wieder aufgenommen hat. Heute Morgen habe ich ihren Brief bekommen. Sie hat mir geschrieben, Sie seien hier und sie wolle, dass ich das wisse. Viel hat sie nicht geschrieben; sie hat mir bloß Ihre Adresse gegeben. Ich habe ihr zurückgeschrieben, wissen Sie: ‹Tausend Dank. Werde gleich heute fahren.› Also stehen wir wieder in Briefkontakt, nicht wahr? Sie will damit natürlich sagen, Sie hätten mir etwas von ihr auszurichten, wie? Aber wenn das so ist, warum haben Sie's einen dann nicht wissen lassen?» Er wartete nicht auf eine Antwort, so viel hatte er zu berichten. «Gerade eben, bei Ihnen zu Hause, hat man mir gesagt, wie lange Sie schon hier sind. War ihnen denn nicht die ganze Zeit bewusst, dass ich die Stunden zähle? Ich habe Ihnen Nachricht hinterlassen – dass ich um sechs wiederkommen würde! Aber ich bin schrecklich froh, dass ich Sie so viel früher getroffen habe. Sie wollen doch nicht behaupten, Sie seien nicht auf dem Heimweg!», rief er bestürzt aus. «Die junge Frau dort hat mir gesagt, Sie seien früh aus dem Haus gegangen.»

«Ich bin erst sehr kurz aus dem Haus», sagte Fleda, deren Zögern die Absicht zugrunde lag, ihm das Ganze zu erschweren. Die Straße würde es ihm erschweren; auf die Straße war Verlass. Sie bedachte jedoch beizeiten, dass er am ehesten eine günstige Gelegenheit wittern würde, wenn sie verriete, dass sie sich davor fürchtete, ihn einzulassen. Nach einer Weile spazierte sie mit ihm weiter, ließ sich von ihm zu ihrer Haustür steuern, die gleich um die Ecke lag; im Gehen überlegte sie, dass es am Ende vielleicht doch kein so guter Einfall gewesen war, sich schon so lange in London aufgehalten und ihn dennoch nicht zu sich gebeten zu haben. Er sollte, so ihr Wunsch, das Gefühl haben, sie gehe ganz unkompliziert mit ihm um, doch das zu bewerkstelligen war beileibe nicht unkompliziert. Auf der Treppe des Hauses angelangt, läutete sie nichtsdestoweniger, obwohl sie einen Schlüssel hatte; und während sie miteinander warteten und sie das Gesicht abwandte, blickte sie geradewegs in die Abgründe dessen, was Mrs. Gereth mit ihrem «Tipp» an ihn beabsichtigt hatte. Das war perfide, war ungeheuerlich von ihr gewesen, und Fleda fragte sich, ob ihr Brief nur das enthielt, was Owen wiedergegeben hatte.

14

Als sie gemeinsam das kleine Domizil ihres Vaters betreten hatten und das Mädchen, zwischen den Brandyflaschen und Federwischern nun noch verwirrter als zuvor und uneins mit sich selbst, Tee bestellt hatte – um irgendetwas zu tun, auch wenn es dazu führen würde, dass er blieb –, legte er ihr den Brief vor, als hätte er ihren Gedanken erraten. «Sie ist immer noch ein bisschen garstig – man denke!» Er reichte ihr die kurze Mitteilung, die er aus der Tasche und aus dem Umschlag gezogen hatte. «Fleda Vetch», lautete sie, «ist in West Kensington – Raphael Road 10. Geh sie besuchen und bemühe Dich um Himmels willen, einen Schimmer von Intelligenz zu kultivieren.» Als sie ihm den Brief zurückgab und dabei sein Gesicht wahrnahm, sah sie bei ihm eine leichte Röte, die daher rührte, dass er hatte erleben müssen, wie sie eine solche Anspielung auf seinen Mangel an Verstand las. Fleda wusste, worauf die Anspielung abzielte, und die klägliche Miene, mit der er, groß und schön und freundlich, wie er da stand, diesen Schlag quittierte, machte ihr bewusst, dass sie ihr Wissen nicht völlig verheimlichen durfte. Eine Zeit lang ließ das erboste Gefühl, dass man ihr einen Streich gespielt hatte, sie stumm bleiben. Ein Streich war es, denn sie war überzeugt, man hatte sich verbündet. Und der Streich bestand darin, dass Mrs. Gereth gegen den Geist ihres Abkommens verstoßen, während sie sich in gewisser Weise an dessen Buchstaben gehalten hatte. Angesichts der Drohung des Mädchens, vollständig mit ihr zu brechen, hatte sie sich gescheut, von ihrem Geheimnis so Gebrauch zu machen, wie es sie eigentlich gelüstete; doch im Verlauf dieser Tage der Trennung hatte sie den Mut gefasst, einen indirekten Verrat zu wagen. Fleda ermaß ihr Zögern und den Impuls, dem sie schließlich gehorcht, den die fortgesetzte Untätigkeit von Waterbath befördert und dem sie zuletzt nicht mehr hatte widerstehen können. Wenn sie in ihrer selbstherrlichen Art, mit der sie ihr gemeinsames Spiel spielte, nicht das Versteckte verraten hatte, so doch wenigstens ihr Versteck. Im Gefühl dieses Unrechts schlossen sich Fledas Lippen fest; sie befürchtete, ihren Fall durch irgendein Geräusch, das die Aufmerksamkeit ihres Besuchers schärfen würde, noch zusätzlich zu belasten. Unter kräftiger Anstrengung gelang es ihr jedoch, der Gefahr zu entgehen; indem sie sich die ganze Zeit vornahm, kühl zu bleiben und sichtbare Aufgeregtheit zu unterdrücken, fand sie tatsächlich die richtigen Worte. Unterdessen hatte er mit seinem unbehaglichen Lachen ausgerufen: «Da muss ich tüchtig einstecken, Miss Vetch, nicht wahr?»

«Inzwischen dürfte die Direktheit Ihrer Mutter ja nichts Neues für Sie sein», sagte Fleda.

«Ich glaube, ich verstehe sehr gut, wenn ich weiß, was es zu verstehen gilt», gab der junge Mann zurück. «Aber ich hoffe, Sie verargen es mir nicht, wenn ich sage, dass Sie mich darüber ziemlich im Dunkeln gelassen haben. Ich habe gewartet und gewartet und gewartet – so vieles hing von Ihrer Nachricht ab. Wenn Sie für mich tätig waren, dann war es wohl leider eine undankbare Aufgabe. Kann sie nicht einfach verraten, was sie unternehmen will, egal was? Ich habe nicht die leistete Ahnung, wo ich stehe, wissen Sie. Ich habe, seit ich Sie dort gesprochen habe, keine Auskunft von ihnen darüber, wo eigentlich Mama steht. Sie haben mir geschrieben, ich solle geduldig sein, und ich wüsste gern, was ich denn sonst gewesen bin. Aber ich fürchte, Ihnen ist nicht recht klar, *womit* ich Geduld haben muss. In Waterbath – ist Ihnen das denn nicht klar? – muss ich schlicht und einfach für jedes einzelne Stück meines verdammten Eigentums geradestehen und darüber Rechenschaft ablegen. Mona sieht mich finster an und wartet, und ich, verwünscht nochmal, sehe *Sie* finster an und tue das Gleiche.» Fledas Zuversicht wuchs, während er weitersprach; es war ihr glücklich gelungen zu vermeiden, dass in seinen Verstand der Funke fiel, welcher jenen Schimmer hätte hervorbringen können, den seine Mutter hatte herbeipolieren wollen. Doch selbst aus diesem bisschen Sicherheit wurde sie aufgeschreckt, als er nach einem flehenden Schweigen fortfuhr: «Wissen Sie, ich hoffe, Sie verschweigen mir nicht die ganze Zeit irgendetwas.»

Angesichts dessen, was sie verschwieg, konnte eine solche Hoffnung sie nur zusammenzucken lassen; doch sie war rasch mit Erklärungen bei der Hand, sosehr sie auch das Gefühl hatte, dass diese ihn nicht überzeugten. Das schmuddelige Mädchen kam mit Teesachen herein, und Fleda, die verschiedene Gegenstände umräumte, ließ sich bereitwillig ablenken und schuf Platz auf einem der Tische. «Ich habe versucht, Ihre Mutter kleinzukriegen, denn diese Möglichkeit schien zu bestehen. Deswegen habe ich Sie weiter damit rechnen lassen. Sie ist zu stolz, um mit einem Schlag umzuschwenken, aber ich glaube, ich gehe nicht fehl, wenn ich sage, ich habe eine Wirkung erzielt.»

Sie hatte zwar Tee bestellt, Owen aber nicht gebeten, Platz zu nehmen; sie selbst legte Wert darauf, stehen zu bleiben. Er drückte sich bei dem Fenster herum, das auf die Raphael Street ging; sie verharrte auf der anderen Seite des Zimmers; das verwachsene Dienstmädchen, das den schönen Herrn aus großen Augen anglotzte und entweder aus Dummheit oder Durchtriebenheit jeweils immer nur einen Gegenstand brachte, lief zwischen Teetablett und offener Tür hin und her.

«Haben Sie ihr so schwer zugesetzt?», fragte Owen.

«Ich habe ihr ausführlich Ihre Position erläutert und ihr sehr viel deutlicher, als ihr lieb war, vor Augen geführt, was ich für ihre absolute Pflicht halte.»

Er wartete kurz. «Und danach sind Sie abgereist?»

Sie verspürte das starke Bedürfnis, einen Grund für ihre Abreise zu nennen, sagte zunächst aber nur mit fröhlicher Offenheit: «Danach bin ich abgereist.»

Wieder schien ihr Gegenüber sie forschend anzusehen. «Ich dachte, Sie wollten mehrere Monate bei ihr bleiben.»

«Nun ja», erwiderte Fleda, «ich konnte nicht bleiben. Es gefiel mir nicht. Es gefiel mir überhaupt nicht – ich konnte es nicht ertragen», fuhr sie fort. «Inmitten dieser Trophäen von Poynton, mit denen ich lebte, die ich berührte, die ich benutzte, kam ich mir vor, als unterstützte ich Ihre Mutter. Sowenig ich ihr Beihilfe geleistet habe, sosehr es mir zuwider ist, was sie getan hat, wollte ich nicht einmal dem bloßen Anschein nach – wie nennt man solche Leute? – eine Komplizin sein.» Es gab etwas, was sie so eisern verschwieg, dass die Freude über den Rest, den sie laut aussprach, doppelt wog. Sie hatte das dringende Bedürfnis, ihm die ganze übrige Wahrheit zu sagen. Es gab etwas, worin sie ihn, und es gab etwas, worin sie Mrs. Gereth getäuscht hatte, doch nun wurde ihr klar, wie wenig Freude ihr die Täuschung als solche bereitete. Sie machte sich mit dem Tee zu schaffen, räumte, um die Beschäftigung in die Länge zu ziehen, den Tisch noch weiter ab und verteilte all die groben Tassen und Untertassen und die gewöhnlichen kleinen Teller. Sie war sich bewusst, dass sie mehr Durcheinander als Gleichmaß hervorrief, aber auch, dass sie schwer nervös war. Owen versuchte ihr irgendwie zu helfen; dies sorgte vollends für Unordnung. «Dass ich Ihnen nicht geschrieben habe», fuhr sie fort, «lag schlicht daran, dass ich hoffte, Genaueres aus Ricks zu hören. Darauf habe ich Tag für Tag gewartet.»

«Aber Sie haben nichts gehört?»

«Kein Wort.»

«Das heißt dann praktisch», sagte Owen, «dass Sie und Mama gestritten haben. Und Sie haben das – ich meine, Sie persönlich – für *mich* getan.»

«O nein, wir haben kein bisschen gestritten!» Dann, mit einem Lächeln: «Wir hatten lediglich divergierende Meinungen.»

«Sie haben ungewöhnlich stark divergiert!» – Owen lachte freundlich zurück. Angesichts ihres grässlichen Geschirrs und der Sammlungen ihres Vaters überlegte Fleda, dass sich in der Wahrnehmung ihres Besuchers noch stärker als in ihrer eigenen an diesen Gegenständen die Länge der Pendelschwingung von Poynton und Ricks bis hierher bemaß; auch konnte sie nicht vergessen, dass ihre hohen Ansprüche selbst für Owens Schlichtheit klar genug zutage traten, um ihn auf den Gedanken zu bringen, dass West Kensington ein ungeheurer Abstieg war. Wenn sie abgestiegen war, dann deshalb, weil sie in seinem Namen gehandelt hatte. Dass er das auf diese Weise erfuhr, stimmte sie umso zufriedener, als sie in seinen Augen nicht selbst dargelegt hatte, wie viel sie das gekostet hatte. «Passiert zu sein scheint demzufolge», sagte er, «dass Sie einen Streit mit ihr gehabt und sie gleichwohl nicht umgestimmt haben!»

Sie versuchte sich zurechtzufinden; sie stand ganz unter dem Eindruck, dass er ungeachtet ihrer bescheidenen Hilfe seinen Kurs deutlicher sah, als er ihn in Ricks gesehen hatte. Er konnte alles Mögliche meinen, und was, wenn alles Mögliche letztendlich nur eines bedeutete? «Das Schwierige ist, verstehen Sie, dass sie eigentlich keinen Einblick in Ihre Situation hat.» Sie hielt inne. «Sie versteht nicht, warum Ihre Heirat noch nicht stattgefunden hat.»

Owen starrte sie an. «Na, aus dem Grund, den ich Ihnen genannt habe: Mona unternimmt keinen weiteren Schritt, bis Mutter volle Genugtuung geleistet hat. Alles muss da sein, jedes vermaledeite ‹gestohlene› Ding. Es war ja auch am Tag dieses fatalen Besuchs alles da.»

«Ja, so habe ich Sie in Ricks verstanden», sagte Fleda, «aber ich habe es Ihrer Mutter nicht vorgetragen.» In Ricks war es ihr zuwider gewesen, mit ihm über Mona zu reden, doch nun waren diese Bedenken wie weggewischt. Wenn er Monas Besuch als fatal bezeichnen konnte, brauchte sie zumindest nicht so zu tun, als fiele ihr das nicht auf. Es machte einen großen Unterschied, dass sie versucht hatte, ihm zu helfen, und gescheitert war: Damit er auf ihre Dienste vertraute, musste sie ihm ihre sämtlichen Gründe bis auf einen einzigen nennen. Mit anderen Worten, sie musste ihm, mit einer entsprechenden Auslassung, sämtliche Gründe Mrs. Gereth' nennen. «Da Ihre Mutter Ihre Heirat missbilligt, werden Sie ohne Weiteres einsehen, dass alles, was diese weniger gewiss zu machen scheint, Ihrer Mutter in die Hand arbeitet. Ohne dass ich mit ihr darüber spreche, hat sie Vermutungen und Ansichten, die sich schlicht durch diese Verschiebung ergeben. Daher erschien es mir richtig, diese nicht weiter zu dramatisieren. Wenn sie nur lange genug zögert, so denkt sie, kann sie Ihrer Verlobung ein Ende machen. Wenn Mona wartet, so glaubt sie, kann sie Mona am Ende ermüden.» Dies hielt Fleda alles in allem für deutlich genug.

So schien es gleichermaßen auch der junge Mann, der ihr aufmerksam folgte, zu empfinden. «Was das anbelangt», erklärte er prompt, «hat sie Mona am Ende tatsächlich ermüdet.» Er äußerte die Worte mit einem seltsamen Anflug von Heiterkeit.

Von dieser Verirrung überrascht, sah Fleda ihn einen Moment lang an. «Heißt das, Ihre Heirat ist abgeblasen?»

Er antwortete mit dem sonderbarsten, ausgelassenen Pessimismus: «Gott weiß, Miss Vetch, wo oder wann meine Heirat stattfindet und wie es darum steht! Wenn sie nicht ‹abgeblasen› ist, so ist sie, wie die Dinge mittlerweile stehen, doch ganz bestimmt nicht *angesetzt*. Ich habe Mona seit zehn Tagen nicht gesehen und seit einer Woche nichts von ihr gehört. Sonst hat sie mir jede Woche geschrieben, erinnern Sie sich? Sie rührt sich nicht von Waterbath weg, und ich habe mich nicht aus der Stadt weggerührt.» Dann sagte er es klipp und klar: «Wenn sie tatsächlich einknickt, wird Mutter dann zur Besinnung kommen?»

Fleda fand ihren Heroismus darob auf eine echte Probe gestellt – fand, sie sollte, indem sie ihm die Wahrheit sagte, deutlich die Hand heben und sein Hemmnis aus dem Weg schieben. War die Vorstellung, dass ihr damit immer noch jede Möglichkeit bliebe, auf die sie ein Anrecht hatte, stärker als das Wissen, dass eine solche Bewegung Mona wahrscheinlich für alle Zeiten abtun würde? Sich dies vorzustellen war heroisch, doch im gleichen Augenblick, in dem es unsere junge Frau daran erinnerte, welche Rolle diese Vorstellung nun in ihrem Plan spielte, wurde sie auch schon an den nicht weniger dringenden Anspruch erinnert, die Wahrheit zu sagen. Ah, die Wahrheit – man konnte nicht unbegrenzt straflos mit diesem Wert jonglieren, der in sich selbst unverrückbar blieb. Musste sie nicht zuvörderst daran denken, dass Owen ein Recht auf sein Eigentum und dass er außerdem ihr Versprechen hatte, ihm bei dessen Wiedergewinnung beizustehen? Inwiefern stand sie ihm bei, wenn sie ihm den einzigen Weg zur Wiedergewinnung vorenthielt, dessen sie sich ganz sicher war? Einen Augenblick lang, der ihr wie der prallste ihres Lebens erschien, überlegte sie hin und her. «Ja», sagte sie endlich, «wenn Ihre Heirat wirklich nicht zustande kommt, gibt sie alles her, was sie mitgenommen hat.»

«Ebendas lässt Mona zögern!», gestand Owen ehrlich. «Ich meine, der Gedanke, dass ich die Sachen nur zurückbekomme, wenn sie mich aufgibt.»

Fleda überlegte einen Moment. «Sie meinen, lässt sie zögern, ob Sie sie behalten – nicht zögern, ob Sie auf Sie verzichten soll?»

Er schaute leicht verwirrt drein. «Sie sieht keinen Sinn darin, durchzuhalten, da ich die Angelegenheit noch nicht einmal in Juristenhände gelegt habe. Darauf ist sie fürchterlich versessen, und dass ich es nicht tue, empört sie fürchterlich. Sie sagt, es ist der einzig richtige Weg, und sie glaubt, dass ich Angst habe, ihn zu beschreiten. Sie sagt, ich überlasse Mama zu viel. Sie sagt, es ist stümperhaft von mir, so weiterzuwursteln. Deswegen zieht sie sich so deutlich zurück, verstehen Sie denn nicht?»

«Nein, ich verstehe nicht ganz. Natürlich muss sie bekommen, was Sie ihr angeboten haben; natürlich müssen

Sie Ihr Wort halten. *Daran* kann es keinen Zweifel geben!»,
erklärte das Mädchen.

Seine Verwirrung steigerte sich deutlich. «Sie finden also,
genau wie Mona, dass ich die Polizei hinschicken muss?»

Die darin sich bekundende Mischung aus Widerwille und
Vertrauen ließ sie deutlich empfinden, wie sehr sie ihn im
Stich ließ; sie hatte das Gefühl, ebenfalls «einzuknicken».
«Nein, nein, noch nicht!», sagte sie, obwohl sie eigentlich
kein anderes oder besseres Rezept wusste. «Kommt Ihnen
nicht der Gedanke», fragte sie kurz darauf, «dass Mona,
wenn sie sich, wie Sie sagen, zurückzieht, vielleicht einen
sehr hohen Beweggrund dafür hat? Sie weiß, welch ungeheuren Wert all die von Ihrer Mutter zurückbehaltenen Gegenstände haben, und um die Kostbarkeiten von Poynton
zurückzuholen, ist sie bereit – ist es womöglich das? –, ein
Opfer zu bringen. Was sie opfert, ist eine Verlobung, die sie
mit Freuden eingegangen ist.»

Eben noch hatte er sich verständnislos gezeigt, doch diesen Gedankengang vollzog er mit Erfolg nach – einem so
unmittelbaren Erfolg, dass er mit Entschiedenheit konsta-
tieren konnte: «Ah, dieser Typ ist sie nicht! Sie will die Sachen für sich», fügte er hinzu, «sie will das Gefühl haben,
dass sie ihr gehören; ob ich sie habe oder nicht, ist ihr gleich.
Und wenn sie sie nicht bekommen kann, will sie mich auch
nicht. Wenn sie sie nicht bekommen kann, will sie überhaupt nichts.»

Das war kategorisch: Fleda saugte es begierig auf. «So
sehr interessieren sie die Sachen?»

«Es hat den Anschein.»

«So sehr, dass die Sachen bei der ganzen Geschichte *alles*
sind und dass sie alles andere komplett davon abhängig machen kann?»

Owen wägte das Gesagte ab, als spürte er, wie sehr es auf seine Antwort ankam; gleichwohl gab er eine Antwort, und zwar, wie Fleda erkannte, aus einer Fülle von Erinnerungen heraus. «Sie wollte die Sachen gar nicht unbedingt haben, bis sie in Gefahr zu sein schienen. Inzwischen verbindet sie damit eine bestimmte Idee, und wenn sie erst einmal auf eine Idee gekommen ist – du meine Güte!» Er brach ab, hielt inne und wandte wie mit einem Gefühl für die Sinnlosigkeit allen Ausdrucks den Blick ab: Zum ersten Mal hatte sie ihn einen Sachverhalt so pointiert erklären oder sich überhaupt auf eine Verallgemeinerung einlassen hören. Es war, während er stockte, auffällig, es war bewegend für sie, dass er nur halb imstande schien, seine Verallgemeinerung zu Ende zu führen. Das Mädchen jedoch war befähigt, diese Lücke für ihn zu schließen, so wie sie auch bei Gelegenheit des Besuches von Mona in Poynton schon geahnt hatte, was, wenn der von ihm betrachtete Fall einträte, geschehen würde. Mit eigenen Augen hatte sie dort erlebt, wie Owens Verlobter eine Idee kam. «Hören Sie, geben Sie mir doch bitte etwas Tee!», fuhr er zusammenhanglos und ungezwungen fort.

Ihre ausgiebigen Vorbereitungen hatten während der ganzen Zeit keine Fortsetzung gefunden, und mit einem Lachen, das sie selbst als gekünstelt empfand, bereitete sie ihm hastig seinen Trunk zu. «Er schmeckt bestimmt grässlich», sagte sie, «wir haben überhaupt keine guten Zutaten.» Sie bot ihm auch Brot und Butter an, wovon er nahm; und Tasse und Untertasse in der anderen Hand, bewegte er sich langsam durch das Zimmer. Sie goss sich selbst eine Tasse ein, trank aber nicht; danach begann sie, ohne es eigentlich zu wollen, ein kleines, fades Plätzchen zu essen. Ihr noch in Ricks empfundener Widerwille, das Gerede über die arme Mona selbst zu befeuern, war zu ihrer Überraschung dahin;

und unter diesem Einfluss fuhr sie gleich darauf fort: «Darf ich das so verstehen, dass sie sich mit Ihnen verlobt hat, ohne dass sie sich etwas aus Ihnen macht?»

Er schaute auf die Raphael Road. «Sie macht sich schon etwas aus mir. Aber sie kann die Belastung nicht ertragen.»

«Welche Belastung?»

«Na, durch die ganze leidige Geschichte.»

«Die ganze Geschichte ist in der Tat leidig, und ich kann mir ohne Weiteres vorstellen, wie sie auf sie wirkt», sagte Fleda klug.

Ihr Besucher drehte sich heftig um. «Tatsächlich?» In seinem starken Blick lag ein Leuchten. «Sie können verstehen, dass es ihr die Stimmung verdirbt und dass sie *mir* deshalb aufs Dach steigt? Sie verhält sich, als könnte sie mich überhaupt nicht gebrauchen!»

Nun machte sich Fleda allerdings wirklich Gedanken. «Das Gefühl des erlittenen Unrechts wurmt sie.»

«Ja war es denn bitteschön ich, der das Unrecht verübt hat? Gebe ich mir etwa nicht alle Mühe, die Sache ins Lot zu bringen?»

Der Klang seiner Frage ließ seinen Zorn auf Mona einen Moment lang fast einem Zorn auf Fleda ähneln; und dank dieser Ähnlichkeit wiederum bemerkte Fleda, dass es ihm wohl anstand, sich, zum ersten Mal in ihrer Gegenwart, mit solcher Hitzigkeit zu äußern und, auch dies zum ersten Mal, einen Begriff wie «verüben» zu verwenden. Überdies führte ihr seine Gegenfrage das bloß Fadenscheinige ihrer eigenen Rolle noch lebhafter vor Augen. «Ja, Sie haben sich tadellos verhalten», sagte sie. «Sie hatten eine überaus schwierige Aufgabe. Sie mussten sowohl Takt und Geduld als auch Standhaftigkeit gegenüber ihrer Mutter beweisen, und bewiesen haben Sie dies alles eindrucksvoll. Ich bin es, die Sie, ganz gegen meine Absicht, getäuscht hat. Ich habe Ihnen überhaupt nicht geholfen, Remedur zu schaffen.»

«Nun, Sie hätten doch wohl unter keinen Umständen aufgehört, mich zu mögen, oder?», fragte Owen. Offensichtlich lag ihm daran zu erfahren, ob sie Mona wirklich in Schutz nahm. «Ich meine natürlich, falls Sie mich gemocht *hätten* – mich gemocht, wie *sie* mich gemocht hat», erklärte er.

Fleda schaute sich diese Einrede lange genug an, um zu erkennen, dass sie in ihrer Verlegenheit Zuflucht zu einer noch höheren nehmen musste. «Das kann ich besser beantworten, wenn ich weiß, wie gütig Sie sich ihr gegenüber erwiesen haben. Haben Sie sich ihr gegenüber denn gütig erwiesen?», fragte sie so schlicht, wie sie konnte.

«Aber ich bitte Sie, Miss Vetch! Ich habe verwünscht nochmal alles getan, was sie je gewollt hat», protestierte er. «Ich bin, wie Sie selbst erlebt haben, mit Feuer und Schwert nach Ricks geeilt, und am Tag danach habe ich sie in Waterbath aufgesucht.» An dieser Stelle fasste er sich wieder, dabei war es genau die Stelle, an der ihr Interesse erwachte. Sein Gesicht hatte einen anderen Ausdruck angenommen, während er seine leere Teetasse abstellte. «Aber was nützt es mir schon, dass ich Ihnen dergleichen Dinge erzähle? Ich nehme an, Sie haben mir im Augenblick keinen Vorschlag zu machen außer jenem, dass ich meinen Anwalt beauftragen soll. *Soll* ich ihn beauftragen?»

Fleda erfasste kaum seine Worte: Etwas Neues war ihr plötzlich eingefallen. «Als Sie nach dem Besuch bei mir nach Waterbath gefahren sind», fragte sie, «haben Sie ihr da alles erzählt?»

Owen schaute verlegen drein. «Alles erzählt?»

«Dass Sie ein langes Gespräch mit mir geführt hatten, ohne ihre Mutter überhaupt zu sehen?»

«O ja, genau das habe ich ihr erzählt, und dass Sie überaus freundlich gewesen seien und ich die ganze Sache in Ihre Hände gelegt hätte.»

Fleda hatte die vom ihm geschilderte Szene deutlich vor Augen. «Vielleicht hat ihr das missfallen», gab sie schließlich zu bedenken.

«Es hat ihr ganz schrecklich missfallen.» Die Worte kamen überstürzt heraus.

«Ganz schrecklich?», brach es aus dem Mädchen hervor. Irgendwie war sie angesichts des Gesagten erschrocken.

«Sie wollte wissen, mit welchem Recht Sie sich einmischten. Sie hat gesagt, Sie wären nicht ehrlich.»

«Oh!», rief Fleda mit langgezogenem Klagen aus. Dann fasste sie sich. «Ich verstehe.»

«Sie hat Sie beschimpft, und ich habe Sie in Schutz genommen. Sie hat Sie angeschwärzt ...»

Mit einer Geste gebot sie ihm Einhalt. «Sagen Sie mir nicht, was sie getan hat!» Sie war bis an die Augen errötet, wo sie, wie unter der Wirkung eines Backenstreichs, rasch die Tränen aufsteigen spürte. Es war ein plötzlicher Absturz in ihrem großen Flug, ein Schlag für ihren Versuch, über Monas Interessen zu wachen. Während *sie* bei diesem Versuch ihre Seele aufs Äußerste angestrengt hatte, hatte das Subjekt ihrer Großherzigkeit sie praktisch für nichtswürdig erklärt. Jedoch verdaute sie das alles und war gleich darauf wieder imstande, sich mit einem Lächeln zu äußern. «Vor einer Weile haben Sie davon gesprochen, dass Ihre Mutter und ich uns Ihretwegen gestritten hätten. Dabei ist es viel eher so, dass Sie und Mona *meinetwegen* gestritten haben.»

Dies war eine rechte simple Behauptung, doch für einen Augenblick schien es, als müsse er ihr ausweichen. «Verstehen Sie denn nicht, ich will damit sagen, dass Mona, wenn ich so sagen darf, es sich in den Kopf gesetzt hat, eifersüchtig zu sein.»

«Aha», sagte Fleda. «Nun, unsere Zusammenkünfte haben sich ja wohl tatsächlich sehr merkwürdig ausgenommen.»

«Sie haben sich sehr schön ausgenommen, und sie waren auch sehr schön. Oh, ich habe ihr gesagt, was für ein Mensch Sie sind!», fuhr der junge Mann fort.

«Das hat mich ihr natürlich nicht liebenswerter gemacht.»

«Ja, und mich auch nicht …» Nun ergriff er die Gelegenheit. «Aber natürlich *sagt* sie – was das anbelangt –, dass sie mich liebt.»

«Und sagen Sie auch, dass Sie sie lieben?»

«Ich sage nichts anderes – ich sage es ständig. Erst kürzlich habe ich es ungefähr neunzigmal gesagt.» Darauf hatte Fleda keine unmittelbare Antwort, und ehe sie sich für eine entscheiden konnte, wiederholte er die kurz zuvor gestellte Frage. «Soll ich denn nun meinen Anwalt beauftragen?»

Diese Lösung verwarf sie in jenem Moment, weil sie eine große Chance für sich selbst witterte. Falls sie ihn dazu bewog, sich so zu entscheiden, könnte sie die Hand ausstrecken und hätte ihn. Mrs. Gereth wäre das Tor zur Kapitulation vor der Nase zugeschlagen: Sie würde aufbrausen und kämpfen, würde die Flagge hissen und zu einer leidenschaftlichen, einer heroischen Verteidigungsschlacht antreten. Natürlich würde die Sache zu ihren Ungunsten ausgehen, aber das Verfahren würde Monas Geduld und Owens Eigentum überdauern. Mit einem förmlichen Bruch wäre er frei; und sie müsste nur die Finger um die Schnur schließen, die den Vorhang über dieser Szene höbe. «Sie ‹sagen› also, Sie lieben sie, aber ist denn da nicht mehr, als dass Sie es nur sagen? Sie würden es doch nicht sagen, wenn es nicht stimmte, oder? Was um alles in der Welt ist in so kurzer Zeit aus der Zuneigung geworden, die zu Ihrer Verlobung geführt hat?»

«Weiß der Henker, was daraus geworden ist, Miss Vetch!», rief Owen. «Offenbar ist sie komplett vor die Hunde gegangen, als dieser schreckliche Kampf angefangen hat.» Inzwischen war er ihr nahe, und während sein Gesicht abermals vor Erleichterung leuchtete, sprach aus ihm die ganze Geschichte seiner Hilflosigkeit. «Während ich Sie erlebt und immer stärker wahrgenommen habe, während ich Sie immer besser kennengelernt habe, habe ich immer weniger … ich konnte nichts dafür … für irgendetwas oder irgendjemand anderen empfunden. Ich wünschte, ich hätte Sie eher kennengelernt – ich weiß, ich hätte sie lieber gemocht als sonst irgendwen auf der Welt. Aber nicht Sie waren es, die den Unterschied gemacht hat», fuhr er eifrig fort, «und ich war absolut entschlossen, bis zu meinem Tode an Monas Seite zu bleiben. Sie selbst war es, bei meiner Seele, und zwar durch den Zustand, in den sie geraten ist, die Art, wie sie geschmollt, wie sie alles aufgenommen hat und wie sie über mich hergefallen ist! Sie hat unsere Aussichten und unser Glück zerstört – bei meiner Ehre, sie hat sie zerstört. Sie hat sie genauso zerschmettert, wie wenn sie den Teetisch umgeworfen hätte. Die ganze Zeit wollte sie wissen, was sich zwischen uns abspielt, zwischen Ihnen und mir; und wollte meiner feierlichen Versicherung nicht glauben, dass sich nichts zwischen uns abspielt als das, was sich auch unmittelbar zwischen mir und Mama hätte abspielen können. Sie hat gesagt, ein hübsches Mädchen wie Sie sei ja eine nette ‹alte Mama›, und ob Sie's glauben oder nicht, sie hat Sie nie anders genannt. Der Teufel soll mich holen, wenn ich nicht brav gewesen bin, oder? Nie habe ich Ihnen auch nur ein Sterbenswörtchen gesagt, oder? Ansonsten hätten Sie mir auch tüchtig eingeheizt, nicht wahr? Sie haben mir auch so schon tüchtig eingeheizt, finde ich, nicht wahr? Aber inzwischen ist es mir gleich, was Sie sagen oder was Mona sagt oder was sonst wer von sich gibt: Sie hat mir endlich durch ihr verwünschtes Verhalten das Recht gegeben, mich auszusprechen, mich zu äußern, wie ich darüber denke. Und ich, wenn Sie es genau wissen wollen, denke, dass am besten mit allem Schluss ist. Sie fragen mich, ob ich sie nicht liebe, und es liegt wohl nahe, dass Sie das fragen. Aber Sie fragen es mich genau in dem Augenblick, in dem ich halb verrückt danach bin, Ihnen zu sagen, dass es auf der ganzen Welt nur einen Menschen gibt, den ich wirklich liebe, und dieser Mensch ...» Hier bremste er sich jäh, und Fleda fragte sich, ob wohl deshalb, weil er durch die geschlossene Tür hindurch das Geräusch von Schritten und Stimmen im Flur wahrnahm. Sie selbst hatte das Geräusch mit Überraschung und einem vagen Unbehagen bemerkt: Es war nicht die Uhrzeit, zu der ihr Vater üblicherweise nach Hause kam, und es gab derzeit keinen Grund, warum sie Besuch erhalten sollte. Sie hatte eine Befürchtung, die sich nach einigen Sekunden noch verstärkte: Jemand würde sie besuchen, und dieser jemand wäre schlicht Mrs. Gereth. Die Dame wünschte sich aus der Nähe ein Bild davon zu machen, welche Folgen ihr Brief an Owen gehabt hatte. Fleda straffte sich mit dem unmittelbaren Gedanken, dass Mrs. Gereth, wenn sie dies denn wünschte, ein völlig unmissverständliches Bild erhalten sollte. Owens Innehalten war die Sache nur eines Augenblicks gewesen, doch während dieses Augenblicks fixierte unser junges Paar, einer den anderen, mit den Augen, und beider Ohren nahmen, bei immer noch geschlossener Tür, die Andeutung eines leisen Wortwechsels im Flur wahr. Fleda hatte Anstalten gemacht, diesen zu unterbrechen, als Owen sie aufhielt, indem er sie am

Arm fasste. «Sie können sich sicherlich denken», sagte er mit gesenkter Stimme und einem Druck auf ihren Arm, wie sie beides, Tonfall und Druck, so noch nie erlebt hatte, «... Sie können sich sicherlich denken, wer dieser eine Mensch auf der Welt ist, den ich liebe?»

Der Türknauf drehte sich, und ihr blieb nur noch Zeit, ihm entgegenzuschleudern: «Ihre Mutter!»

Doch als die Tür aufging, schob sich das schmuddelige Dienstmädchen herein und meldete: «Mrs. Brigstock!»

15

Mrs. Brigstock blieb in der Tür stehen und schaute von einem der beiden Anwesenden zum anderen; dann sahen sie, wie ihr Blick sich an einen kleinen Gegenstand heftete, der, bislang unbemerkt, auf dem Teppich lag. Es war das Plätzchen, an dem Fleda, als sie Owen seinen Tee gegeben, flüchtig geknabbert hatte: Sie hatte es sofort auf den Tisch gelegt, und dass sie es dann mit einer hastigen Bewegung heruntergewischt hatte, war fraglos ein Zeichen der Aufgeregtheit, die von ihr Besitz ergriffen hatte. Für Mrs. Brigstock verriet es offenbar mehr, als mit bloßem Auge zu erkennen war. Owen hob es jedenfalls auf, und Fleda kam es so vor, als beseitigte er die Spuren irgendeiner Szene, welche die Zeitungen als «lebhaft» charakterisiert hätten. Mrs. Brigstock nahm eindeutig auch von den großflächig verteilten Teesachen Kenntnis und den wie von einem Hochwasser kündenden Spuren in den vollen Gesichtern ihrer jungen Freunde. All diese Einzelheiten machten den kleinen Raum zu einem anschaulichen Bild von Intimität. Kurze Zeit erfüllte Fleda Erleichterung ob der Feststellung, dass ihre Besuche rin nicht Mrs. Gereth war, und lange Zeit dann die Frage, was im vorliegenden Fall eigentlich kompromittierender war. Vage kam ihr in den Sinn, dass die Herrin von Ricks womöglich auch nach Waterbath geschrieben hatte. Nicht nur hatte Mrs. Brigstock ihr nie einen Besuch abgestattet, sondern Fleda hätte sich das auch unmöglich vorstellen können. Vor einem Jahr hatte das Mädchen einen Tag unter ihrem Dach verbracht, ohne je das Gefühl zu haben, für Mrs. Brigstock begründe das eine Bindung. Sie hatte sich, außer in Poynton, nie in einem Haus aufgehalten, in dem auf der einen oder anderen Seite die Vorstellung einer Bindung bestand. Nach der ersten Verblüffung stürzte sie ausgelassen auf ihre Besucherin zu, hieß sie überschwänglich willkommen und fragte sich zugleich, woher man in Waterbath von ihrem Aufenthaltsort erfahren hatte. Hatte Mrs. Brigstock ihren Wohnsitz etwa eigens zu dem Zweck verlassen, um die Komplizin von Mrs. Gereth' Verfehlungen zwischen die Finger zu bekommen? In welcher Stimmung diese Finger zupacken würden, musste unsere junge Frau erst noch ermitteln; doch sie war ein Mensch, der zehn Gedanken gleichzeitig denken konnte – ein Umstand, der ihr, auch bei Unterstellung schlimmster innerer Not, einen großen Vorteil gegenüber einem Menschen verschaffte, der günstige Bedingungen brauchte, um sich auch nur mit einem einzigen befassen zu können. Allein schon die Schwingung der Luft jedoch verriet ihr, dass Mrs. Brigstocks Gefühl, wie auch immer es ursprünglich ausgesehen haben mochte, nun drastisch von Owens Anblick beeinflusst wurde. Er im Wesentlichen war die Überraschung: Sie hatte, was ihn betraf, mit allem gerechnet, nur nicht mit seiner persönlichen Anwesenheit. Über diese hatte sie in peinlichem Schweigen nachzudenken begonnen, während sie mit freundlicher Hilfe einen verlegenen Gang zum Sofa zuwege brachte. Owen würde nicht zu gebrauchen sein, würde kläglich versagen; auch diesen Aspekt des Falls hatte Fleda erfasst. Ein weiterer Aspekt war, dass er sie bewundern, sie anbeten würde, und zwar genau in dem Maße, wie sie selbst sich anmutig überlegen zeigte. Zum ersten Mal fühlte sich Fleda berufen, «aus sich herauszugehen», wie Mrs. Gereth gesagt hatte, und sie war davon erfüllt, dass «aus sich herauszugehen» nun hieß, geradewegs darauf abzuzielen, dass Owen von ihrer Schlichtheit und ihrem Takt hingerissen war. Sie hatte den Eindruck, er empfand Monas Mutter gegenüber keine eindeutige Abneigung; aber sie konnte diese Vorstellung nicht erwägen, ohne kurz auch die Implikation in den Blick zu nehmen, dass er eine eindeutige Abneigung gegen Mrs. Brigstocks Tochter empfand. Monas Mutter lehnte Tee ab, lehnte einen besseren Sitzplatz ab, lehnte ein Kissen ab, lehnte es ab, ihre Federboa abzulegen; Fleda vermutete, dass sie sich nicht absichtlich spröde gab, sondern dass die Stimme des besetzten Zimmers selbst ihr diesen Wink gegeben hatte.

«Ich bin einfach auf gut Glück gekommen», sagte sie. «Gestern hat Mona irgendwo die Einladung zur Hochzeit Ihrer Schwester gefunden, die Sie uns vor einiger Zeit geschickt haben oder die Ihr Vater uns geschickt hat. Wir konnten nicht dabei sein – es war unmöglich; aber da diese Adresse darauf stand, habe ich mir gesagt, dass ich Sie vielleicht hier antreffe.»

«Ich bin sehr froh, zu Hause zu sein», erwiderte Fleda.

«Ja, das passiert nicht sehr oft, nicht wahr?» Mrs. Brigstock blickte sich neuerlich in Fledas Heim um.

«Oh, ich bin schon vor einer ganzen Weile aus Ricks zurückgekehrt. Jetzt werde ich auf unbestimmte Zeit hier sein.»

«Wir hielten es für sehr wahrscheinlich, dass Sie zurückgekehrt sind. Wir wussten natürlich, dass Sie in Ricks waren. Wenn ich Sie nicht anträfe, dachte ich, träfe ich vielleicht Mr. Vetch an», fuhr Mrs. Brigstock fort.

«Er ist leider nicht da. Er ist nie da – den ganzen Tag nicht.»

Mrs. Brigstocks runde Augen wurden noch runder. «Den ganzen Tag?»

«Den ganzen Tag», lächelte Fleda.

«Und er überlässt Sie ganz sich selbst?»

«Weitgehend mir selbst, heute aber auch ein wenig, wie Sie sehen, Mr. Gereth» – und das Mädchen sah Owen an, um ihn in ihre Unterhaltung einzubeziehen. Bei Mrs. Brigstocks Erscheinen hatte er sich sofort hingesetzt; doch diese Bewegung hatte nichts an der düsteren Steifheit geändert, die bei ihrem Anblick von ihm Besitz ergriffen hatte. Bevor er eine Antwort auf die an ihn gerichtete Bitte fand, wandte sich Fleda wieder ihrem anderen Gast zu. «Möchten Sie, dass mein Vater zu einem bestimmten Zweck bei Ihnen vorspricht?»

Mrs. Brigstock nahm diese Frage auf, als könnte man sie nicht beantworten, ohne auf der Hut zu sein; worauf Owen sich mit blasser Belanglosigkeit einmischte. «Ich habe Mona heute Morgen geschrieben, dass Miss Vetch in der Stadt ist; aber der Brief war natürlich noch nicht angekommen, als Sie das Haus verlassen haben.»

«Nein, das war er nicht. Ich werde in der Stadt übernachten – es gibt verschiedene Angelegenheiten, um die ich mich kümmern muss.» Dann, während ihr Blick mit bemühter Festigkeit von einem zum anderen ging: «Ich fürchte, ich habe Ihr Gespräch unterbrochen.» Sie äußerte das ohne besondere Betonung, gab sich vielmehr, als konstatiere sie lediglich den Umstand. Fleda war noch nicht mit der Frage konfrontiert worden, was für ein Mensch Mrs. Brigstock war; sie war nur damit konfrontiert worden, was für einen Menschen Mrs. Gereth in ihr sah und daher verachtete. Eigentlich war sie als Mensch irgendwie nicht zu greifen, und Fleda wurde klar, dass Mrs. Gereth sie, hätte sie sie in diesem Augenblick sehen können, mehr denn je verachtet hätte. Mrs. Brigstock hatte ein Gesicht, über das sich unmöglich mehr sagen ließ, als dass es rosig war, und einen Verstand, den zu beschreiben nur möglich gewesen wäre, indem man ihn in ähnlicher Weise charakterisiert hätte. Da er von Natur aus weder grün noch blau noch gelb war, gab es nichts, was ihn unverkennbar machte: Er irrte umher und blökte wie ein herrenloses Schaf. Fleda empfand in diesem Augenblick viel gütiges Mitgefühl für dieses Organ, da Mrs. Brigstock es mitgebracht hatte, damit es etwas für sie tat, was sie als heikel betrachtete. Fleda war durchaus bereit, bei seinem Gebrauch zu helfen, hätte sie nur ahnen können, was es vorhatte. Was sie indes immer mehr ahnte, war, dass es etwas anderes vorhatte als das, was es beim Aufbruch von Waterbath vorgehabt hatte. Genauer aber klärte nichts an der Art sie auf, wie ihre Besucherin fortfuhr: «Sie müssen sehr beschäftigt sein. Ich glaube, Sie ergreifen recht deutlich Partei in seinem schrecklichen Streit.»

Mithilfe einer vagen Wiederholung gewann Fleda Zeit. «Seinem schrecklichen Streit?»

«Um die Mobilien des Hauses. Passen Sie denn nicht in seinem Namen darauf auf?»

«Sie weiß, wie schrecklich nett Sie zu mir gewesen sind», erklärte Owen ihrer beider jungen Freundin. Er zeigte ein solches Unbehagen, dass er im Grunde ihre Situation offenbarte; und Fleda sah sich hin- und hergerissen zwischen der Hoffnung, er möge gehen, und dem Wunsch, er möge vollständig erkennen, was sie dank dieser Gelegenheit für ihn würde zustande bringen können.

Sie wandte sich an Mrs. Brigstock. «Mrs. Gereth hat mich neulich in Ricks eigens gebeten, in ihrem Namen mit ihm zu sprechen.»

«Und hat sie sie auch ausdrücklich gebeten, hier in der Stadt mit ihm zu sprechen?» Mrs. Brigstocks scheußliche Haube schien für die unverfälschte Wahrheit zu plädieren; und Fleda lag schon die Antwort auf der Zunge, dass Mrs. Gereth in der Tat eben darum gebeten hatte. Aber sie hielt sich zurück, und ehe sie irgendetwas sagen konnte, hatte Owen die Frage aufgegriffen.

«Ich habe es mir angelegen sein lassen, Mona Bescheid zu geben, dass ich hier sein würde, verstehen Sie denn nicht? Eben das habe ich ihr heute Morgen geschrieben.»

«Sie hätte wohl kaum bezweifelt, dass Sie hier sein würden, sobald Sie die Möglichkeit dazu hätten», gab Mrs. Brigstock zurück. «Wäre Ihr Brief angekommen, hätte er mich vielleicht darauf vorbereitet, Sie hier beim Tee anzutreffen. In diesem Falle wäre ich sicher nicht hier.»

«Dann bin ich froh, dass er nicht angekommen ist. Möchten Sie denn, dass er uns allein lässt?», fragte Fleda.

Mrs. Brigstock sah Owen an und überlegte: Ihrem Gesicht war nichts anzumerken, außer dass es sich dunkelrosa verfärbte. «Ich möchte, dass er mit *mir* kommt.» Es lag nichts Drohendes in ihrem Ton, aber sie wusste offensichtlich, was sie wollte. Da Owen keine Antwort darauf gab, sah Fleda ihn an, um Zustimmung von ihm zu erheischen; dann, weil sie befürchtete, er würde sich verweigern und die Sache dadurch verschlimmern, nahm sie es auf sich, seine diesbezügliche Bereitschaft zu erklären. Sie hatte sich kaum geäußert, als sie auch schon spürte, wie die Worte einen schlimmen

Eindruck von Intimität hinterließen: Sie hatte für ihn geantwortet, als ob sie seine Frau wäre. Mrs. Brigstock betrachtete ihn weiter leidenschaftslos und sprach nur mit Fleda. «Ich habe ihn lange nicht gesehen – ich habe ihm bestimmte Dinge mitzuteilen.»

«Und ich habe Ihnen ebenfalls Dinge mitzuteilen, Mrs. Brigstock», warf Owen ein. Damit griff er nach seinem Hut, wie um sich unverzüglich zu verabschieden.

Die Besucherin hielt sich derweil an ihre Gastgeberin. «Was wird Mrs. Gereth tun?»

«Sind Sie hergekommen, um mich das zu fragen?», wollte Fleda wissen.

«Das und verschiedenes andere.»

«Dann lassen Sie Mr. Gereth wohl besser gehen, bleiben selbst hier und statten mir einen freundlichen Besuch ab. Mit ihm können Sie reden, wann Sie möchten, aber es ist das erste Mal, dass Sie mich besuchen kommen.»

Dieser Appell zeigte offensichtlich eine gewisse Wirkung; Mrs. Brigstock schwankte sichtlich. «Ich kann durchaus nicht mit ihm reden, wann immer ich möchte», gab sie zurück, «er hat sich seit einer Ewigkeit nicht mehr bei uns blicken lassen. Aber mich führen bestimmte Angelegenheiten hierher.»

«Das können keine wichtigen Angelegenheiten sein», behauptete Owen zu Fledas Überraschung unvermittelt. Er war zunächst nicht auf Mrs. Brigstocks Wunsch eingegangen, ihn zu entführen; Fleda erkannte, dass dem der Instinkt zugrunde lag, ihr beizustehen, nicht den Anschein zu erwecken, er ließe sie im Stich. Doch schlagartig, während all seine Gereiztheit in ihm arbeitete, war ihm eingefallen, dass er sie noch mehr im Stich ließe, wenn er duldete, dass sie es allein mit der Botin von Waterbath zu tun bekam. «Wissen

Sie, Mrs. Brigstock, wenn Sie erlauben, ich finde, Sie sollten Miss Vetch nicht wegen irgendetwas aufs Dach steigen. Es ist sehr freundlich von ihr, sich überhaupt für uns und unser grässliches, vulgäres, kleinliches Gezänk zu interessieren. Wenn Sie darüber reden wollen, dann reden Sie mit *mir*.» Er war erhitzt von dem Gedanken, Fleda zu beschützen, seine Achtung für sie zu demonstrieren. «Ich mag es nicht, dass Sie sie ins Kreuzverhör nehmen, verstehen Sie? Sie ist grundanständig: *Ich* werde Ihnen alles über sie erzählen!», erklärte er mit einem unbekümmerten Lachen. «Bitte kommen Sie mit mir und lassen Sie sie zufrieden.»

Mrs. Brigstock wurde schlagartig lebendig. Sie sprang auf und stand kerzengerade da – eine merkwürdige Distinktion in ihrer ganzen Person und jedem Zug ihres Gesichts bis auf ihren Mund, den sie zu einer kleinen, straffen Öffnung schürzte. Das Mädchen war auf schmerzhafte Weise hin- und hergerissen; tief im Inneren empfand sie Freude, aber zugleich war es der Situation angemessener, dass sie nicht den Anschein erweckte, sie assoziiere sich mit dem vertraulichen Ton, den Owen gegenüber einer Dame anschlug, die im Begriff gestanden hatte und vielleicht immer noch stand, seine Schwiegermutter zu werden. Sie legte Mrs. Brigstock eine mäßigende, eine begütigende Hand auf den Arm. Diese jedoch hatte, dass Fleda einen so ausgezeichneten Verteidiger besaß, bereits mit einem Ausruf bedacht: «Meiner Treu, er redet, als wäre ich hierhergekommen, um grob zu Ihnen zu sein!»

Daraufhin hielt Fleda sie ganz fest und lachte; dann brachte sie das Kunststück fertig, sie zart zu küssen. «Ich habe nicht die geringste Angst davor, mit Ihnen allein zu sein oder von Ihnen in Stücke gerissen zu werden. Ich beantworte jede Frage, die Sie sich irgend einfallen lassen können.»

«Ich bin der Richtige, um Mrs. Brigstocks Fragen zu beantworten», mischte sich Owen abermals ein, «und ich bin kein bisschen weniger bereit, mich ihnen zu stellen, als Sie.» Er trat entschiedener auf, als sie ihn je erlebt hatte; als hätte sie sich nicht träumen lassen, dass er so entschieden auftreten konnte.

«Aber dann wird sie nur ein paar Minuten da gewesen sein. Was für ein Besuch ist denn das?», rief Fleda.

«Für meine Zwecke hat er lange genug gedauert», erklärte Mrs. Brigstock mit Bedacht. «Es gab etwas, was ich wissen wollte, aber ich glaube, ich weiß es jetzt.»

«Alles, was Sie nicht wissen, werde ich Ihnen wohl erzählen können!», bemerkte Owen, während er ungeduldig mit dem Ärmelaufschlag über seinen Hut strich.

Inzwischen wollte Fleda sein Gegenüber unbedingt dabehalten, erkannte jedoch, dass dies nur möglich wäre, wenn Sie ihn zu einer weiteren Zurschaustellung jener Beschützerhaltung zwänge, die er eben deshalb übertrieb, weil dies, seit er begonnen hatte, Fleda zu «mögen», das Einzige war, was er in aller Offenheit für sie tun konnte. Dass Mrs. Brigstock von seinem Wohlwollen stärker beeindruckt wurde, als sie es ohnehin schon war, geriet Fleda nicht zum Vorteil. «Es mag Dinge geben, die Sie wissen und ich nicht», sagte sie gleich darauf ganz vernünftig und heiter zu ihr. «Aber ich habe so ein Gefühl, dass Sie sich unter einem großen Irrtum abquälen.»

Mrs. Brigstock schaute ihr daraufhin tiefer und sehnsuchtsvoller in die Augen, als sie es von Mrs. Brigstock für möglich gehalten hätte: Es war dies der Anflug einer gelinden, konfusen Bereitschaft, ihr eine Chance zu geben. Owen jedoch verdarb umgehend alles. «Nichts ist wahrscheinlicher, als dass Mrs. Brigstock genau das tut, eben wie Sie sagen; aber Sie schulden niemandem auf der Welt eine Erklärung. Vielleicht schulde ich jemandem eine – es wird wohl so sein. Aber Sie nicht – nein!»

«Aber wenn es nun eine ist, die zu geben mir keinerlei Schwierigkeiten bereitet?», wandte Fleda liebenswürdig ein. «Ich bin sicher, diese ist die einzige, um die Mrs. Brigstock bitten wollte, falls sie überhaupt um eine bitten wollte.»

Wieder sah die Gute ihre junge Freundin durchdringend an. «Ich glaube, Fleda, ich bin einfach nur gekommen, um … wissen Sie … an Sie zu appellieren.»

Fleda mit ihrem leuchtenden Gesicht zögerte einen Augenblick. «Als ob ich eine dieser bösen Frauen in einem Theaterstück wäre?»

Diese Bemerkung war desaströs: Ihr Charme entging Mrs. Brigstock, die sie offenbar für ausgesprochen unverschämt hielt. Sie wandte sich ab wie von etwas, was sich als wirklich anstößig decouvriert hatte, und Fleda hatte das fruchtlose Gefühl, dass ihre Wohlgelauntheit, der eine Idee zugrunde lag, als Impertinenz oder zumindest Leichtfertigkeit aufgefasst wurde. Ihre Anspielung war ungehörig, auch wenn sie selbst es nicht war. Mrs. Brigstocks Gemütsbewegung verflachte – im Ergebnis lief es auf eins hinaus. «Ich bin dann so weit», sagte sie einigermaßen würdevoll und gekränkt zu Owen. «Ich möchte in der Tat unbedingt mit Ihnen sprechen.»

«Ich stehe Ihnen vollständig zu Diensten.» Owen streckte Fleda die Hand entgegen. «Auf Wiedersehen, Miss Vetch. Ich hoffe, Sie morgen wiederzusehen.» Er hielt Mrs. Brigstock die Tür auf, und diese ging mit einem versteckten, unterdrückten Gruß vor Miss Vetch vorbei. Dann sahen Fleda und Owen, während er an der Tür stand, einander dunkel und wortlos an. Wieder trafen sich ihre Blicke für einen langen

Moment, und sie war sich bewusst, dass in ihrem etwas lag, was das Dunkel nicht erstickte, was er noch nie gesehen hatte und vielleicht nie wieder sehen würde. Er verharrte lange genug, um es aufzunehmen – es mit einem ernsten Blick aufzunehmen, der eben noch das Heraufdämmern von Verwunderung verriet; dann folgte er Mrs. Brigstock aus dem Haus.

16

Er hatte die Hoffnung geäußert, sie am nächsten Tag zu sehen, doch Fleda kam unschwer zu dem Schluss, dass er sie nicht sehen würde, wenn sie nicht da wäre. Wenn es etwas auf der Welt gab, was sie sich in diesem Augenblick wünschte, so war es, dass der nächste Tag keinerlei Ähnlichkeit mit dem soeben verstrichenen hatte. Dementsprechend fand sie sich in die Vorstellung einer Abwesenheit: Sie würde sofort zu Maggie fahren. Sie lief noch am Abend aus dem Haus und telegrafierte ihrer Schwester, und am anderen Morgen verließ sie London mit einem frühen Zug. Sie brauchte für diesen Schritt keinen anderen Grund als das Gefühl der Notwendigkeit. Es war ihr ein starkes persönliches Bedürfnis; sie wollte etwas zwischenschalten, und es gab nichts, was sie zwischenschalten konnte außer Entfernung, außer Zeit. Wenn Mrs. Brigstock sich mit Owen befassen musste, dann würde sie Mrs. Brigstock die Möglichkeit dazu lassen. Dort zu sein, mittendrin zu sein war das Gegenteil von dem, wonach es sie verlangte: Sie war schon in stärkerem Maße mittendrin gewesen, als es je ihrem Plan entsprochen hatte. Ohnehin hatte sie ihrem Plan abgeschworen; inzwischen verfolgte sie keinen Plan mehr außer den der Trennung. Das hieß, Owen fallen zu lassen, das schöne Amt, ihm zu seinem Recht zu verhelfen, aufzugeben; doch als sie dieses Amt übernommen hatte, hatte sie nicht vorausgesehen, dass Mrs. Gereth es mit einem so bemerkenswert schlichten Manöver vereiteln würde. Die Szene im Haus ihres Vaters hatte sämtlichen Ämtern ein Ende gemacht, und Urheberin dieser Szene war Mrs. Gereth. Owen musste nun unter allen Umständen in eigener Sache handeln: Er hatte Verpflichtungen zu erfüllen, Rechenschaft abzulegen, und sie verspürte den brennenden Wunsch, er möge sich dem allen gewachsen zeigen. Wie weit ihre zärtlichen Gefühle für ihn gingen, wurde ihr erst jetzt bewusst, mit der augenblicklichen Stärke ihres Verlangens, er möge sich überlegen, wenn nicht gar erhaben zeigen. Dunkel wurde sie gewahr, dass Überlegenheit, dass Erhabenheit durchaus nichts Schlimmes haben müssten. Sie schloss die Augen und lebte ein, zwei Tage in der bloßen Schönheit der Zuversicht. Diese begleitete sie auf der kurzen Reise; sie war auch bei Maggie mit ihr; sie verklärte das schäbige kleine Haus in der dummen kleinen Stadt. Owen hatte in ihren Augen an Größe gewonnen: Wie ein Mann würde er tun, was auch immer er zu tun hatte. Er würde sich nicht schwach zeigen – nicht, wie sie es war: Sie selbst war überaus schwach.

Beim Einräumen ihrer spärlichen Besitztümer in Maggies noch spärlichere Behältnisse tat sie einen flüchtigen Blick auf die Sonnenseite des Umstands, dass deren alte Sachen nicht so ein Problem waren wie die von Mrs. Gereth. Während sie sich mit Maggie einen Weg zwischen den örtlichen Pfützen suchte, sich mit ihr in muffige Cottages wagte und ihr in noch muffigeren Läden mit Entschlossenheit beisprang, was das Gewicht von Keulen und den Geschmack von Käse anging, blieb ihr Geheimnis dennoch überall hineinverwoben. In den Pfützen, den Cottages, den Läden hatte sie es behaglich ganz für sich; dieser Trost überwog auch dann, als ihr Schwager ihre Aufmerksamkeit auf ein Diagramm zu den skandalösen finanziellen Belastungen des Pflegeheims lenkte, das er mit einer Gabel auf ein allzu schmutziges Tischtuch gezeichnet hatte. Um es ganz für sich zu haben, war sie von Ricks weggegangen, und nun wusste sie, dass sie, um es ganz für sich zu haben, auch von London weggegangen war. Diese Annehmlichkeit wurde natürlich gefährdet, wenn auch nicht sofort zunichtegemacht, als am zweiten Tag der Brief von Owen eintraf, von dem sie sicher gewesen war, dass sie ihn erhalten würde. Er hatte sich nach West Kensington begeben und festgestellt, dass sie ausgeflogen war, aber er hatte von dem kleinen Dienstmädchen ihre Adresse bekommen, war daraufhin in einen Club geeilt und hatte ihr geschrieben. «Warum haben Sie mich ausgerechnet in dem Moment verlassen, in dem ich Sie am dringendsten brauchte?», wollte er wissen. Die nächsten Worte waren allerdings, was die Frage seiner Beständigkeit anging, beruhigender. «Ich weiß nicht, welchen Grund Sie dafür haben mögen», fuhr er fort, «noch, warum Sie mir keine Nachricht hinterlassen haben; aber ich glaube nicht, dass Sie der Ansicht sein können, ich hätte gestern irgendetwas getan, was nicht richtig gewesen wäre. Was Mrs. Brigstock anging, habe ich einfach gespürt, was richtig war, und es getan. Sie hatte keinerlei Recht, Sie so anzugreifen, und ich hätte mich geschämt, wenn ich ihr erlaubt hätte, bei Ihnen zu bleiben, damit sie Ihnen zusetzen kann. Ich erlaube nicht, dass irgendjemand Ihnen zusetzt. Niemand soll Ihnen lästig fallen außer mir. Ich habe Ihnen gestern nicht lästig fallen wollen und will es auch heute nicht; aber ich habe nun völlige Freiheit, nach Ihnen zu verlangen, und ich verlange sehr viel mehr nach Ihnen, als Sie mich haben erklären lassen. Wie recht ich habe, werden Sie sehen, wenn Sie mich zu sich kommen lassen. Haben Sie keine Angst – ich werde Ihnen nicht wehtun noch Ihnen Kummer machen. Ich gebe Ihnen mein Ehrenwort, dass ich niemandem wehtun werde. Nur muss ich Sie wegen dem, was ich Mrs. Brigstock zu sagen hatte, unbedingt sprechen. Sie war garstiger, als ich es ihr zugetraut hätte, aber ich benehme mich wie ein Engel. Ich versichere Ihnen, mit mir ist alles in Ordnung – ebendas sollen Sie ja erkennen. Sie sind mir etwas schuldig, wissen Sie, für das, was Sie mir zugesagt, aber nicht getan haben; und was zu tun Sie sich, wie Ihre Abreise ohne ein Wort mir zu verstehen gibt, außerstande sehen, nicht wahr? Lassen Sie mich nicht einfach im Stich. Empfangen Sie mich, und wenn es nur dieses eine Mal ist. Ich werde nicht auf eine Erlaubnis warten, sondern morgen einfach kommen. Ich habe nach Zügen geschaut und festgestellt, dass es einen gibt, der mich kurz nach dem Lunch bringt, und einen sehr günstigen für meine Rückfahrt. Ich werde nicht lange bleiben. Seien Sie um Gottes willen da.»

Dieses Schreiben traf am Vormittag ein, aber Fleda hätte trotzdem noch Zeit gehabt, einen Protest zu telegrafieren. Sie zog diese Alternative in Betracht; dann las sie den Brief noch einmal und fand in einem Satz ihre Pflicht genau dargelegt. Owens Schlichtheit hatte es so ausgedrückt, dass ihr Scharfsinn nichts zu entgegnen wusste. Wegen ihres offenkundigen Versagens schuldete sie ihm etwas – sie schuldete ihm, dass sie ihn empfing. Falls sie tatsächlich gewusst hatte, dass er diesen Versuch unternehmen würde, hätte man der Meinung sein können, sie habe durch ihre Flucht nichts gewonnen. Nun, sie hatte gewonnen, was sie gewonnen hatte – die Atempause. Sie hatte keine Gewissensbisse wegen der größeren Umstände, die sie dem jungen Mann machte; inzwischen war es fraglos nur recht und billig, dass er so viele Umstände wie möglich hatte. Maggie, die glaubte, ihr Vertrauen zu genießen, und es doch keineswegs genoss, hatte ihr vorgeworfen, dass sie Mrs. Gereth verlassen hatte, und war dementsprechend befriedigt, von dem Besucher zu hören, mit dem am frühen Nachmittag allein gelassen zu werden Fleda sich würde ausbitten müssen. Maggie blickte gern in die Ferne, und nun konnte sie im ersten Stock sitzen und die ganze Zukunft durchstöbern. Sie hatte gewusst, dass, wie sie ungezwungen sagte, etwas mit Fleda los war, und dieses Wissen wurde umso wertvoller, als offenbar auch etwas mit Mr. Gereth los war.

Fleda, im Erdgeschoss, erfuhr bald genug, was genau. Nämlich schlicht und einfach, dass er, wie er in dem Moment, in dem er vor ihr stand, neuerlich beteuerte, nun bereit sei. Als sie ihn fragte, was er mit diesem Ausdruck meine, erwiderte er, er meine damit, dass er sich hinfort praktisch als freien Mann betrachten könne: Er habe in West Kensington, sobald sie auf der Straße gewesen seien, einen ganz abscheulichen, fürchterlichen Auftritt mit Mrs. Brigstock gehabt.

«Ich wusste, was sie zu mir sagen wollte: Deswegen war ich auch entschlossen, sie loszueisen. Ich wusste, es würde mir nicht gefallen, aber ich war vollkommen darauf gefasst», sagte Owen. «Sie brachte es heraus, sobald wir um die Ecke waren. Sie hat mich rundheraus gefragt, ob ich in Sie verliebt sei.»

«Und was haben Sie darauf geantwortet?»

«Dass sie das nichts angehe.»

«Aha», sagte Fleda, «da bin ich mir nicht so sicher!»

«Ich aber, und ich bin der Hauptbetroffene. Natürlich habe ich nicht genau diese Worte verwendet: Ich war absolut höflich, genau so höflich wie sie. Aber ich habe ihr gesagt, sie habe in meinen Augen nicht das Recht, mir eine solche Frage zu stellen. Ich habe gesagt, ich sei mir nicht einmal sicher, dass Mona bei dem merkwürdigen Standpunkt, den sie, wie Sie wissen – ich meine, wie *sie* wisse – eingenommen hat, dieses Recht habe. Jedenfalls sei das Ganze, wie *ich* es formuliert habe, ausschließlich eine Sache zwischen mir und Mona, und wenn sie nichts dagegen habe, solle es das auch bleiben.»

Fleda wartete auf mehr. «Das alles hat ihre Frage nicht beantwortet.»

«Sie finden also, ich hätte es ihr sagen sollen?»

Wieder überlegte unsere junge Dame. «Ich glaube, ich bin ziemlich froh, dass Sie es nicht getan haben.»

«Ich wusste, was ich tue», sagte Owen. «Meiner Ansicht nach hatte sie nicht das mindeste Recht, uns derart aufs Dach zu steigen und auf den Zahn zu fühlen.»

Fleda schaute sehr ernst drein und erwog die ganze Geschichte. «Ich würde meinen, dass sie zu Beginn, als sie ankam, gar nicht die Absicht hatte, uns ‹aufs Dach zu steigen›.»

«Welche Absicht hatte sie dann?»

«Das, was sie gesagt hat, kurz bevor sie gegangen ist: Sie wollte an mich appellieren.»

«Oh, das habe ich gehört – wie denn auch nicht!», sagte Owen. «Aber weswegen denn?»

«Wegen Ihnen, was sonst – sie wollte mich bitten, Sie aufzugeben. Sie meint, ich wäre schrecklich intrigant – ich hätte irgendwie Besitz von Ihnen ergriffen.»

Owen machte große Augen. «Aber Sie haben keinen Finger gerührt! Ich bin es, der Besitz ergriffen hat.»

«Sehr richtig, Sie haben das alles selbst getan.» Fleda sprach ernst und sanft, ohne einen Hauch von Koketterie.

«Aber das sind Schattierungen, zwischen denen zu unterscheiden sie wahrscheinlich nicht verpflichtet ist. Ihr genügt, dass wir abstoßend vertraut miteinander sind.»

«Ich schon, aber Sie nicht!», rief Owen aus.

Fleda lächelte trübe. «Zumindest geben Sie mir das Gefühl, ich lernte Sie sehr gut kennen, wenn Sie so etwas sagen. Mrs. Brigstock ist gekommen, um mich umzustimmen, mich anzuflehen», fuhr sie fort. «Aber Sie dort anzutreffen, der Sie sich offenbar ganz wie zu Hause fühlten, mir einen freundschaftlichen Besuch abstatteten und die Teesachen herumschoben – das überforderte ihre Geduld. Sie weiß ja nicht, verstehen Sie, dass ich eben doch ein anständiges Mädchen bin. Sie ist auf der Stelle zu dem Schluss gekommen, dass ich ein sehr schlimmer Fall bin.»

«Ich konnte es nicht ertragen, wie sie Sie behandelt hat, und das musste ich ihr sagen», gab Owen zurück.

«Sie ist schlicht und schwerfällig, aber sie ist keine Närrin: Ich finde, sie hat mich insgesamt sehr gut behandelt.» Fleda erinnerte sich, wie Mrs. Gereth Mona behandelt hatte, als sie Brigstocks Poynton besucht hatten.

Owen hielt sie offensichtlich für qualvoll eigensinnig. «Sie waren es, die sich durchgesetzt hat; Sie haben sich ganz famos verhalten. Und ich auch, denke ich. Wenn Sie nur wüssten, welche Schwierigkeiten ich gehabt habe! Ich habe ihr gesagt, Sie seien die nobelste und rechtschaffenste Frau.»

«Das kann wohl schwerlich etwas an ihrem Eindruck geändert haben, dass ich Sie zu bestimmten Dingen angestiftet habe.»

«Das hat es auch nicht», erwiderte Owen freimütig. «Sie hat gesagt, unsere Beziehung, die zwischen Ihnen und mir, sei nicht unschuldig.»

«Was hat sie damit gemeint?»

«Wie Sie annehmen dürfen, habe ich sie das rundheraus gefragt. Wissen Sie, was sie die Stirn hatte, mir zu antworten?», fragte Owen. «Das hat die Sache nicht viel besser gemacht. Sie hat gesagt, sie meine, die Beziehung sei reichlich unnatürlich.»

Fleda überlegte neuerlich. «Nun ja, das ist sie auch!», brachte sie schließlich heraus.

«Dann, bei meiner Ehre, sind nur Sie es, die daran schuld ist!» Ihr Eigensinn war deutlich zu viel für ihn. «Ich meine, Sie sind daran schuld, weil Sie mich in gewisser Weise von sich fernhalten.»

«Habe ich Sie denn heute von mir ferngehalten?» Fleda schüttelte traurig den Kopf, hob leicht die Arme und ließ sie wieder sinken.

Ihre resignierte Geste lieferte ihm einen Vorwand, nach ihrer Hand zu fassen, doch ehe er sie ergreifen konnte, hatte sie sie hinter den Rücken gesteckt. Sie saßen zusammen auf Maggies einzigem Sofa, und ihre Bewegung hatte sie auf die Beine gebracht, während Owen, der sie vorwurfsvoll ansah, sich entmutigt zurücklehnte. «Was nützt es mir, hier zu sein, wenn Sie sich wie ein Stein benehmen?»

Sie fing seinen Blick mit all der Zärtlichkeit auf, die sie noch nicht geäußert und von deren Fülle sie bis zu diesem Augenblick nichts gewusst hatte. «Vielleicht», wagte sie, «mag sich am Ende sogar ein Stein Ihnen gegenüber ein klein wenig hilfreicher benehmen.»

Eine Zeit lang saß er nur da und starrte sie an. «Ah, Sie sind schön, schöner als irgendeine sonst», brach es aus ihm hervor, «aber der Teufel soll mich holen, wenn ich Sie jemals verstehe! Am Dienstag, im Hause Ihres Vaters, waren Sie schön – ebenso schön, kurz bevor ich ging, wie Sie es in diesem Augenblick sind. Aber am nächsten Tag, als ich erneut da war, musste ich feststellen, dass es offenbar nichts zu bedeuten gehabt hatte; und nun, da Sie mich haben herkommen lassen und mich anstrahlen wie ein Engel, bringt es Sie den Worten, die ich von Ihnen hören möchte, abermals keinen Zoll näher.» Er verharrte noch einen Moment lang in seiner Haltung, dann raffte er sich auf. «Was ich von Ihnen hören möchte, ist, dass Sie mich mögen – was ich von Ihnen hören möchte, ist, dass Sie mich bemitleiden.» Er sprang auf und trat auf sie zu. «Was ich von Ihnen hören möchte, ist, dass Sie mich *retten* werden!»

Fleda überlegte. «Wieso müssen Sie denn gerettet werden, wo Sie mir doch eben verkündet haben, Sie seien ein freier Mann?»

Auch er zögerte, ließ sich aber nicht bremsen. «Eben aus dem Grunde, weil ich frei bin. Wissen Sie denn nicht, was ich meine, Miss Vetch? Ich möchte, dass Sie mich heiraten.»

Miss Vetch streckte daraufhin voller Barmherzigkeit die Hand aus; sie hielt die seine, die einen Moment lang die ihre ergriff, und hatte er gesagt, sie strahle ihn an, so darf man annehmen, dass sie nun in ihrem satten Lächeln umso mehr strahlte. «Lassen Sie mich zuerst wissen, was Sie mit Ihrer ‹Freiheit› meinen», sagte sie. «Ich vermute, Mrs. Brigstock war nicht ganz zufrieden damit, wie Sie ihre Frage abgetan haben.»

«Ganz gewiss nicht. Aber je unzufriedener sie ist, desto freier bin ich.»

«Welche Bedeutung haben denn bitte schön *ihre* Gefühle?», fragte Fleda.

«Nun, Mona ist viel schlimmer als ihre Mutter, wissen Sie. Sie will mich weit schneller aufgeben.»

«Warum tut sie es dann nicht?»

«Das wird sie schon, sobald ihre Mutter nach Hause kommt und es ihr erzählt!»

«Ihr was erzählt?», fuhr Fleda fort.

«Na, dass ich in *Sie* verliebt bin!»

Fleda ging mit sich zu Rate. «Sind Sie denn auch ganz sicher, dass sie Sie aufgeben wird?»

«Selbstverständlich bin ich sicher, bei all den Hinweisen, die ich schon habe. Das wird ihr den letzten Schlag versetzen!», erklärte Owen.

Dies stimmte sein Gegenüber erneut nachdenklich. «Können Sie solches Vergnügen daran finden, dass es ihr ‹den letzten Schlag› versetzt – einem armen Mädchen, das Sie einmal geliebt haben?»

Er wartete, bis er die Frage begriff; dann verkündete er mit einer heiteren Gelassenheit, die selbst sie noch verblüffte, die sein Wesen doch kannte: «Ich glaube nicht, dass ich sie je *richtig* geliebt haben kann, wissen Sie.»

Sie brach in ein Lachen aus, das ihn ebenso sichtlich überraschte wie die Gefühlregung, für die es stand. «Woher soll ich denn dann wissen, dass Sie irgendjemand anderen ... ‹richtig› lieben?»

«Oh, das werde ich Ihnen schon beweisen!», sagte Owen.

«Das muss ich dann für bare Münze nehmen», fuhr das Mädchen fort. «Und was, wenn Mona Sie doch nicht aufgibt?», fügte sie hinzu.

Er war verdutzt, wenn auch nur ein paar Sekunden lang; er hatte an alles gedacht. «Nun, ebenda kommen Sie ins Spiel.»

«Um Sie zu retten? Ich verstehe. Sie meinen, ich muss sie Ihnen vom Hals schaffen.» Für einen Moment ließ seine Verständnislosigkeit erkennen, dass er den Frosthauch ihrer kalten Logik spürte, doch während sie auf seine Entgegnung wartete, wusste sie, wen von beiden dies teurer zu stehen kam. Es hatte ihm den Atem verschlagen, und das gab ihr Zeit zu bemerken: «Sie sehen, Mr. Owen, wie unmöglich es ist, schon von solchen Dingen zu reden!»

Wie der Blitz hatte er ihren Arm ergriffen. «Heißt das, Sie *werden* davon reden?» Dann, während er ihr die überwältigende Zustimmung von den Augen ablas: «Sie werden mir also zuhören? Oh, Sie Liebe, Sie Liebe – wann, wann?»

«Ah, wenn es nicht mehr nur die pure Qual ist!» Diese Worte entfuhren ihr als plötzlicher, lauter Aufschrei, und als Nächstes ließ ihr bloßer Schmerzenslaut sie die Fassung verlieren. Sie hörte den Unterton von Wahrheit in dem, was sie sagte; sie wandte sich jäh von ihm ab; in einem Augenblick war sie in Schluchzen ausgebrochen; im nächsten umschlossen sie seine Arme; und im wiederum nächsten ging sie so weit aus sich heraus, dass selbst Mrs. Gereth begriffen haben würde. Er umfasste sie, und sie gab sich hin – ergoss ihre Tränen auf seine Brust. Etwas Eingesperrtes und Eingepferchtes pochte und strömte hervor; etwas Tiefes und Süßes schwoll auf – etwas, was von weit drinnen und von weit weg kam, das seinen Anfang genommen hatte, als sie ihn so gleichgültig erlebt hatte, und seither nicht mehr zur Ruhe gekommen war. Die Hingabe war kurz, die Erleichterung jedoch lang; sie spürte seine warmen Lippen auf ihrem Gesicht und wie seine Arme sich im vollen Vorempfinden anspannten. Was sie tat, was sie getan *hatte,* konnte sie kaum sagen: Sie war sich, während sie sich wieder von ihm löste, nur bewusst, was zu seiner Verblüffung auf seiner Seite geschehen war. Geschehen war, dass er mit einem Schlage verstand. Er hatte mit einem Satz die hohe Mauer überwunden; sie waren zusammen, ohne dass ein Schleier sie trennte. Sie hatte nicht das Fitzchen eines Geheimnisses mehr; es war, als wäre ein Wirbelwind gekommen und wieder verschwunden und hätte die mächtige falsche Fassade niedergerissen, die sie Stein um Stein aufgebaut hatte. Das Allerseltsamste war das flüchtige Gefühl von Trostlosigkeit.

«Ah, dann waren Sie mir also die ganze Zeit zugetan?» Owen erkannte die Wahrheit mit so großem Erstaunen, dass es sich fast als Traurigkeit, ja als ein Schrecken zeigte, hervorgerufen durch seine plötzliche Erkenntnis, dass hier gar keine Unmöglichkeit vorlag. Vielleicht aber gab es sie trügerischerweise an anderer Stelle.

«Ja, ja, ja!» – Sie gestand es heulend wie eine Missetat. «Wie denn auch anders? Aber Sie dürfen nicht, Sie dürfen niemals, niemals fragen! Es steht uns nicht zu, darüber zu reden», protestierte sie. «Sprechen Sie nicht davon, sprechen Sie nicht!»

Es war allerdings ein Leichtes, nicht zu sprechen, wo die eigentliche Schwierigkeit doch darin lag, Worte zu finden. Er faltete vor ihr die Hände, wie er sie an einem Altar hätte falten können; die aneinandergepressten Handflächen zitterten, während er den Atem anhielt und sie sich in dem Bemühen zu beruhigen suchte, wieder zum Wirklichen und Denkbaren zurückzufinden. Er unterstützte sie in diesem Bemühen, nötigte sie sanft und mit so behutsamem Griff auf einen Sitzplatz, als wäre sie wahrhaftig etwas Heiliges. Sie sank auf einen Stuhl, und er warf sich vor ihr auf die Knie; sie lehnte sich mit geschlossenen Augen zurück, und er vergrub das Gesicht in ihrem Schoß. Es gab keine Möglichkeit, ihr zu danken, als diesen Akt der Niederwerfung, der in beiderseitigem Schweigen andauerte, bis sie zustimmend die Hände auf ihn legte, seinen Kopf berührte und streichelte, ihn durch dessen innige Inbesitznahme seine lange Blindheit lehrte. Er ließ es aussehen, als wäre der ganze Absturz, denn als solchen empfand sie es noch immer, nur ein Absturz seinerseits – ließ sich, als sie wieder aufstand, endlich sanft, als hätte der Vorgang etwas Erniedrigendes gehabt, von ihr aufhelfen. Wenn sie nun jedoch in den Augen des jeweils anderen die Wahrheit sahen, so nahm sich diese Wahrheit für Fleda härter aus als je zuvor – umso härter, als er ihr genau in dem Augenblick, da sie sie erkannte, ekstatisch, im frischen Besitz ihrer Hände, die er an seine Brust zog und dort mit beiden Händen festhielt, zumurmelte: «Ich bin gerettet, ich bin gerettet – ich bin's! Ich bin zu allem bereit. Ich habe Ihr Wort. Kommen Sie!», rief er, wie angesichts einer allzu zögerlich erfolgten Antwort und in jenem Ton, den er so oft anschlug, dem eines großen Jungen bei einem großen Spiel.

Sie hatte sich abermals gelöst und dabei heimlich geschworen, dass er sie nicht noch einmal berühren solle. Es kam alles schrecklich rasch – dieses Empfinden war geradewegs wiedergekehrt. «Wir dürfen nicht reden, wir dürfen nicht reden; wir müssen warten!» – das musste sie deutlich machen. «Ich weiß nicht, was Sie mit Ihrer Freiheit meinen; ich sehe sie nicht, ich spüre sie nicht. Wo ist sie denn, wo, Ihre Freiheit? Wenn es sie wirklich gibt, dann ist reichlich Zeit, und wenn nicht, mehr als genug. Ich hasse mich selbst dafür», insistierte sie, «aber ich muss etwas zu Mona sagen: Es ist, als wartete man, bis eine Stelle frei wird! Was geht es mich an, was sie tut? Sie hat ihre eigenen Probleme und ihren eigenen Plan. Es ist zu abscheulich, sie so zu beobachten und sich auf sie verlassen zu müssen!»

Owens Gesicht ließ erkennen, dass seine Furcht wieder auflebte, die Angst vor irgendwelchen dunklen Gedankengängen ihrerseits. «Wenn Sie für sich sprechen, kann ich das verstehen. Aber warum ist es abscheulich für mich?»

«Ich meine doch mich!», rief Fleda rasch.

«*Ich* beobachte sie, *ich* verlasse mich auf sie: Was sonst kann ich denn tun? Wenn ich mich darauf verlasse, dass sie mir eindeutig mitteilt, wie es zwischen uns steht, tue ich nichts anderes als das, worauf sie geradewegs hingearbeitet hat. Nie dachte ich daran, Sie zu bitten, sie mir ‹vom Hals zu schaffen›, und ich hätte niemals mit Ihnen gesprochen, wenn ich nicht der Meinung wäre, dass ich sie bereits vom Hals habe, dass sie von der ganzen Sache zurückgetreten ist. Hat sie damit nicht von dem Augenblick an begonnen, als sie es hinauszuschieben begann? Ich hatte schon die Heiratserlaubnis beantragt; die Einladungen waren praktisch schon adressiert. Wer, wenn nicht sie, hat ganz plötzlich eine unnatürliche Verschiebung verlangt? *Ich* hatte damit nichts zu tun; ich hatte nicht im Traum an irgendetwas anderes gedacht als daran, meinen Mann zu stehen.» Owen wurde immer deutlicher und, was den Effekt seiner Deutlichkeit anging, immer zuversichtlicher. «‹Farbe bekennen›, hat sie es genannt – um festzustellen, was Mutter tun würde. Ich habe ihr gesagt, Mutter würde tun, wozu ich sie veranlassen würde; und darauf hat sie geantwortet, das wolle sie erst sehen. Ich habe gesagt, ich würde dafür sorgen, dass alles in Ordnung kommt, und sie hat gesagt, sie würde es entschieden vorziehen, selbst dafür zu sorgen. Es war eine glatte Weigerung, mir auch nur im Mindesten zu vertrauen. Warum hatte sie dann so getan, als läge ihr so ungeheuer viel an mir? Und im Augenblick», sagte Owen, «vertraut sie mir natürlich noch weniger, falls das überhaupt möglich ist.»

Fleda ließ dieser Aussage die Ehre zuteilwerden, länger darüber zu schweigen. «Was das angeht, hat sie natürlich Grund.»

«Wieso um alles in der Welt hat sie Grund?» Dann, während sein Gegenüber sich von ihm wegbewegte und schlicht die Hände hochwarf, fuhr er fort: «Ich habe Sie nie angesehen – nicht dass man es so nennen könnte –, bis sie mich regelrecht dazu getrieben hatte. Ich weiß, was ich tue. Ich versichere Ihnen, ich bin in Ordnung!»

«Sie sind nicht in Ordnung – Sie sind ganz und gar in Unordnung!», rief Fleda in plötzlicher Verzweiflung. «Sie dürfen nicht hierbleiben, Sie dürfen nicht!», wiederholte sie noch aufgeregter. «Sie bringen mich dazu, schreckliche Dinge zu sagen, und ich komme mir vor, als hätte ich *Sie* dazu gebracht, das alles zu sagen.» Aber ehe er antworten konnte, knüpfte sie in anderem Ton an: «Wenn sich alles verändert hatte, warum um alles in der Welt haben Sie sich dann nicht getrennt?»

«Ich …?» Die Worte riefen sichtlich Bestürzung bei ihm hervor. «Wie können Sie mich das fragen, wo ich es Ihnen doch nur recht machen wollte? Schienen Sie mir nicht auf Ihre wunderbare Art zu zeigen, dass genau das der Weg wäre? Wenn ich mich nicht getrennt habe, so geschah das mit der Absicht, dies Mona zu überlassen. Wenn ich mich nicht getrennt habe, so geschah das, damit man mir nicht das Geringste vorwerfen konnte.»

Gleich nachdem sie ihn herausgefordert hatte, wandte sie sich ihm unter Selbsttadel wieder zu. «Man kann Ihnen wirklich nichts vorwerfen, und ich weiß nicht, wie Sie mich dazu bringen, solchen Unsinn zu reden! Sie *haben* es mir recht gemacht, und Sie haben gut und richtig gehandelt, das ist der einzige Trost, und Sie müssen jetzt gehen. Alles muss von Mona kommen, und wenn es nicht kommt, sind wir entschieden zu weit gegangen. Sie müssen mich in Ruhe lassen – für immer.»

«Für immer?», stieß Owen hervor.

«Ich meine, sofern nicht alles anders ist.»

«Aber alles *ist* anders, da ich Sie kenne!»

Fleda zuckte ob seiner Gewissheit zusammen; sie vollführte eine wilde Geste, die diese Gewissheit aus dem Zimmer zu wirbeln schien. Seine bloße Anspielung war wie ein weiterer Angriff. «Sie kennen mich nicht … Sie kennen mich nicht … und Sie müssen gehen und warten! Sie dürfen jetzt nicht versagen.»

Er blickte sich um und griff nach seinem Hut: Es war, als habe er trotz aller Enttäuschung im Wesentlichen bekommen, was er wollte, und könne es sich leisten, ihr, was die Wahrung der Formen betraf, beizupflichten. Er bedachte sie mit seinem schönen, einfachen Lächeln, vermied aber jede weitere Annäherung. «Oh, ich bin so unfassbar glücklich!», rief er.

Sie hielt sich nun zurück; sie würde sich im Weiteren tadellos benehmen, auch wenn es bedeutete, sich schulmeisterlich zu geben. «Sie werden glücklich sein, wenn Sie vollkommen sind!», wagte sie zu sagen.

Darüber lachte er laut, und sie fragte sich, ob er mit neugeborenem Scharfsinn erkannte, wie abwegig ihre Aussage und dass niemand glücklich war, weil niemand sein konnte, was sie so leichthin vorschrieb. «Ich gebe nicht vor, vollkommen zu sein, aber heute Abend werde ich einen Brief vorfinden!»

«Umso besser, wenn es einer ist, der Ihren Wünschen entspricht.» Das war das Äußerste, was zu sagen sie in der Lage war, und nachdem sie es so trocken wie möglich hatte klingen lassen, verfiel sie in ein derart pointiertes Schweigen, dass sie ihm jeden Vorwand nahm, sie nicht zu verlassen. Er blieb gleichwohl stehen, spielte mit seinem Hut und füllte die lange Stille mit einem angestrengten und unzufriedenen Lächeln. Er wollte ihr völlig gehorchen, nicht den

Anschein erwecken, als mache er sich irgendeinen Vorteil zunutze, den sie ihm gewährt hatte; aber es gab eindeutig noch etwas, wonach er sich sehnte. Während er dies durch sein Abwarten signalisierte, dachte sie an zwei andere Dinge. Das eine war seine Miene, hatte doch nichts vermocht, die Schilderung seiner Glückseligkeit wirklich zu bestätigen. Was das andere anging, so war es ihr kaum in den Sinn gekommen, als sie es, ihrer Entschlossenheit zum Trotz, auch schon auf ihren Lippen fand. Es nahm die Form einer belanglosen Frage an: «Wann, sagten Sie, wollte Mrs. Brigstock zurück sein?»

Owen schaute verwundert drein. «In Waterbath? Sie wollte in der Stadt übernachten, können Sie sich nicht erinnern? Aber als sie sich nach unserem Gespräch von mir trennte, habe ich mir gesagt, dass sie einen Abendzug nehmen würde. Ich bin mir sicher, ich habe dafür gesorgt, dass sie nach Hause wollte.»

«Wo haben Sie sich getrennt?», fragte Fleda.

«An der West Kensington Station – sie wollte zur Victoria. Ich hatte sie dorthin begleitet, und unterwegs haben wir uns unterhalten.»

Fleda bedachte das. «Wenn sie an jenem Abend wirklich noch zurückgefahren wäre, hätten sie inzwischen etwas aus Waterbath gehört.»

«Ich weiß nicht», sagte Owen. «Ich dachte, ich höre vielleicht heute Morgen etwas.»

«Sie kann nicht zurückgefahren sein», erklärte Fleda. «Mona hätte auf der Stelle geschrieben.»

«O ja, sie wird ruckzuck geschrieben haben!», räumte er fröhlich ein.

Sie überlegte erneut. «Also hätten Sie selbst dann, wenn Monas Mutter nicht bis zum Morgen zu Hause eingetroffen wäre, spätestens heute Ihren Brief erhalten. Wie Sie sehen, hat sie reichlich Zeit gehabt.»

Owen begriff; dann sagte er lachend: «Oh, sie schafft das schon! Ich verlasse mich auf die Wirkung, die Mrs. Brigstock ganz gewiss auf sie hat – die Wirkung der schlechten Laune, welche die alte Dame zeigte, als wir uns trennten. Wissen Sie, was sie mich gefragt hat?», fuhr er ungezwungen fort. «Sie hat mich in ziemlich garstigem Ton gefragt, ob ich annähme, Sie machten sich ‹wirklich› etwas aus mir. Natürlich habe ich ihr gesagt, dass ich annähme, Sie machten sich nichts aus mir – keinen Deut. Wie hätte ich denn etwas anderes annehmen können – bei Ihrem merkwürdigen Verhalten? Aber das spielt keine Rolle. Ich konnte ihr ansehen, dass sie glaubte, ich hätte gelogen.»

«Wissen Sie, Sie hätten ihr sagen sollen, dass ich Sie nur dieses eine Mal in der Stadt getroffen habe», sagte Fleda.

«Aber das habe ich doch – Ihretwegen! Nur Ihretwegen.»

Etwas daran berührte das Mädchen, sodass es sich einen Moment lang nicht zutraute, etwas darauf zu antworten. «Sie sind ein ehrlicher Mann», sagte sie endlich. Sie war zur Tür gegangen und hatte sie geöffnet. «Auf Wiedersehen.»

Er jedoch zögerte immer noch. «Aber angenommen, es gibt keinen Brief …», setzte er beklommen an. Er setzte an, ließ es dann aber dabei bewenden.

«Sie meinen, wenn sie Sie nicht freigibt? Ah, da fragen Sie mich zu viel!» Fleda sprach von dem winzigen Eingangsflur aus, wo sie zwischen dem alten Barometer und dem alten Regenmantel Zuflucht gesucht hatte. «Es gibt Dinge, die ganz allein Sie beide angehen. Wie kann ich das sagen? Was weiß ich denn schon? Wenn sie Sie nicht freigibt, so wird es daran liegen, dass sie Ihnen zugetan ist.»

«Das ist sie nicht, das ist sie nicht: Da ist nichts! Merkt man das etwa nicht? ... außer bei Ihnen!», fügte Owen kläglich hinzu. Damit verließ er das Zimmer, dämpfte die Stimme zu verstohlenem Flehen und bat sie inständig, sich auf Basis dieser Negierung von Mona mit ihm zu einigen. Es war dieser Verrat an seinem Bedürfnis nach Unterstützung und Bestätigung, der sie veranlasste, sich zurückzuziehen, sich zu stählen, um zu retten, was von all dem, was sie gegeben, ja wahrscheinlich umsonst gegeben hatte, übrig sein mochte. Gerade das Bild von ihm, wie er sich solcherart moralisch an sie klammerte, vermittelte ihr das Bild einer Schwäche irgendwo im Kern seiner Blüte, einer beglückenden männlichen Schwäche, um die sich zu kümmern ganz leicht und lieblich wäre, besäße sie nur das legitime Recht dazu. Sie empfand indes leichte Übelkeit bei dem Gefühl, dass es bislang kein legitimes Recht gab, das der arme Owen ihr hätte einräumen können. «Wissen Sie, Sie können es mir bei meiner Ehre glauben», brachte er mühsam heraus, «dass sie mich gründlich verabscheut.»

Eine Hand an Maggies zierlichem, lackiertem Treppengeländer, hatte Fleda dagestanden; sie machte auf der Treppe einen Schritt rückwärts. «Warum stellt sie es dann nicht auf die einzig klare Art unter Beweis?»

«Sie hat es doch unter Beweis gestellt. Werden Sie es glauben, wenn Sie den Brief sehen?»

«Ich will keinen Brief sehen», sagte Fleda. «Sie werden Ihren Zug verpassen.»

Ihm zugewandt, hatte sie, während sie ihn händewedelnd wegscheuchte, einen weiteren Schritt nach oben getan; er aber sprang neben die Treppe und senkte die Hand schwer auf ihr Handgelenk auf dem Geländer. «Soll das etwa heißen, ich muss eine Frau heiraten, die ich hasse?»

Von ihrer Stufe aus blickte sie in sein erhobenes Gesicht hinab. «Ah, sehen Sie, es stimmt nicht, dass Sie frei sind!» Sie schien beinahe zu frohlocken. «Es stimmt nicht, es stimmt nicht!»

Er schüttelte daraufhin wie ein sich abmühender Schwimmer nur den Kopf und wiederholte seine Frage: «Soll das heißen, ich muss eine solche Frau heiraten?»

Auch Fleda rang nach Luft; er hielt sie fest. «Nein. Alles ist besser als das.»

«Was in Gottes Namen muss ich also tun?»

«Sie müssen das mit Mona regeln. Sie dürfen ihr nicht die Treue brechen. Alles ist besser als das. In jedem Falle müssen Sie sich vollkommen sicher sein. Sie muss sie lieben – wie kann sie denn anders? *Ich* würde Sie jedenfalls nicht aufgeben!», sagte Fleda. Sie sprach abgerissen, keuchte die Worte hervor. «Wichtig ist, die Treue zu halten. Was wäre das für ein Mann, der das nicht tut? Wenn er es nicht tut, muss er so grausam sein. So grausam, so grausam, so grausam!», wiederholte Fleda. «Ich könnte bei so etwas nicht mitmachen, wissen Sie: Das ist meine Haltung – meine. Sie haben Ihr die Ehe angetragen. Für sie ist das etwas Gewaltiges.» Dann sah sie ihn wieder einen Moment lang an. «*Ich* würde Sie nicht aufgeben!», sagte sie erneut. Noch immer hielt er ihren Arm fest; sie nahm seine blanke Furcht wahr. Mit einem raschen Absenken des Kopfes erreichte sie mit den Lippen seine Hand, drückte sie mit einer Kraft auf deren Rücken, welche die Kraft ihrer Worte verdoppelte. «Niemals, niemals, niemals!», rief sie; und ehe es ihm gelang, sie zu ergreifen, hatte sie sich umgedreht und war ihm, die Treppe hinaufstürzend, noch rascher entkommen als in Ricks.

17

Zehn Tage nach seinem Besuch erhielt sie eine Mitteilung von Mrs. Gereth – ein abzüglich der Unterschrift und des Datums aus neun Worten bestehendes Telegramm. «Kommen Sie sofort und wohnen Sie hier bei mir» – es war, wie Maggie sagte, von typischer Schärfe; es war aber auch, wie sie hinzufügte, von typischer Freundlichkeit. «Hier» war ein Hotel in London, und Maggie hatte sich in eine Lebenslage geschickt, die bereits eine gewisse Sehnsucht nach Hotels in London in ihr hervorzurufen begann. Sie hätte auf der Stelle geantwortet und war überrascht, dass ihre Schwester zu warten schien. Fledas Zögern, das nur eine Stunde währte, erklärte sich jene junge Dame durch die Überlegung, dass Fleda, wenn sie der Aufforderung ihrer Freundin Folge leistete, nicht wüsste, worauf sie sich «gefasst machen» musste. Dass ihre Freundin sie aufforderte, hieß jedoch nichts anderes, als dass sie sie brauchte, und Mrs. Gereth' Großzügigkeit hatte ihr Verpflichtungen auferlegt, die schwerer wogen als jedes Hemmnis. Schließlich – das heißt, am Ende dieser Stunde – bezeugte sie ihre Dankbarkeit, indem sie den Zug nahm, und ihr Misstrauen, indem sie ihr Gepäck daließ. Sie fuhr, als unternähme sie nur einen Tagesausflug. Im Zug jedoch verbrachte sie eine weitere gedankenvolle Stunde, in der es hauptsächlich ihr Misstrauen war, das sich verstärkte. Sie kam sich vor, als hätte sie zehn Tage lang im Dunkeln gesessen und im Osten nach einer Dämmerung Ausschau gehalten, die nicht aufschimmern wollte. Ihr Denken hatte sich in letzter Zeit weniger mit Mrs. Gereth beschäftigt, es war ausschließlich mit Mona beschäftigt gewesen. Wäre es in der Folge darum gegangen, Owens Einschätzung von Mrs. Brigstocks Einwirken auf ihre Tochter zu bestätigen, so war dieses Einwirken am Ende einer Woche immer noch vollkommen unklar. Die allseitige Stille war genau das gewesen, was Fleda wollte, doch sie vermittelte ihr eine Zeit lang auch ein tiefes Gefühl des Versagens, das Gefühl eines plötzliches Absturzes aus einer Höhe, in der sie doch alles unter sich gehabt hatte. Nun hatte sie nichts mehr unter sich; sie war ganz unten angelangt. Kein Zeichen von Owen hatte sie erreicht – der arme Owen, der offensichtlich nichts Neues von seinem kostbaren Brief aus Waterbath zu berichten hatte. Falls Mrs. Brigstock zurückgeeilt war, um die Abfassung dieses Briefes zu erreichen, hatte sie sich möglicherweise eine große Unannehmlichkeit erspart. Owen hatte aus dem allerbesten Grund nichts von sich hören lassen – dem nämlich, dass er überhaupt nichts zu berichten hatte. Wäre der Brief ungeschrieben geblieben, hätte er nur von einer sehr eingeschränkten Freiheit berichten können. Seine junge Freundin hatte erklärt, ihm erst wieder zuhören zu wollen, wenn er im Gegenteil dieses Bild würde erweitern können; und seine derzeitige Ergebung stand in vollkommenem Einklang mit der strengen Ehrlichkeit, die sie ihm verordnet hatte.

Es war genau dieses Vorgehen, wodurch Mona großen Raum einnahm; Fleda besaß ausreichend Vorstellungskraft, ein ausreichend feines Gefühl für das Leben, um von einem solchen Bild erfolgreicher Unbeweglichkeit beeindruckt zu sein. Die unverrückbare Maid in Waterbath war von dem Augenblick an erfolgreich, ab dem sie ihre Ressentiments hegen konnte, als wären es arme Verwandte, die ihr nicht unbedingt Unkosten verursachten. Mona war eine prachtvolle Last; in ihrer Ruhe lag etwas Entschiedenes und Unheilverkündendes. «Welches Spiel spielen sie alle?», konnte die arme Fleda nur fragen; denn sie war insgeheim der

Überzeugung, dass sich Owen mittlerweile unter dem Dach seiner Verlobten aufhielt. Das war verblüffend, wenn er seine Verlobte doch in Wirklichkeit hasste; und wenn er sie in Wirklichkeit nicht hasste, was hatte ihn dann in die Raphael Road und zu Maggie geführt? Fleda sah nicht recht klar, hatte aber das Gefühl, der Umstand, dass ihre letzte Begegnung keinerlei Folge gezeitigt hatte, setzte, wollte man ihn erklären, die Vermutung eines umfassenden Opfers an die Barmherzigkeit voraus, wie sie es ihm vorgehalten hatte. Wenn er nach Waterbath gefahren war, dann schlicht deshalb, weil er hatte fahren müssen. Sie hatte ihm ja praktisch erklärt, er müsse fahren; dies verbinde sich unvermeidlich mit vollkommener Treue – einer so buchstäblichen Treue, dass die kleinste Ausrede für immer als Vorwurf auf ihn zurückfallen würde. Als sie sich vor Augen zu halten suchte, dass er dieses Risiko ihretwegen einging, spürte sie, wie schwach Monas Überlegenheit darin zum Ausdruck kam. Ihn zu halten würde nicht nötig sein, wenn es nichts gab, weswegen man ihn halten musste. Ihre Augen wurden trübe, während sie in der undurchdringlichen Luft wahrnahm, dass Monas dichte Silhouette nie auch nur einen Zoll schwankte. Sie fragte sich unruhig, was Mrs. Gereth mittlerweile in dieser Sache dachte, und überlegte mit einem seltsamen Hochgefühl, dass der Sand, auf dem die Herrin von Ricks einen flüchtigen Triumph errichtet hatte, unter der Oberfläche bebte. Da die «Morning Post» noch immer stillhielt, war Mrs. Gereth natürlich noch recht zuversichtlich; aber die Stunde nahte, zu der Owen durchaus das eine oder andere würde tun müssen. Vollkommene Treue halten hieße, seine Mutter anzeigen, und wenn die Polizei vor ihrer Tür stand, würde Mrs. Gereth erwachen. Wie sehr sie sich hatte täuschen lassen, konnte Fleda daran erkennen, dass sie einen ganzen Monat lang genauso unergründlich und undurchdringlich gewesen war wie Mona. Sie hatte ihre junge Freundin wegen der in Ricks kultivierten Gewissheit in Frieden gelassen, dass Owen das Gegenteil getan hatte. Er hatte tatsächlich das Gegenteil getan, aber das hatte ja auch viel Nutzen gebracht! Dass sie nun nach ihr geschickt hatte, so glaubte Fleda, war von diesem Standpunkt aus vollkommen naheliegend: Sie hatte nach ihr geschickt, um ihr endlich zu zeigen, welch umfassenden Sieg sie davongetragen hatte. Falls Owen sich jedoch tatsächlich in Waterbath aufhielt, wäre solche Prahlerei selbst für einen primitiven Kritiker leicht zu widerlegen.

Fleda fand Mrs. Gereth in einem bescheidenen Quartier vor und mit einem Ausdruck von Erschöpfung in ihrem distinguierten Gesicht, einem Anzeichen, wie sie sich insgeheim sagte, der zehrenden Anstrengung, diskret zu sein, von der sie doch selbst profitierte. Es kennzeichnete ihrer beider Beziehung, dass sie Fleda leicht erschüttern konnte, und dieser Effekt rührte vom ungeheuren Druck ihres Vertrauens her. War das Vertrauen schon damals, als das Mädchen sich im ersten Taumel der Zuwendung am stärksten hatte nachgeben spüren, erheblich gewesen, so schlug ihr das Herz nun, da sie doch Vorbehalte und Auflagen hatte, da sie auch nicht gleichermaßen kühn simplifizieren konnte wie ihre Beschützerin, bis zum Halse. Schon beim Anblick der erschöpften Miene und im Moment ihrer Umarmung spürte Fleda auf ihren Schultern erneut die Last; worauf ihr Geist verzagte, als sie sich fragte, was sie aus ihrer bewährten Abgeschiedenheit mitgebracht hatte, um sie zu tragen. Mrs. Gereth' ungezwungene Art machte sich über Schwäche stets lustig, und es lag in einem solchen Willkommen ein Reichtum, eine Art vertrauter Vornehmheit, die einem gepeinigten Gewissen nahelegte, sich schämen zu müssen. Etwas war geschehen, das konnte sie erkennen, und erkennen konnte sie außerdem in der Tapferkeit, die zu verkünden schien, dass sich alles geändert hatte, die formidable Annahme, dass das, was geschehen war, einer gesunden jungen Frau gefallen müsse. Wegen des Fehlens von Gepäck war sich diese junge Frau ärmlich vorgekommen, noch ehe ihr Gegenüber, als sie die Dürftigkeit dann auf den zweiten Blick erfasst und mit einem Ausruf bedacht hatte, sie deswegen rundheraus tadelte.

Fleda hielt es für das Beste, ebenfalls, und zwar von Anfang an, Tapferkeit zu zeigen. «Was Sie erwartet haben, liebe Mrs. Gereth, ist genau das, was festzustellen ich hierhergekommen bin. Es erschien mir richtig, dies zuerst zu tun. Richtig, meine ich, es festzustellen, ohne Vorbereitungen getroffen zu haben.»

«Dann seien Sie bitte so gut, sie auf der Stelle zu treffen!», sagte Mrs. Gereth mit äußerstem Nachdruck. «Sie fahren mit mir ins Ausland.»

Fleda wunderte sich, musste aber zugleich lächeln. «Heute Abend … morgen?»

«In so wenigen Tagen wie möglich. Das ist alles, was mir noch bleibt.» Fledas Herz machte einen Satz; sie fragte sich, auf welche Veränderung von Mrs. Gereth' Situation, so wie sie ihr zuletzt bekannt war, dies Bezug nahm: «Ich habe einen Plan gefasst», sprach ihre Freundin weiter, «ich fahre mindestens für ein Jahr. Wir werden geradewegs nach Florenz reisen; dort kommen wir schon zurecht. Ich erwarte selbstverständlich nicht», fügte sie hinzu, «dass Sie die ganze Zeit bei mir bleiben. Da wird man sich zu einigen haben. Owen wird sich uns so bald wie möglich anschließen müssen; er ist vielleicht noch nicht ganz so weit, dass er mit uns abreisen kann. Aber ich bin überzeugt, es ist richtig, zu fahren. Es wird eine schöne Abwechslung. Das ergibt dann eine anständige Frist.»

Fleda hörte zu; sie war zutiefst verblüfft. «Wie freundlich Sie zu mir sind», sagte sie in einer ersten Reaktion. Die bloße Vorstellung legte so viele Fragen nahe, dass sie kaum wusste, welche sie als erste stellen sollte. Sie stellte auf Geratewohl irgendeine. «Haben Sie es wirklich von Mr. Gereth, dass er uns Gesellschaft leisten wird?»

Wenn Mr. Gereth' Mutter zur Antwort lächelte, so wusste Fleda, dass sie mit diesem Lächeln stillschweigend Kritik an einer solchen Art und Weise übte, sich mit ihrem Sohn zu beschäftigen. Fleda sprach gewohnheitsmäßig von ihm als von Mr. Owen, und es war Teil ihrer derzeitigen Strategie, den Eindruck zu erwecken, als habe sie auf dieses Recht verzichtet. Mrs. Gereth' Verhalten bestätigte eine gewisse Preisgabe des Prinzips, mehr Anspruch geltend zu machen, als sie selbst zu haben dachte; bereits ihre allerersten Worte hatten das vermittelt, und es erinnerte Fleda an den bewussten Mut, mit dem die Dame Wochen zuvor dem ersten verblüfften Blick ihrer Besucherin auf die angehäuften Kostbarkeiten von Poynton begegnet war. Es entsprach ihrer Gepflogenheit, für überaus selbstverständlich zu nehmen, was auch immer sie wünschte. «Oh, wenn Sie für ihn geradestehen, reicht das auch!» Mit dieser Antwort legte sie dem Mädchen die Hände auf die Schultern und hielt sie auf Armeslänge, wie um sie leicht zu schütteln, während Fleda in den Tiefen ihrer leuchtenden Augen etwas Undurchsichtiges und Unruhiges sah. «Sie schlimmes, falsches Ding, warum haben Sie es mir nicht gesagt?» Ihr Ton milderte die Grobheit, und nie hatte ihre Besucherin ihre Nachsicht stärker empfunden. Mrs. Gereth konnte Geduld zeigen; das war Teil der Bestechung, wirkte aber zugleich, als präsentiere sie eine gesalzene Rechnung, angesichts derer Fleda nur in einer leeren Tasche wühlen konnte. «Sie müssen es schon in Ricks mit Bestimmtheit gewusst haben, und dennoch haben Sie es praktisch geleugnet. Deswegen habe ich Sie schlimm und falsch genannt!» Offenbar war dies auch der Grund, weshalb sie sie abermals überaus derbe küsste.

«Ich denke, bevor ich Sie zufriedenstelle, erfahre ich wohl besser, wovon Sie reden», sagte Fleda.

Mrs. Gereth sah sie mit leicht zunehmender Härte an. «Sie haben alles unternommen, um der Sittsamkeit Genüge zu tun, meine Liebe! Wo er doch krank ist vor Liebe zu Ihnen, mussten Sie nicht darauf warten, dass ich Sie informiere.»

Fleda merkte, wie sie blass wurde. «Hat er *Sie* denn informiert, liebe Mrs. Gereth?»

Die liebe Mrs. Gereth lächelte freundlich. «Wie konnte er, wo er doch grundsätzlich nur über Sie mit mir verkehrt und Sie so unredlich sind, mir alles zu verheimlichen?»

«Hat er denn den Brief nicht beantwortet, in dem Sie ihm mitgeteilt haben, dass ich in der Stadt bin?», fragte Fleda.

«Er hat ihn ausreichend beantwortet, indem er auf der Stelle zu Ihnen geeilt ist.»

Mrs. Gereth begegnete dieser Anspielung mit prompter Bestimmtheit, welche jeden Grund zur Klage auf fast schon unverschämte Weise gering achtete, und Fledas eigenes Verantwortungsgefühl war mittlerweile so ausgeprägt, dass alle ihre Ressentiments im direkten Vergleich schwanden. Sie hatte nicht das Herz, eine Beschwerde vorzubringen; alles, was ihr blieb, war, da sie nun einmal vor einem kleinen Rätsel stand, einen Augenblick später eine Frage zu stellen.

«Wie können Sie dann wissen, dass Ihr Sohn je daran gedacht hat ...»

«Dass er alles in der Welt dafür geben würde, Sie zu bekommen?», unterbrach Mrs. Gereth. «Ich hatte Besuch von Mrs. Brigstock.»

Fleda machte große Augen. «Sie war in Ricks?»

«An dem Tag, nachdem sie Owen zu Ihren Füßen vorgefunden hatte. Sie weiß alles.»

Fleda schüttelte traurig den Kopf: Sie war bestürzter, als sie zeigen mochte. Diese merkwürdige Reise von Mrs. Brigstock, die sie mit einer ausnahmsweise einmal für Owen typischen Einfältigkeit nicht erahnt hatte, empfand sie nun als die eigentliche Ursache für das Schweigen der vergangenen zehn Tage. «Es gibt Dinge, die sie nicht weiß!», gab sie gleich darauf zurück.

«Sie weiß, dass er alles tun würde, um Sie zu heiraten.»

«Das hat er ihr nicht gesagt», sagte Fleda.

«Nein, aber *Ihnen* hat er es gesagt. Das ist noch besser!», antwortete Mrs. Gereth lachend. «Mein liebes Kind», fuhr sie mit einem Gebaren fort, welches das Mädchen wie blinde Ruchlosigkeit anmutete, «versuchen Sie nicht, sich besser zu machen, als Sie sind. *Ich* kenne Sie – ich habe nicht umsonst so lange mit Ihnen zusammengelebt. Noch gleichen Sie nicht ganz einer Heiligen im Himmel. Mein Gott, wofür hätten Sie mich wohl in meinen guten Tagen gehalten! Aber zum Glück haben Sie Gefallen daran, Sie Dummkopf. Sie sind blass vor Leidenschaft, Sie süßes Ding. Das ist genau das, was ich sehen wollte. Ich kann mir beim besten Willen nicht denken, was Scham da zu suchen hätte.» Dann fügte sie mit feinerem Nachdruck, einem Blick, der Fleda seltsam erschien, hinzu: «Es ist in Ordnung.»

«Ich habe ihn nur zweimal gesehen», sagte Fleda.

«Nur zweimal?» Mrs. Gereth lächelte immer noch.

«Das eine Mal bei Papa, wovon Mrs. Brigstock Ihnen erzählt hat, und dann an dem einen Tag bei Maggie.»

«Nun, dergleichen geht nur Sie beide an, und Sie scheinen mir beide bestenfalls arme Kreaturen zu sein.» Sie äußerte sich in bester Laune, die ihre Haltung allerdings zur Selbstgefälligkeit geraten ließ. «Ich weiß nicht, was in Ihren Adern fließt. Absurderweise übertreiben Sie die Schwierigkeiten. Aber allzu viel ist ungesund, und wenn ich Sie erst einmal im Ausland zusammengebracht habe ...!» Mrs. Gereth bremste sich, wie um nicht zu viel zu verraten; was passieren mochte, wenn sie die beiden im Ausland zusammenbrachte, ließ sich nur daran ablesen, wie sie sich die Hände rieb.

Die Geste jedoch machte das Versprechen so eindeutig, dass ihr Gegenüber sich einen Moment lang beinahe täuschen ließ. Dabei war noch immer nicht ersichtlich, worauf Mrs. Gereth' übermäßige Gewissheit gründete: Der Besuch der Dame von Waterbath schien sie nur halb zu erklären. «Ist es erlaubt, sich darüber zu wundern», fragte Fleda ehrerbietig, «dass Mrs. Brigstock glaubte, Sie zu sprechen würde ihr helfen?»

«Sich über die Verirrungen geborener Närrinnen zu wundern ist niemals erlaubt», sagte Mrs. Gereth. «Wenn eine Kuh meint, rechnen zu müssen, wiegt sie sich auch in einem Irrglauben. Mrs. Brigstock ist gekommen, um an mich zu appellieren.»

Fleda sann einen Moment nach. «Zu diesem Zweck ist sie auch zu *mir* gekommen», gab sie dann ehrlich zurück. «Aber was hat sie denn von Ihnen erwartet – wo Ihre Gegnerschaft doch von vornherein so ausgeprägt war?»

«Sie wusste ja nicht, dass ich *Sie* will, meine Liebe. Das reinste Wunder, bei meinem Ungestüm – der Plumpheit, mit der ich meine Wünsche kundgetan habe. Aber sie ist so dumm wie eine Pute – sie spürt nichts von Ihrem Charme.»

Fleda spürte sich leicht erröten, und ihr Vergnügen über diese Äußerung verpuffte. «Haben Sie ihr alles über meinen Charme erzählt? Haben Sie ihr zu verstehen gegeben, dass Sie mich wollen?»

«Wofür halten Sie mich? So dumm war ich nicht.»

«Um Mona nicht zu verärgern?», legte Fleda nahe.

«Um Mona nicht zu verärgern, natürlich. Wir mussten einen harten Kurs steuern, aber nun sind wir Gott sei Dank endlich in offenen Gewässern!»

«Was verstehen Sie unter offenen Gewässern, Mrs. Gereth?», wollte Fleda wissen. Dann, während jene zögerte: «Haben Sie eine Ahnung, wo Mr. Owen heute ist?»

Seine Mutter machte große Augen. «Wollen Sie damit sagen, er ist in Waterbath? Nun, das ist Ihre Angelegenheit. Wenn *Sie* es ertragen können, kann ich es auch.»

«Wo auch immer er ist, ich kann es ertragen», sagte Fleda. «Aber ich habe nicht die leiseste Ahnung, wo er ist.»

«Dann sollten Sie sich schämen!», entfuhr es ihrer Freundin in verändertem Ton, der zeigte, welch tiefe Leidenschaft allem zugrunde lag, was sie gesagt hatte. Im nächsten Augenblick jedoch ergriff die arme Frau Fledas Hand, wie um etwas von dieser Schroffheit zurückzunehmen, und äußerte sich mit mehr Nachsicht: «Verstehen Sie denn nicht, Fleda, wie immens, wie hingebungsvoll ich Ihnen vertraut habe!» Ihr Tonfall glich nachgerade einem Flehen.

Fleda war unendlich erschüttert; sie konnte nicht sofort sprechen. «Doch, das verstehe ich. Ist sie zu Ihnen gekommen, um sich über mich zu beschweren?»

«Sie wollte sehen, was sie tun kann. Was tags zuvor im Hause Ihres Vaters geschehen war, hatte sie ungeheuer aufgeregt, und sie war aus der Eingebung des Augenblicks nach Ricks geeilt. Sie hatte das nicht vorgehabt, als sie von zu Hause aufbrach; es war der Anblick von Ihnen und Owen in vertraulicher Unterredung, der sie plötzlich dazu bestimmte. Man hätte Ihnen beiden, sagte sie, die ganze Geschichte an den Gesichtern ablesen können; sie redete, als hätte sie noch nie ein solches Schauspiel gesehen. Owen stand auf der Kippe, aber vielleicht ließ er sich noch retten, mit diesem Gedanken war sie mir in meiner Höhle entgegengetreten. ‹Was tut eine Mutter nicht alles, wissen Sie?› – das war eine ihrer Äußerungen. In der Tat, was tut eine Mutter nicht alles! Ich dachte, ich hätte ihr das zur Genüge gezeigt! Sie versuchte, mich durch einen Appell an meine Gutmütigkeit, wie sie das nannte, kleinzukriegen, und von dem Moment an, als sie auf *Sie* losging, von dem Moment an, als sie Owens Falschheit anprangerte, war ich so gutmütig, wie sie es sich nur wünschen konnte. Ich habe es als Bitte um bloßes Mitleid verstanden – weil Sie und er miteinander ihrem Kind den Garaus machten. Ich war natürlich entzückt darüber, dass Mona der Garaus gemacht werden sollte, aber ich war betont freundlich zu Mrs. Brigstock. Zugleich war ich ehrlich, ich gab nichts vor, was ich nicht auch fühlte. Ich fragte sie, warum die Hochzeit nicht schon vor Monaten stattgefunden hatte, als Owen vollkommen bereit dazu war; und ich legte ihr dar, wie vollständig ihn dieser törichte Fehler von Monas Seite seiner Verantwortung enthoben hatte. Sie sei es gewesen, die *ihm* den Garaus gemacht hatte – sie sei es gewesen, die seine Zuneigung, seine Illusionen zunichtegemacht hatte. Ob sie ihn denn jetzt noch wolle, wo er ihr entfremdet, wo er empört sei, wo er eine schwere Kränkung erfahren habe? Sie erinnerte mich daran, dass auch Mona eine schwere Kränkung erfahren habe, gab jedoch zu, dass sie nicht zu mir gekommen sei, um darüber zu reden. Sie sei nicht hier, um die alten Sachen zurückzubekommen, sondern schlicht, um Owen zu bekommen. Was sie wolle, sei, dass ich aus schlichtem Mitleid unparteiisch bliebe. Owen sei fürchterlich verhext worden – so nannte sie es nicht, sie nannte es ‹missgeleitet›; aber es seien schlichtweg Sie, die ihn verhext hätte. Er werde sich schon wieder besinnen, wenn ich Sie nur aus dem Weg schaffen würde. Sie fragte mich rundheraus, ob ich ernsthaft wollen könne, dass er Sie heiratet.»

Fleda hatte in unerträglichem Schmerz und wachsendem Schrecken zugehört, als häufte ihr Gegenüber Stein um Stein eine fatale Last auf ihre Brust. Sie hatte das Gefühl, lebendig begraben, in der bloßen Entfaltung eines anderen Willens erstickt zu werden; nun blieb zum Atmen nur noch eine Lücke. Ein einziges Wort, spürte sie, könnte diese schließen, und mit der Frage, die ihr auf die Lippen trat, als Mrs. Gereth innehielt, schien sie, in kalter Furcht, ihren Untergang herauszufordern. «Was haben Sie darauf geantwortet?», stieß sie hervor.

«Ich war in Verlegenheit, denn ich erkannte die Gefahr – die Gefahr, dass sie nach Hause ging und zu Mona sagte, ich unterstützte Sie. Es war ein Segen gewesen zu erfahren, dass Owen sich tatsächlich Ihnen zugewandt hatte, aber trotz meiner Freude blieb ich weiter auf der Hut. Ich überlegte einige Sekunden lang intensiv; dann erkannte ich meinen Ausweg.»

«Ihren Ausweg?», echote Fleda.

«Mir fiel ein, dass mir die Hände gebunden waren, weil Sie mir verboten hatten, ein Wort zu Owen zu sagen.»

Fleda wunderte sich. «Und ist Ihnen auch der kleine Brief eingefallen, den Sie ihm trotz gebundener Hände zu schreiben vermochten?»

«Aber ja; mein kleiner Brief war ein Muster an Verschwiegenheit. Mir fiel ein, was ich mir in diesen wenigen Worten alles zu sagen verboten hatte. Ich war ein Engel an Zartgefühl gewesen – ich hatte mich wie eine Heilige zurückgehalten. Es durfte nicht sein, dass ich dies alles getan hatte und dann vor einer solchen Frau dastand, als hätte ich genau das Gegenteil getan. Außerdem ging sie das nichts an.»

«Und das haben Sie zu ihr gesagt?», fragte das Mädchen.

«Ich habe zu ihr gesagt, ihre Frage offenbare eine völlig falsche Vorstellung davon, welcher Art derzeit meine Beziehungen zu meinem Sohn seien. Ich habe gesagt, ich unterhielte derzeit keinerlei Beziehungen zu ihm und zwischen uns herrsche seit Monaten Stillschweigen. Ich habe gesagt, ich hätte keinerlei Versuch unternommen, mich bei Ihnen lieb Kind zu machen. Ich habe gesagt, ich hätte aus Poynton mitgenommen, worauf ich ein Recht hatte, sonst aber überhaupt nichts getan. Da ich mir schier die Zunge abgebissen hatte, um Ihnen gefällig zu sein, war ich entschlossen, wenigstens die Rechtschaffenheit einzuheimsen, die mein Opfer mir eintrug.»

«Und war Mrs. Brigstock mit Ihrer Antwort zufrieden?»

«Sie war sichtlich erleichtert.»

«Sie hatten Glück», sagte Fleda, «dass ihr offenbar nicht klar ist, wie Sie mich ihm in Poynton praktisch vor ihrer Nase angepriesen haben.»

Mrs. Gereth schien sich der Szene zu entsinnen; sie lächelte mit einer heiteren Gelassenheit, die bemerkenswert deutlich zeigte, wie sehr sie sich an gehässige Anspielungen diesbezüglich gewöhnt hatte. «Wieso sollte ihr das klar sein?»

«Es wäre ihr klar, wenn Owen Mona von Ihrem Ausbruch berichtet hätte.»

«Ja, aber das hat er nicht. Sein ganzer Instinkt gebot ihm, ihn Mona zu verschweigen. Es war ihm zwar noch nicht bewusst, aber er war bereits in Sie verliebt!», erklärte Mrs. Gereth.

Fleda schüttelte müde den Kopf. «Nein – nur ich war in *ihn* verliebt!»

Hier kam ein wenig Licht in die Dinge, dem Mrs. Gereth sogleich ihr Feuer beimischte. «Sie lieber, armer Tropf!», rief sie aus und umarmte ihre junge Freundin abermals voller Wildheit.

Fleda fügte sich wie ein krankes Tier; inzwischen würde sie sich allem fügen. «Was ist dann weiter passiert?»

«Nur, dass sie mich in der Überzeugung verließ, etwas bekommen zu haben.»

«Und was hatte sie bekommen?»

«Nichts als ihr Mittagessen. *Ich* dagegen habe alles bekommen!»

«Alles?», tremolierte Fleda.

Durch ihren Tonfall offenbar in gewisser Weise betroffen, blickte Mrs. Gereth aus ungeheurer Höhe auf sie herab. «Enttäuschen Sie mich jetzt nicht!»

Das klang so sehr nach einer Drohung, dass das arme Mädchen, dem endlich alles aufging, schwach auf einen Stuhl sank. «Was um alles in der Welt haben Sie getan?»

Mrs. Gereth stand da in der vollen Glorie eines Meisterstreichs. «Ich habe Sie versorgt.» Der verängstigten Fleda erschien es, als füllte sie den Raum mit dem Gleißen ihrer Herrlichkeit. «Ich habe alles zurückgeschickt.»

«Alles?», heulte Fleda.

«Bis hin zur kleinsten Schnupftabakdose. Die letzte Ladung ist gestern abgegangen. Dieselben Leute haben das übernommen. Das arme kleine Ricks ist leer.» Dann, wie zum krönenden Abschluss, um aller Missbilligung Einhalt zu gebieten, schloss die wunderbare Frau: «Die Sachen gehören ihnen, Sie Gans!», und sie hielt dabei den schönen Kopf hoch und rieb sich die weißen Hände. Aber in ihren tiefen Augen standen gleichwohl Tränen.

18

Fleda begriff das Gesagte nur langsam, dann aber war es nach ihrem Empfinden mehr, als ihr Kelch der Bitterkeit fassen konnte. Diese Bitterkeit bestand aus ihrer Angst, deren Geschmack ihr plötzlich Übelkeit bereitete. Was war sie eben anderes gewesen als eine schreckliche Verräterin ihrer Freundin? Der Verrat verschlimmerte sich noch mit Blick auf den Beweggrund dieser Freundin, einen als Tribut an ihren Wert vortrefflichen Beweggrund. Mrs. Gereth hatte sich ihrer versichern wollen und überlegt, dass es keinen besseren Weg gab als einen umfassenden Appell an ihre Ehre. Wenn es stimmt, wie Männer erklärt haben, dass das Ehrgefühl bei Frauen schwach ausgeprägt ist, so hätten dieser Streich und einige seiner Weiterungen vielleicht ein Licht auf diese Frage werfen können. Auf alle Fälle wurde Fleda nun vor Augen geführt, dass man sich ihrer versichert hatte, denn das enorme Ausmaß der Kapitulation erlegte ihr eine ebenso enorme Verpflichtung auf. Sie hatte junge Männer, mit denen sie getanzt hatte, sagen hören, Mrs. Gereths' Absichten seien mit dem Ausdruck treffend beschrieben, Mrs. Gereth habe vorgehabt, sie «einzufangen». Es handelte sich um eine kalkulierte, eine erdrückende Bestechung; sie blickte ihr in die Augen und sagte schrecklicherweise: «Das ist es, was ich für dich tue!» Was Fleda im Gegenzug tun musste, bedurfte keines besonderen Hinweises. Ihr momentanes Gefühl, es bislang so wenig getan zu haben, ließ sie vor Schmerz beinahe aufschreien; aber angesichts des Faktums bemühte sie sich zuallererst darum, zu verhindern, dass ein solcher Schrei ihr Gegenüber erreichte. Wie wenig sie es bislang getan hatte, wusste Mrs. Gereth noch nicht, und vielleicht gäbe es noch immer eine Möglichkeit, die Entdeckung abzuwenden. Auch Fleda hatte ihrerseits fast so etwas wie eine Entdeckung gemacht: Sie hatte gewusst, dass man sie wollte, doch wie überwältigend groß dieser Wunsch war, hatte sie sich denn doch nicht vorstellen können. Sie war durch die Tat ihrer Freundin bewusst als Siegesprämie behandelt worden, aber ihr eigentlicher Wert bestand ganz und gar in der Macht, welche die Tat selbst ihr zuschrieb. Diese verblüffte und begeisterte sie in ihrer hohen, kühnen Diplomatie. Sie bewunderte das edle Risiko, das Mrs. Gereth dabei eingegangen war, ein Risiko, dem sie sich für ein vollkommen mittelloses Geschöpf ausgesetzt hatte, als welches das Mädchen sich nun fühlte. Auch darüber hinaus bewirkte dies bei ihr eine außerordentliche Veränderung: Mit einem Schlag verwandelte sich ihre Haltung, was Zugeständnisse anbetraf. Noch vor wenigen Wochen hatte sie sich auf die Aufgabe gestürzt, genau dafür zu plädieren, hatte sich wegen der Weigerung der Dame von Ricks, zurückzugeben, was sie genommen hatte, praktisch mit dieser gestritten. Ihr Herz war von dem Unrecht, das man Owen zugefügt hatte, wund gewesen, hatte von den Wunden Poyntons geblutet; nun jedoch, da sie vom erneuten Auffüllen der Leere erfuhr, die sie derart bedrängt hatte, stand sie im Begriff, Alarm zu schlagen, so als hätte sie vom Deck eines Schiffs aus einen geliebten Menschen ins Meer springen sehen. Mrs. Gereth war in Blitzesschnelle zum Opfer geworden; das arme kleine Ricks hatte in nur einer Nacht seinen Schatz abgetreten. Hätte Fledas augenblickliche Meinung von den «Schätzen» spontan Form angenommen, wäre es die Form eines hektischen Befehls gewesen. So verhinderte denn auch bloße Atemnot, dass sie ausrief: «Oh, halten Sie sie auf – es hat keinen Sinn; schaffen Sie sie zurück – es ist zu spät!» Vor allem verschlug ihr die enorme Würde ihres Gegenübers den Atem. Wie nie zuvor nahm Fleda die Reinheit dieser ihrer Leidenschaft wahr; sie machte Mrs. Gereth erhaben, ja beinahe hehr. Sie handelte vollkommen uneigennützig – an bloßem Besitz lag Mrs. Gereth nichts. Sie dachte einzig und unbestechlich daran, was für die Gegenstände selbst am besten war; sie hatte sie der mutmaßlichen Obhut des einzigen Menschen in ihrem Bekanntenkreis anvertraut, der genauso tief für sie empfand wie sie selbst und dessen viele weitere Lebensjahre die höchstmögliche Entsprechung ihrer Übergabe an ein Museum verbürgte, die sich denken ließ. Nun wusste Fleda wahrhaftig, was auf ihr lastete; nun ermaß sie auch wie zum ersten Mal, welche Vorstellung ihre Freundin vom natürlichen Einfluss eines großen «Fangs» hatte. Mrs. Gereth hatte sich zu der Idee emporgeschwungen, den letzten Zweifel daran hinwegzufegen, was ihr junger Schützling gewinnen würde, und sich noch mehr an das vor Wochen gegebene Versprechen zu halten, als sie eigentlich musste. Es war eines für das Mädchen, erfahren zu haben, dass im Falle eines bestimmten Ereignisses eine Rückerstattung erfolgen würde; es war ein anderes für sie zu erleben, dass die Bedingung in edlem Vertrauen bereits vorweg als erfüllt betrachtet wurde, und zu wissen, dass sie nur eine Tür öffnen musste, um jedes Stück von damals in jeder Ecke von damals zu finden. Eine solche Karte auszuspielen hieße also für eine derart großartige Spielerin, das Spiel praktisch bereits gewonnen zu haben. Was die Theorie der Sache anging, musste Fleda zweifellos anerkennen, dass das Spiel gewonnen war. O ja, man hatte sich ihrer versichert!

Es gelang ihr jedoch nicht, ihre Bloßstellung sehr lang hinauszuschieben. «Warum haben Sie nicht gewartet, Liebste? Ah, warum haben Sie nicht gewartet?» Trat ihr dieser belanglose Einspruch immer wieder auf die Lippen, um noch bevor sie ihn hervorbrachte, abgeschnitten zu werden, so weil sie zunächst mit Hilfe demütiger Dankbarkeit Zeit gewann und in die Lage versetzt wurde, sich ganz ehrlich als zu überwältigt für eine klare Äußerung zu präsentieren. Sie küsste ihrer Gefährtin die Hände, sie huldigte ihr zu ihren Füßen, sie murmelte abgerissenes Lob und war sich doch während alledem bewusst, dass man ihr vor allem die dunkle Verzweiflung in ihrem Herzen ansah. Sie erkannte, wie sich der flüchtige Blick, den die arme Frau auf diese seltsame Reserviertheit erhaschte, weitete, hörte die prompte Kälte ihrer Stimme den falschen Mut der Koseworte durchdringen. «Wollen Sie mir etwa zu einer solchen Stunde sagen, Sie haben ihn eigentlich verloren?»

Der Ton der Frage ließ diese Vorstellung zu einer Möglichkeit werden, an die Fleda von diesem Moment an mit nichts als Schrecken dachte. «Ich weiß nicht, Mrs. Gereth; wie kann ich das sagen?», fragte sie. «Ich habe ihn so lange nicht gesehen; wie ich Ihnen gerade gesagt habe, weiß ich ja nicht einmal, wo er ist. Daran ist aber nicht er schuld», fuhr sie hastig fort. «Er wäre jeden Tag bei mir gewesen, wenn ich zugestimmt hätte. Aber beim letzten Mal habe ich ihm zu verstehen gegeben, dass ich ihn nur dann wieder empfange, wenn er mir als verbrieft und besiegelt dartun kann, dass er frei ist. Und das kann er noch nicht, verstehen Sie? – Und deshalb ist er nicht wiedergekommen. Das ist viel besser, als wäre er nur gekommen, damit wir beide uns elend fühlen. Wenn er dann tatsächlich kommt, wird er in einer besseren Position sein. Er wird ungeheuer ergriffen sein von Ihrer wunderbaren Geste. Ich weiß, Sie möchten mir das Gefühl vermitteln, Sie haben es ebenso sehr für mich wie für Owen getan, aber gerade dass Sie es für mich getan haben, wird ihn am meisten freuen! Wenn er davon erfährt», sagte Fleda in bebendem Optimismus, «wenn er davon erfährt ...» Hier allerdings war sie, während sie ihren Vorstoß bereits bedauerte und jegliches Selbstvertrauen einzubüßen begann, mit ihrem Latein am Ende. Sie konnte beim besten Willen nicht sagen, was Owen tun würde, wenn er davon erfuhr. «Ich vermag mir das Aufheben, das er um Sie machen wird, und wie er Sie umarmen wird, gar nicht vorzustellen!», konnte sie nur noch lahm erklären. Sie hatte ihre Richterin und so schrecklich Betrogene aus dem vagen Instinkt heraus, sie beschwichtigen und am Ende noch Zeit gewinnen zu müssen, zu einem Sofa gezogen; auch in dieser Position sah jene außerordentliche Persönlichkeit, die sich während Fledas Bekundung abermals unheilvoll geduldig gezeigt hatte, durchaus nicht so aus, als fordere sie zu einer «Umarmung» auf. Fleda ertappte sich dabei, dass sie die Situation gleichsam mit künstlichen Blumen ausschmückte, sich sogar einzureden suchte, dass Owen, dessen Namen sie nun schlicht und lieblich klingen ließ, jeden Augenblick zu ihnen stoßen könne. Sie empfand ein ungeheures Bedürfnis, verstanden zu werden und Recht zu bekommen; demütig wandte sie das Gesicht von allem ab, was man ihr vielleicht hätte verzeihen müssen. Sie drückte den Arm ihrer Gastgeberin, wie um sie zu beruhigen, bis sie wirklich Bescheid wüsste, und nach einer Weile sprudelte sie die klare Essenz dessen hervor, was in glücklicheren Tagen ihr «Geheimnis» gewesen war. «Sie dürfen nicht denken, dass ich ihn nicht anbete, wo ich ihm das doch ins Gesicht gesagt habe. Ich liebe ihn so sehr, dass ich für ihn sterben würde. Sehen Sie mich also nicht so an, als ob ich nicht freundlich, als ob ich nicht zärtlich gewesen wäre, als läge er im Sterben und meine Zärtlichkeit wäre das Einzige, was ihn retten würde. Sehen Sie mich an, als würden Sie mir glauben, als würden Sie empfinden, was ich durchgemacht habe. Liebe Mrs. Gereth, ich könnte den Boden küssen, auf dem er wandelt. Ich habe kein Fitzelchen Stolz mehr; ich hatte einmal welchen, aber er ist dahin. Ich hatte einmal ein Geheimnis, doch inzwischen kennt es jeder, und jeder, der mich anschaut, kann, glaube ich, sagen, wie es um mich steht. Es ist nicht gar so schön, mein Geheimnis, und je weniger man eigentlich darüber sagt, desto besser; aber ich möchte, dass Sie es von mir erfahren, weil ich bislang starrsinnig gewesen bin. Ich möchte, dass Sie mit eigenen Augen sehen, dass ich so tief darniederliege, wie ein Mädchen nur darniederliegen kann. Es geschieht mir recht», sagte Fleda lachend, «wenn ich je stolz und gemein zu Ihnen gewesen bin! Ich weiß nicht, was Sie in jenen Tagen in Ricks von mir wollten, aber ich glaube, Sie können nicht viel mehr von mir gewollt haben, als ich getan habe. Neulich bei Maggie habe ich Dinge getan, die mich hinterher an Sie denken ließen! Ich weiß nicht, wozu Mädchen in der Lage sind; aber wenn er nicht weiß, dass es keinen Zoll von mir gibt, der nicht sein ist …!» Fleda seufzte, als könnte sie es nicht in Worte fassen; sie trug dick auf, wie sie selbst gesagt hätte; sie schien, während sie Mrs. Gereth mit geweiteten Augen in Bann hielt, den Effekt dieser Bekenntnisse auf sie auszuloten. «Das alles ist idiotisch», sagte sie müde lächelnd, «das alles ist so seltsam, dass ich deswegen fast wütend bin, und das Allerseltsamste ist, da ist nicht einmal ein Glücksgefühl.

Es ist Qual – das war es von Anfang an; von Anfang an war da eine Bitterkeit und eine Furcht. Aber ich schulde Ihnen die ganze Wahrheit. Auch Sie lassen ihm keine Gerechtigkeit widerfahren; er ist ein lieber Mensch, ich versichere Ihnen, er ist ein lieber Mensch: Ich würde ihm bis zum letzten Atemzug vertrauen. Ich glaube nicht, dass Sie ihn wirklich kennen. Er ist um so vieles gescheiter, als er hervorkehrt; auf seine eigene, schüchterne Weise ist er bemerkenswert. In Ricks haben Sie mir gesagt, ich solle aus mir herausgehen, und ich bin immerhin weit genug aus mir ‹herausgegangen›, um das und noch alle möglichen anderen erfreulichen Dinge über ihn herauszufinden. Sie werden mir sagen, ich stelle mich als schlimmer hin, als ich bin», sagte das Mädchen, das in der Haltung ihres Gegenübers immer deutlicher etwas wahrnahm, was ihre Rede als verzweifeltes Geschwätz, ja vielleicht sogar als ein Stück kalter Unanständigkeit erachtete. Sie wollte sich als «schlimm» hinstellen – das gehörte zu ihrer Rechtfertigung; doch plötzlich fiel ihr ein, dass ein solches Bild von ihrer Extravaganz dem jungen Mann einen Mangel an Galanterie zuschrieb. «Es ist mir gleich, was Sie denken», erklärte sie, «weil Owen, wissen Sie, mich so sieht, wie ich bin. Er ist so gütig, dass das alles aufwiegt!»

Dieser Versuch, heiter zu klingen, war vergeblich. Das Schweigen, mit dem ihre großzügige, beschwindelte Wohltäterin ihr aufgewühltes Plädoyer eine Zeit lang bedachte, machte ihr neuerlich klar, dass sie sich völlig in der Defensive befand. «Ist es Teil seiner Güte, dass er sich nicht bei Ihnen blicken lässt?», wollte Mrs. Gereth endlich wissen. «Ist es Teil seiner Güte, Sie in Unkenntnis zu lassen, wo er sich befindet?» Sie erhob sich wieder von dem Platz, auf dem Fleda sie festgehalten hatte; dort schien sie in der Majestät des gesamten ihr widerfahrenen Unrechts aufzuragen. «Ist es Teil seiner Güte, dass Sie, während ich mich sechs Tage lang abgemüht habe, und zwar mit meinen eigenen schwachen Händen, die ich nicht geschont habe, um mich in Ihrem Interesse so weit zu entblößen, dass ich nichts mehr besitze als das, was ich, wenn ich so sagen darf, auf dem Leibe trage – ist es Teil seiner Güte, dass Sie nicht einmal imstande sind, ihn mir zu präsentieren?»

Es lag in dieser Äußerung eine gewaltige Verachtung, die ebenso sehr Owen galt und in deren Licht Fleda den Eindruck hatte, ihr Bemühen um Plausibilität sei bloße Speichelleckerei gewesen. Sie erhob sich von dem Sofa mit dem demütigenden Gefühl, sich von einem misslungenen Kniefall zu erheben. Dieses Unbehagen währte allerdings nur einen Augenblick: Es wurde von einer Flut der Loyalität gegenüber dem Abwesenden hinweggefegt. Sie selbst konnte den Hohn seiner Mutter ertragen, doch um diesen Hohn von all *seiner* Anständigkeit abzulenken, stieß sie so flink hervor, wie man einen Arm hochreißt: «Machen Sie ihm keinen Vorwurf – machen Sie ihm keinen Vorwurf: Er würde alles auf der Welt für mich tun! Ich war es», sagte Fleda eifrig, «die ihn zu ihr zurückgeschickt hat. Ich habe ihn veranlasst, zu gehen, ich habe ihn zum Haus hinausgedrängt. Ich habe mich geweigert, noch irgendetwas mit ihm zu besprechen, es sei denn, auf anderer Grundlage.»

Mrs. Gereth setzte eine Miene auf, als hätte sie eine gewaltige Verwüstung vor sich. «Andere Grundlage? Was denn für eine andere Grundlage?»

«Diejenige, die ich Ihnen schon in aller Deutlichkeit genannt habe: Ich will es sozusagen schwarz auf weiß von ihr, dass sie ihn aus freien Stücken aufgibt.»

«Sie glauben also, er lügt, wenn er Ihnen sagt, er habe seine Freiheit wiedergewonnen?»

Einen Moment lang gebrach es Fleda an Geistesgegenwart; dann rief sie mit einem gewissen harten Stolz aus: «Er ist genügend in mich verliebt, um zu allem imstande zu sein!»

«Offenbar zu allem, außer sich wie ein Mann zu verhalten und Ihrer unglaublichen Eselei seine Vernunft und seinen Willen aufzuzwingen. Zu allem, außer Ihrem systematischen, Ihrem idiotischen Starrsinn ein Ende zu machen, wie es jeder Mann, der des Namens wert ist, getan hätte. Wer sind Sie denn, meine Liebe, möchte ich gerne wissen, dass ein Gentleman, der bietet, was Owen zu bieten hat, es mit so wunderbaren Forderungen zu tun bekommt und wegen Ihrer entzückenden kleinen Skrupel so außergewöhnliche Vorkehrungen treffen muss?» Ihr Unmut steigerte sich zu hochgradiger Insolenz, die Fleda voll ins Gesicht traf und zumindest vorerst die schreckliche Kraft besaß, ihr unnachsichtig eine eklatante Seite der Wahrheit zu enthüllen. Sie verschaffte ihr einen blendenden Blick auf verlorene Alternativen. «Ich weiß nicht, was ich von ihm halten soll», fuhr Mrs. Gereth fort, «ich weiß nicht, wie ich ihn nennen soll: Ich schäme mich seiner so sehr, dass ich selbst zu *Ihnen* kaum von ihm sprechen kann. Allerdings schäme ich mich auch Ihrer beider zusammen so sehr, dass ich kaum weiß, wo ich schicklicherweise hinschauen kann.» Sie hielt inne, um Fleda in den vollen Genuss dieser schroffen Äußerung kommen zu lassen; dann rief sie mit ihrer größtmöglichen Grobheit aus: «Jeder außer einem ausgesprochenen Esel hätte Sie sich unter den Arm geklemmt und wäre mit Ihnen zum Standesbeamten marschiert!»

Fleda machte sich ihre Gedanken; dank ihrer ungezügelten Vorstellungskraft konnte sie sich auch Gedanken machen, während ihre Wange von einer Ohrfeige brannte. «Zum Standesbeamten?»

«Das wäre der normale, vernünftige, unmittelbare Kurs gewesen, den man hätte einschlagen müssen. Mit ein wenig Köpfchen hätten Sie beide das sofort gespürt. *Ich* hätte eine Möglichkeit gefunden, Sie dorthin zu schaffen, wissen Sie, wenn ich gewesen wäre, was Owen angeblich ist. *Ich* hätte diese Angelegenheit zuerst erledigt – der Rest hätte sich dann schon ergeben! Mein Gott, Mädchen, Ihres Amtes war es, als ehrbar verheiratete Frau vor mir zu stehen. Man weiß nicht, woran man ist, wenn man mit Ihnen in Berührung kommt, und Sie müssen entschuldigen, wenn ich sage, dass ich es als geradezu unerfreulich empfinde, dieser Ihrer Art zu begegnen. Dann hätten wir wenigstens reden können, und Owen, hätte er auch nur den geringsten Sinn für Humor, hätte Ihre Finessen mit einem Achselzucken abtun können.»

Diese bewegende Rede wirkte auf unsere junge Dame, als dränge das Rasseln eines Tamburins von einem Zigeunertanz an ihr Ohr: Ihr Kopf schien sich zu drehen, und sie spürte eine plötzliche Leidenschaft in den Füßen. Die Erregung fand jedoch nur dürftigen Ausdruck in der Tonlosigkeit, mit der sie sich gleich darauf sagen hörte: «Ich gehe jetzt zum Standesbeamten.»

«Jetzt?» Prachtvoll war der Klang, den Mrs. Gereth diesem Einsilbler gab. «Und wer, bitteschön, soll Sie mitnehmen?» Fleda lächelte farblos, und ihr Gegenüber fuhr fort: «Meinen Sie im Ernst, Sie können seiner habhaft werden?» Fledas kränkliche Grimasse schien sie zu irritieren. Sie vollführte eine kurze, gebieterische Geste. «Finden Sie ihn für mich, Sie Närrin – *finden* Sie ihn für mich!»

«Was wollen Sie denn von ihm», fragte Fleda kläglich – «so, wie Sie uns beiden gegenüber empfinden?»

«Was ich empfinde, tut nichts zur Sache, und was ich sage, wenn ich wütend bin, auch nicht!», fügte Mrs. Gereth noch schneidender hinzu. «Natürlich halte ich an euch Tröpfen fest, sonst würde ich nicht so leiden. Ich will sehen, dass er Sie nimmt; was ich von ihm will, ist, dass er mit Ihnen dorthin geht.» Sie blickte sich in fieberhafter Eile um, als suchte sie einen Mantel, den sie an sich raffen könnte; sie eilte ans Fenster, wie um nach einer Droschke zu spähen: Eine halbe Stunde würde sie für die Sache zugestehen. Den Hut schon auf dem Kopf, hatte sie ein Kleidungsstück für draußen vom Sofa gerissen: Im Zurückkommen fuhr sie hinein. «Finden Sie ihn, finden Sie ihn», wiederholte sie, «begleiten Sie mich und versuchen Sie wenigstens, an ihn heranzukommen!»

«Wie soll ich denn an ihn herankommen? Er wird sich einfinden, wenn er bereit ist», tremolierte unsere junge Frau.

Mrs. Gereth drehte sich brüsk zu ihr um. «Wozu denn bereit? Bereit, mich ohne Grund oder Entlohnung ruiniert zu sehen?»

Fleda konnte zunächst nichts sagen; das Allerschlimmste war jenes zwischen ihn noch unausgesprochene Etwas. Keine von beiden wagte es zu äußern, doch es schwang im Ton des Mädchens mit, als dieses endlich mit großer Sanftheit erwiderte: «Seien Sie nicht grausam zu mir – ich bin sehr unglücklich.» Die Worte machten sichtlich Eindruck auf Mrs. Gereth, die das Gesicht abgewandt hielt und einen Blick durchs Fenster hinausschickte, der mit der langen Karawane ihrer Kostbarkeiten Schritt hielt. Fleda wusste, sie beobachtete, wie diese Karawane sich die Allee von Poynton hinaufwand – Fleda hatte tatsächlich vollständig an diesem Bild teil, sodass es ihr nach Kurzem das Tröstlichste schien, hinzuzufügen: «Ich verstehe nicht, warum um alles in der Welt Sie es für so selbstverständlich nehmen, dass er, wie Sie sagen ‹verloren› ist.»

Mrs. Gereth starrte weiter aus dem Fenster, und ihre Stille kennzeichnete einen gewissen Erfolg in dem Bemühen, sich zu beherrschen. «Wenn er nicht verloren ist, warum sind Sie dann unglücklich?»

«Ich bin unglücklich, weil ich Sie quäle und Sie mich nicht verstehen.»

«Nein, Fleda, ich verstehe Sie nicht», sagte Mrs. Gereth schließlich und wandte sich ihr wieder zu. «Ich verstehe Sie überhaupt nicht, und es ist, als wären Sie und Owen von ganz anderer Rasse und anderem Fleische. Ich komme mir Ihretwegen ganz altmodisch und einfältig und schlimm vor. Aber Sie müssen mich nehmen, wie ich bin, da Sie ja schon so vieles andere mit mir hinnehmen!» Sie sprach nun mit schwindender Verärgerung, mit einer nüchternen, müden Ruhe. «Es wäre besser für mich gewesen, ich hätte Sie nie kennengelernt», fuhr sie fort, «und ganz gewiss besser, ich hätte nicht eine so außerordentliche Zuneigung zu Ihnen gefasst. Aber auch das war unvermeidlich: Alles ist wohl unvermeidlich. Ich habe mir alles selbst zuzuschreiben – Sie sind mir nicht nachgelaufen: Ich habe mich auf Sie gestürzt und Sie mir gegriffen. Sie sind eine hartnäckige kleine Bettlerin, trotz Ihrer hübschen Manieren; ja, man täuscht sich ganz abscheulich in Ihnen. Ich hoffe, Sie können nachvollziehen, wie großmütig es von mir ist, die Eigenständigkeit Ihres Charakters anzuerkennen. Es war Ihre kluge Verständigkeit, die den Ausschlag gegeben hat – Ihr schönes Empfinden für diese verfluchten Nichtigkeiten. Sie waren, was diese anging, scharfsinniger als jeder Mensch, den ich je gekannt habe, und das war etwas, dem ich schlicht nicht widerstehen konnte. Tja», schloss sie, diese arme Frau, nach kurzem Innehalten, «Sie sehen, wohin es uns gebracht hat!»

«Wenn Sie ihn selbst holen gehen, warte ich hier», sagte Fleda.

Mrs. Gereth, die Ihren Mantel zusammenraffte, schien eine Weile zu überlegen. «In seinem Club, meinen Sie?»

«Hat er dort nicht ein Zimmer, wenn er in der Stadt ist? Er hat derzeit keine andere Londoner Adresse», sagte Fleda. «Dorthin schreibt man ihm.»

«Woher soll ich das wissen, so dürftig, wie meine Beziehungen zu ihm sind?», rief Mrs. Gereth.

«Meine sind nicht ganz so schlecht», lächelte Fleda verzweifelt. Dann fügte sie hinzu: «Sein Schweigen, *ihr* Schweigen, dass wir so gar nichts hören – was ist das anderes als ebendas, worauf Sie in Poynton und in Ricks Ihre Gewissheit gründeten, dass zwischen den beiden alles aus ist?»

Mrs. Gereth schaute dunkel und leer drein. «Ja, aber da hatten Sie mir noch nicht erzählt, dass Ihnen nichts Besseres eingefallen ist, als ihn, wie Sie das nennen, zu ihr zurückzuschicken.»

«Ja, aber andererseits» – das Mädchen stürzte sich darauf – «haben Sie inzwischen erfahren, was Sie noch nicht gewusst haben, Sie haben dank Mrs. Brigstocks Besuch erfahren, dass ihm an mir liegt.» Sie fand sich in der Position wieder, dass sie sich optimistischer Argumente bediente, die sie früher zurückgewiesen hatte; was sie ihrem Gegenüber entgegenhielt, erfolgte nun von ganz anderer Grundlage aus. Ein Fieber des Einfallsreichtums hatte in ihr zu brennen begonnen, obwohl sie sich im Namen ihres Erfolgs schmerzlich bewusst war, dass man es als Fieber erkennen konnte. Sie selbst sah seinen Widerschein in den düsteren Augen ihrer Kritikerin glimmen.

«Sie setzen mich in Erstaunen», antwortete jene, «und zugleich erschrecken Sie mich. Ihre Schilderung von Owen ist unvorstellbar, und doch weiß ich nicht, woran ich mich halten soll. Ihm liegt an Ihnen, so scheint es, doch im gleichen Atemzug sagen Sie mir, nichts sei wahrscheinlicher, als dass er diese Tage in Waterbath verbringt. Verzeihen Sie mir, wenn ich so dumm bin, dass ich mich in solcher Dunkelheit nicht zurechtfinde. Wenn er in Waterbath ist, dann liegt ihm nichts an Ihnen. Wenn ihm an Ihnen liegt, dann ist er nicht in Waterbath.»

«Wo ist er dann?», jammerte die arme Fleda hilflos. Sie fasste sich indes; sie würde sich alle Mühe geben, tapfer und unzweideutig zu sein. Ehe Mrs. Gereth ihr mit gebührender Klarheit antworten konnte, dass dies eine Frage sei, die sie nicht zu stellen, sondern zu beantworten habe, fand sie den Hauch von Sicherheit, zu sagen: «Sie vereinfachen viel zu sehr. Das haben Sie schon immer getan, und das werden Sie immer tun. Der Wirrwarr des Lebens ist viel komplizierter, als Sie dies, glaube ich, je empfunden haben. Sie schlitzen», rief Fleda feinsinnig, «mit einer großen Schere hinein; Sie schneiden daran herum, als wären Sie eine der Schicksalsgöttinnen! Wenn Owen in Waterbath ist, dann ist er dort, um alles zum Abschluss zu bringen.»

Seine Mutter schüttelte mit trägem Ernst den Kopf. «Sie glauben kein Wort von dem, was Sie da sagen. Ich habe Ihnen Angst gemacht, so wie Sie mir Angst gemacht haben: Sie pfeifen im Dunkeln, um uns zu ermutigen. Ich vereinfache zweifellos, wenn vereinfachen heißt, die Ungereimtheit einer Leidenschaft nicht zu verstehen, die einen Schafskopf mit Schutzwehren gegen Schreckgespenster, mit grässlichen und monströsen Opfern irremacht. Ich kann nur wiederholen, dass Sie über meinen Horizont gehen. Ihr Starrsinn ist zum Heulen. Jedoch», fuhr die arme Frau mit einem Wechsel des Tonfalls, lange zögernd und dann mit schierer Willenskraft nüchtern triumphierend fort, «werde ich das Ihnen gegenüber nie mehr erwähnen! Owen kann ich gerade noch so verstehen, denn Owen *ist* ein Schafskopf. Owen ist ein Schafskopf», wiederholte sie mit einer ruhigen, tragischen Endgültigkeit und sah Fleda dabei direkt in die Augen. «Ich weiß nicht, warum Sie den Umstand, dass er widerwärtig schwach ist, derart verbrämen.»

Endlich senkte Fleda, vor dem ihres Gegenübers, den Blick. «Weil ich ihn liebe. Eben weil er schwach ist, braucht er mich», fügte sie hinzu.

«Eben deshalb brauchte *mich* auch sein Vater, dem er genau ähnelt. Und ich habe seinen Vater nicht im Stich gelassen», sagte Mrs. Gereth. Sie gab ihrer Besucherin einen Moment Zeit, die Bemerkung zu würdigen; dann fuhr sie fort: «Mona Brigstock ist nicht schwach. Sie ist stärker als Sie!»

«Ich habe sie nie für schwach gehalten», antwortete Fleda. Sie blickte sich mit veränderter Absicht vage im Zimmer um: Sie hatte ihren Schirm aus den Augen verloren.

«Ich habe Ihnen zwar gesagt, Sie sollen aus sich herausgehen, aber es ist ganz eindeutig, dass Sie das eigentlich nicht getan haben», erklärte Mrs. Gereth. «Wenn Mona ihn hat …»

Fleda hatte ihre Suche abgeschlossen; ihre Gastgeberin hielt inne. «Wenn Mona ihn hat?», stieß das Mädchen hervor und rollte ihren Schirm enger.

«Nun», sagte Mrs. Gereth tiefgründig, «dann wird durchaus deutlich werden, dass Mona es getan hat.»

«Aus sich herausgegangen ist?»

«Aus sich herausgegangen ist.» Mrs. Gereth sprach, als meinte sie es so zynisch, wie ihr das nur möglich war, und sähe es bis ins kleinste Detail vor sich.

Fleda nahm diesen Ton wahr und beendete ihre Vorbereitung; dann ging sie zur Tür und öffnete sie. «Wir suchen gemeinsam nach ihm», sagte sie zu ihrer Freundin, die einen Moment dastand und ihren Gesichtsausdruck studierte. «Vielleicht weiß man ja beim Colonel etwas über ihn.»

«Wir gehen dorthin.» Mrs. Gereth hatte ihre Handschuhe und ihre Handtasche aufgenommen. «Aber als Erstes», fuhr sie fort, «telegrafieren wir nach Poynton.»

«Warum nicht gleich nach Waterbath?», fragte Fleda.

Ihr Gegenüber wunderte sich. «In *Ihrem* Namen?»

«In meinem Namen. Ich habe an der Ecke ein Büro bemerkt.»

Während Fleda die Tür aufhielt, streifte sich Mrs. Gereth ihre Handschuhe über. «Verzeihen Sie mir», sagte sie gleich darauf. «Küssen Sie mich», fügte sie hinzu.

Auf der Schwelle küsste Fleda sie. Dann gingen sie beide hinaus.

19

In dem Büro an der Ecke schrieb Fleda, weil das möglicherweise Zeit sparte, ihr Telegramm – schrieb es schweigend unter Mrs. Gereth' Augen und reichte es ihr dann schweigend. «Ich schicke dies nach Waterbath, auf die Möglichkeit hin, dass Sie dort sind, um Sie zu bitten, zu mir zu kommen.» Mrs. Gereth hielt es einen Moment lang in der Hand, las es mehr als einmal; dann, ohne es zurückzugeben und den Blick auf ihr Gegenüber gerichtet, schien sie zu überlegen. In ihrer Miene dämmerte Güte herauf; Fleda ermaß daran, als Lohn vollständiger Unterwerfung, eine leichte Entspannung ihrer Strenge.

«Wäre es, ehe wir das tun, nicht vielleicht doch besser», fragte Mrs. Gereth, «zu schauen, ob wir seinen Aufenthalts- ort mit Sicherheit feststellen können?»

«Wieso? Immerhin haben wir dann schon etwas unter- nommen», sagte Fleda. «Ich bin zwar arm», fügte sie mit einem Lächeln hinzu, «aber dieser Shilling reut mich nicht.»

«Dieser Shilling ist *mein* Shilling», sagte Mrs. Gereth.

Fleda hielt ihre Hand fest. «Nein, nein – ich bin abergläu- bisch. Damit es gelingen kann, muss alles von mir sein!»

«Nun gut, wenn es denn für das Gelingen sorgt!» Mrs. Gereth nahm ihren Shilling zurück, behielt jedoch das Tele- gramm. «Da er höchstwahrscheinlich ohnehin nicht dort ist …»

«Falls er nicht dort sein sollte», unterbrach Fleda, «wird es auch nichts schaden.»

«Falls er ‹nicht dort sein sollte›!», stieß Mrs. Gereth her- vor. «Der Himmel stehe uns bei, Sie nehmen es also doch an!»

«Ich bin nur auf das Schlimmste vorbereitet. Die Brig- stocks werden jedes Telegramm schlicht weiterschicken.»

«Wohin denn?»

«Vermutlich nach Poynton.»

«Zuerst werden sie es lesen», sagte Mrs. Gereth. «Ja, Mona wird es lesen. Sie wird es unter dem Vorwand öffnen, es kopieren zu lassen, und dann wird sie wahrscheinlich gar nichts tun. Sie wird es als Beweis Ihrer Unanständigkeit be- halten.»

«Und wenn?», fragte Fleda.

«Es macht Ihnen nichts aus, dass sie es zu Gesicht be- kommt?»

Ziemlich sinnend und geistesabwesend schüttelte Fleda den Kopf. «Mir macht gar nichts etwas aus.»

«Nun denn, dann ist es ja gut», sagte Mrs. Gereth, als genüge ihr das Gefühl, sich untadelig rücksichtsvoll verhalten zu haben. Danach war sie noch sanfter, hatte aber gleichwohl noch einen Punkt zu klären. «Warum haben Sie als Antwortadresse die Ihrer Schwester angegeben?»

«Weil er, wenn er zu mir kommt, dorthin kommen muss. Wenn dieses Telegramm abgeht», sagte Fleda, «kehre ich noch heute Abend zu Maggie zurück.»

Darüber schien sich ihre Freundin zu wundern. «Sie werden ihn nicht hier mit mir empfangen?»

«Nein, ich werde ihn nicht hier mit Ihnen empfangen. Nur, wo ich ihn zuletzt empfangen habe – nur dort wieder.» Was das anging, blieb Fleda standhaft.

Aber Mrs. Gereth hatte mittlerweile offenbar eine gewisse Übung darin, merkwürdigen Schritten zu folgen, die von merkwürdigen Empfindungen ausgelöst wurden. Sie fügte sich, nestelte aber noch einen Augenblick mit dem Papier. Sie schien zu zögern, dann brachte sie heraus: «Könnten Sie denn, wenn ich Sie freigebe, Ihre Nachricht nicht noch ein wenig drastischer formulieren?»

Fleda bedachte sie mit einem schwachen Lächeln. «Er wird kommen, wenn er kann.»

Mrs. Gereth erfasste vollständig, was das besagte; mit Entschiedenheit gab sie das Telegramm auf. Doch dann legte sie die Hand rasch auf ein weiteres Formular und schrieb mit noch größerer Entschiedenheit eine zweite Nachricht. «Diese hier ist von *mir*», erklärte sie Fleda, als sie fertig war: «Und erreicht ihn möglicherweise in Poynton. Möchten Sie sie lesen?»

Fleda wandte sich ab. «Nein, danke.»

«Sie ist drastischer als Ihre.»

«Das ist mir gleich» – und das Mädchen bewegte sich zur

Tür. Nachdem Mrs. Gereth für das zweite Sendschreiben bezahlt hatte, schloss sie sich ihr wieder an, und sie fuhren gemeinsam zu Owens Club, wo die Ältere allein ausstieg. Vom Kabriolett aus verfolgte Fleda durch die Glastür ihr kurzes Gespräch mit dem Aufwärter und nahm es schweigend hin, als sie mit der Nachricht zurückkehrte, er habe Owen seit vierzehn Tagen nicht gesehen und bewahre dessen Briefe auf, bis er sie abhole. Das sei die letzte Anweisung gewesen; es lägen ein Dutzend Briefe da. Mehr hatte er nicht mitzuteilen, aber vielleicht wisse Colonel Gereth ja etwas. Fleda raffte sich nun zum Widerspruch dagegen auf, mit einer solchen Nachforschung in Verbindung gebracht zu werden, und ihre Freundin musste allerdings zugeben, dass es ihnen beiden bei reiflicher Überlegung nicht ganz angenehm sein konnte, im ferneren Kreis der Familie zu annoncieren, dass sie das Vertrauen des Herrn von Poynton verwirkt hatten. Die im Club liegenden Briefe bewiesen faktisch, dass er nicht in London war, und das war die Frage, die sie unmittelbar anging. Nichts weiter konnte sie angehen, bis zu dem Moment, in dem die Antworten auf die Telegramme eintrafen. Mrs. Gereth war wieder in den Wagen eingestiegen, und so saßen sie, noch immer vor der Tür des Clubs, da und sahen sich mit der Notwendigkeit konfrontiert, sich in Geduld zu fassen. Auf der großen, harten Straße ruhten Fledas Augen auf vorüberziehenden Gestalten, die sie als von Schnüren gelenkte Marionetten empfand. Nach einer kleinen Weile sprach der Kutscher sie durch die Öffnung im Dach an. «Wohin soll es gehen, die Damen?»

Fleda entschied sich. «Fahren Sie nach Euston, bitte.»

«Sie wollen nicht abwarten, ob wir vielleicht etwas hören?», fragte Mrs. Gereth.

«Ganz gleich, was wir hören, ich muss fort.» Als der Wagen anfuhr, fügte sie hinzu: «Aber *Sie* muss ich nicht zum Bahnhof schleppen.»

Mrs. Gereth blieb kurz stumm; dann antwortete sie scharf: «Papperlapapp!»

Trotz dieser Schärfe waren sie nun beide fast gleichermaßen und auf fast bange Weise milde gestimmt; wenngleich ihre Milde im Wesentlichen in das unvermeidliche Gefühl mündete, dass nichts mehr zu sagen blieb. Es war das Ungesagte, das sie beschäftigte – das, was sie seit über einer Stunde immer wieder umschlichen hatten, ohne es beim Namen zu nennen. Viel zu früh für Fledas Zug, hatten sie am Bahnhof eine lange halbe Stunde Wartezeit vor sich. Fleda machte keine weitere Andeutung, dass Mrs. Gereth sie verlassen solle; mit dem Verstreichen der Minuten geriet allein schon beider Stummheit zu einem neuerlichen Band. Langsam gingen sie auf dem großen, grauen Perron hin und her, und bald nahm Mrs. Gereth den Arm des Mädchens und stützte sich darauf, nachdrücklich Halt fordernd. Fleda schien es, als könnten sie beide unschwer erraten, was die jeweils andere dachte – ja sogar erraten, dass ihnen zwei einander abwechselnde Vorstellungen gemeinsam waren, deren eine sie zuweilen wie auf einen gemeinsamen Impuls hin zum Innehalten brachte. Es war dies diejenige, die feststand; die andere füllte zuzeiten den ganzen Raum, um dann verdrängt zu werden. Owen und Mona stachen zusammen aus dem Düster hervor und verschwanden, doch dass Poynton nun wieder gefüllt wurde, ließ es strahlend und stetig scheinen. Der alte Glanz war wieder da, die alten Dinge waren an ihrem Platz. Unsere Freundinnen betrachteten sie mit der nämlichen Sehnsucht; auf dem Perron einander gegenüberstehend, zählten sie sie in den Augen der jeweils anderen.

Fleda war auf einem Weg zu ihnen zurückgekommen, der so seltsam war wie der Weg, dem sie selbst gefolgt waren. Das Wunder ihrer großen Reisen, das Mirakel dieser zweiten, war jene Frage, die sie ab und zu verharren ließ. Mehrere Male äußerte Fleda sie, fragte, wie man dieser oder jener Schwierigkeit begegnet sei. Mrs. Gereth antwortete mit blasser Luzidität – war naturgemäß der Mensch, der am vertrautesten mit jener Wahrheit war, dass, was sie sich vornahm, stets irgendwie gelang. Es zu tun hieß einfach, es zu tun – sie war auf mehr als nur eine Art großartig. Sie bekannte sich hier durchaus kühn zu so etwas wie einer arroganten Energie, und Fleda, deren Appell man mehr als entsprochen hatte und deren Arm gute Dienste leistete, errötete im Weitergehen angesichts ihrer geschwundenen Überzeugung, dass eine solche Frau groß war.

«Meinen Sie buchstäblich alles, bis hin zur letzten kleinen Miniatur auf dem letzten kleinen Wandschirm?»

«Ich meine buchstäblich alles. Gehen Sie sie mit dem Katalog durch!»

Fleda ging sie durch, während die beiden weiterspazierten; sie brauchte den Katalog nicht. Endlich meldete sie sich noch einmal zu Wort. «Sogar das Malteserkreuz?»

«Sogar das Malteserkreuz. Warum das nicht, so wie alles andere auch? – Zumal ich mich erinnern konnte, wie sehr es Ihnen gefällt.»

Schließlich, nach längerem Schweigen, rief das Mädchen aus: «Aber schon das Ermüdende, das Erschöpfende eines solchen Kraftakts! Ich schleppe Sie hier hin und her, dabei müssen Sie kurz vor dem Umfallen sein.»

«Ich bin sehr, sehr müde.» Mrs. Gereth schüttelte auf tragische Weise langsam den Kopf. «Ich könnte es nicht noch einmal tun.»

«Ich bezweifle, dass die Sachen es ein weiteres Mal aushalten würden!»

«Das ist etwas anderes: Sie würden es aushalten, wenn *ich* es könnte. Auch diesmal wird es keinen Sprung oder Kratzer geben. Aber ich bin zu müde – es ist mir schon beinahe gleich.»

«Dann müssen Sie sich setzen, bis ich fahre», sagte Fleda. «Wir müssen eine Bank finden.»

«Nein. Ich bin der *Sachen* müde, nicht Ihrer. Auf diese Weise können Sie am ehesten ermessen, wie sehr ich mich auf Sie stütze.» Fleda hatte Bedenken und fragte sich, während sie weiterschlenderten, ob es überhaupt richtig war, Mrs. Gereth allein zu lassen. Sie glaubte jedoch, dass die Flamme zwar im Augenblick niedrig brennen mochte, aber noch weit davon entfernt war zu erlöschen; ein Eindruck, der sich sogleich durch die Art und Weise bestätigte, wie Mrs. Gereth fortfuhr: «Aber Erschöpfung spielt keine Rolle. Die Idee, nach der man gearbeitet hat, hat einen aufrechterhalten. Für Sie *könnte* ich ... kann ich immer noch. Nichts wird von Bedeutung gewesen sein, solange nur *diese Frau* nicht da ist.»

Auf diese Äußerung hin drängte sich eine Frage auf, aber Fleda fand zunächst keine Stimme, sie auszusprechen: Es ging um das, was seit ihrer Ankunft so bewusst und lebhaft zwischen ihnen ungesagt geblieben war. Schließlich war sie imstande zu hauchen: «Und wenn sie da ist – wenn sie schon da ist?»

Auch Mrs. Gereth' Entgegnung ließ einen Moment auf sich warten; als sie dann kam – aus traurigen Augen und von kaum bewegten Lippen – fiel sie unerwartet barmherzig aus. «Das wird sehr hart werden.» Dabei blieb es vorderhand, bei dieser Äußerung von eindringlicher Schlichtheit.

Der Zug, den Fleda nehmen sollte, war eingefahren; das Mädchen küsste sie wie zum Abschied. Mrs. Gereth ließ es sich gefallen, dann, kurz darauf, brachte sie heraus: «Wenn wir tatsächlich verloren haben …!»

«Wenn wir verloren haben?», wiederholte Fleda, als Mrs. Gereth abermals innehielt.

«Begleiten Sie mich dann trotzdem ins Ausland?»

«Wenn Sie mich dann noch wollen, wird mir das sehr seltsam vorkommen. Aber worum Sie auch bitten, was Sie auch brauchen, ich werde es von jetzt an immer tun.»

«Ich werde Ihre Gesellschaft brauchen», sagte Mrs. Gereth. Fleda fragte sich einen Moment lang, ob das nicht praktisch eine Forderung nach einer als Strafe auferlegten Unterwerfung war – nach einer Kapitulation, die in ihrer vollendeten Demut einer langen Sühne gliche. Doch was folgte, hatte nichts von der verborgenen Kälte des Rachsüchtigen. «Wir können mit fortschreitender Zeit immer davon reden.»

«Von den Kostbarkeiten …?» Fleda hatte sich für ein Dritter-Klasse-Abteil entschieden: Einen Moment lang stand sie da und schaute hinein, auf eine dicke Frau mit einem Korb, die bereits Besitz davon ergriffen hatte. «Immer?», sagte sie, während sie sich wieder ihrer Freundin zuwandte. «Niemals!», rief sie aus. Sie stieg in den Wagen, und zwei Männer mit Reisetaschen und Schachteln folgten unmittelbar und blockierten Tür und Fenster so lange, dass, als sie wieder hinausschauen konnte, Mrs. Gereth verschwunden war.

20

Sie bekam bei ihrer Schwester kein Telegramm zur Antwort auf das ihre: Der Rest jenes Tages und der gesamte nächste verstrichen ohne ein Wort von Owen oder von seiner Mutter. Zu ihrer unendlichen Erleichterung jedoch machte ihr die Ungewissheit nicht direkt zu schaffen, und zu ihrer Überraschung war sie sich auch keiner Sache bewusst, die ihr oder Maggie und ihrem Schwager verraten würde, dass sie aufgeregt war. Ihre Aufregung bestand aus Pulsschlägen, die so geschwind und fein waren wie die Umdrehungen eines Kreisels: Sie meinte, sich zu drehen, drehte sich jedoch so schnell, dass sie nicht einmal spürte, wie sie sich bewegte. Ihr Problem nahm einen Bezirk ihrer Seele ein, der seine Pforten für diesen Tag geschlossen und sogar ihr eigenes Gefühl davon ausgesperrt hatte; hätte sie ihr Ohr an die Wand gepresst, sie hätte vielleicht etwas hören können. Stattdessen saß sie mitsamt ihrer Geduld in einer kalten, stillen Kammer, von der aus sie in eine ganz andere Richtung schauen konnte. Sie hatte also ein Gleichgewicht erreicht, dem sie keinen Namen hätte geben können: Gleichgültigkeit, Resignation, Verzweiflung waren die Begriffe einer vergessenen Sprache. Die Zeit schien ihr nicht einmal lang, denn was waren die Stadien ihrer Reise anderes als ebendie Etappen von Mrs. Gereth' Kapitulation? Was Fleda nun vor Augen hatte, war deren restloser, die Szenerie beherrschender Vollzug. Der inzwischen wiederhergestellte Glanz Poyntons war jener Teil ihres Verlusts, den sie sich vorstellen konnte. Die Schönheit, von der sie am meisten berührt wurde, war tonnenweise verloren gegangen – die Schönheit, die, auf große Wagen verladen, dann wohlbehalten zu ihrem Zuhause gekrochen war. Zugleich bedeutete der Verlust einen Gewinn an Erinnerung und Liebe; auch zu ihr selbst waren die Kostbarkeiten zuletzt, in Vergebung ihres Verrats, zurückgekrochen. Sie begrüßte sie mit offenen Armen; sie dachte Stunde um Stunde an sie; sie ließen eine Gesellschaft entstehen, in der sogar das Alleinsein Wärme ausstrahlte, und ein Bild, das Maggies spärliches Mahagoni in dieser Krise überlagerte. Es war eigentlich Fledas ausgelöschte Leidenschaft, die sich wiederbelebt hatte, und mit ihr ihre immense Zustimmung zu Mrs. Gereth' frühem Urteil über sie. Sie war, so empfand sie es, gleichfalls Teil dieser Religion, und wie jeder andere leidenschaftlich Fromme konnte sie nun sogar in der Wüste huldigen. Ja, das alles war für *sie;* so groß der Umweg auch gewesen war, den sie genommen hatte, sie war stark genug gewesen: Ihre Liebe hatte die Sachen wieder zusammengetragen. Sie brauchte in der Tat keinen Katalog, um sie durchzuzählen; meilenweit entfernt, waren sie komplett aufgereiht; jedes Stück für sich war in ihren Augen vollkommen; sie hätte aus dem Gedächtnis einen Katalog verfassen können. Auf diese Weise lebte sie wieder mit ihnen, und sie dachte an sie, ohne dass sich die Frage irgendeines persönlichen Anrechts stellte. Dass sie ihr hätten gehören können, dass sie ihr vielleicht immer noch gehörten, dass sie vielleicht schon jemand anderem gehörten, waren Gedanken, die ihr fernlagen. Sie gehörten überhaupt niemandem – waren, anders als niedere Tiere und Menschen, zu stolz, um sich auf etwas so Beschränktes reduzieren zu lassen. Es war vielmehr Poynton, das ihnen gehörte; sie hatten schlichtweg zurückgewonnen, was ihnen zukam. Fledas Freude darüber war Ursprung des seltsamen Friedens, der sich wie ein Zauber auf sie herabgesenkt hatte.

Er wurde am dritten Tag durch ein Telegramm von Mrs. Gereth gestört. «Bin um 11.30 Uhr bei Ihnen – holen

Sie mich nicht vom Bahnhof ab.» Fleda dachte darüber nach; sie war erfahren genug, die Anordnung nicht zu missachten. Ihr blieb nur eine Stunde, deren Bedeutung zu erfassen, doch diese Stunde war länger als die ganze Zeit zuvor. Hatte sich Maggie bereits am Tag von Owens Besuch bemüht, es Fleda recht zu machen, so war sie auch jetzt ein Wunder an Feingefühl. Trotz aller gegenteiligen Versicherungen in zunehmendem Maße und zu ihrer eigenen Verärgerung von dem Eindruck verwirrt, dass Fleda unter der Großartigkeit der Gereth' sehr viel mehr litt, als sie Gewinn daraus zog, lag ihr am Herzen, die vielleicht echtere Distinktion der Natur zu veranschaulichen, die das Haus Vetch kennzeichnete. Anders als die arme Fleda tanzte sie nicht nach jedermanns Pfeife, und die angekündigte Besucherin würde nicht mehr von ihr zu Gesicht bekommen als das, was die Vorbereitung des Mittagessens auf verlockende Weise verraten mochte. Ihrer Schwester gegenüber stellte es Maggie so hin, als sei selbst die mit ihrem Mann getroffene Vereinbarung, dass er sich ebenfalls fernhalten solle, als angemessene Herausforderung gedacht. Dementsprechend blieb Fleda beim Warten auf den Gegenstand so vieler Manöver ganz allein – eine Zeitspanne, die sich noch leicht dehnte, auch nachdem um elf Uhr dreißig die Salontür aufgerissen wurde. Mrs. Gereth stand mit einem Gesicht da, das Bände sprach, doch ihr kam kein Wort über die Lippen, bis sich das Dienstmädchen zurückzog, dessen Aufmerksamkeit gänzlich dem Zurechtzupfen einer Gardine gegolten hatte und das, während es sich daran zu schaffen machte, zum bedeutungsschwangeren Schweigen beizutragen schien; noch bevor es endete, zog sie sich plötzlich mit starrem Blick zurück.

«Er hat es getan», sagte Mrs. Gereth, die scheu, wenn auch alles registrierend, den Blick schweifen ließ und somit unwillkürlich ihre Meinung zu den wenigen Gegenständen im Zimmer kundtat. Fleda in ihrem Schweigen bemerkte ihrerseits, dass sie typischerweise Maggies Besitztümer betrachtete, ehe sie noch Maggies Schwester ansah. Das Mädchen verstand und hatte zunächst nichts zu sagen; sie blieb immer noch stumm, während ihre Besucherin sich nach nüchternem Abwägen für einen Platz entschied, der weniger geschmacklos war als der ihr zufällig nächste. Auf dem Sofa beim Fenster war der armen Frau schließlich anzumerken, was die letzten beiden Tage zum Altern ihres Gesichts beigetragen hatten. Endlich traf ihr Blick den von Fleda. «Es ist das Ende.»

«Sie sind verheiratet?»

«Sie sind verheiratet.»

Dem Impuls gehorchend, sich neben sie zu setzen, kam Fleda zum Sofa; dann blieb sie vor ihr stehen, während Mrs. Gereth eine tote, graue Maske nach oben drehte. Eine müde alte Frau saß da, die leeren Hände im Schoß. «Ich habe nichts gehört», sagte Fleda. «Es ist keine Antwort gekommen.»

«Das ist die einzige Antwort. Es ist die Antwort auf alles.» Das erkannte auch Fleda; eine Zeit lang schaute sie über den Kopf ihres Gegenübers hinweg und in weite Ferne. «Er war nicht in Waterbath. Mrs. Brigstock muss Ihr Telegramm gelesen und es behalten haben. Aber meines, das nach Poynton, hat etwas erbracht. ‹Wir sind hier – was willst du?›» Mrs. Gereth verstummte, als versagte ihr die Stimme; worauf Fleda auf das Sofa sank und Anstalten machte, ihre Hand zu ergreifen. Es erfolgte keine Reaktion; es konnte keine Milderung geben. Fleda wartete; sie saßen einander gegenüber wie Fremde. «Ich wollte hinfahren», fuhr Mrs. Gereth gleich darauf fort. «Nun, ich bin hingefahren.»

Alles Bemühen des Mädchens galt vorderhand einem einzigen Ziel – dem, das Ganze mit äußerlicher Distanziertheit aufzunehmen und davon zu reden, als wäre es Owen und seiner Mutter, aber beileibe nicht ihr widerfahren. Zumindest etwas davon war dem ermutigenden Ton anzuhören, in dem sie sagte: «Gestern Morgen?»

«Gestern Morgen. Ich habe ihn gesehen.»

Fleda zögerte. «Haben Sie auch *sie* gesehen?»

«Gott sei Dank nein.»

Fleda legte ihr vage tröstend die Hand auf den Arm, wovon Mrs. Gereth keine Notiz nahm. «Sie waren, nur um mir das zu erzählen, zu dieser leidigen Fahrt imstande – zu diesem Taktgefühl, das ich nicht verdiene?»

«Wir sind zusammen, wir sind zusammen», sagte Mrs. Gereth. Sie wirkte hilflos, wie sie da saß, ihren Blick, inzwischen ganz leer, auf eine holländische Standuhr – alt, aber ziemlich minderwertig – gerichtet, die Maggie als Hochzeitsgeschenk bekommen hatte und die die Schmucklosigkeit des Zimmers mühsam aufbesserte.

Fleda schien es angesichts des Geschehenen, dass sie genau das nicht waren: Der letzte Zoll gemeinsamen Bodens, die Grundlage ihres früheren Verkehrs, war unter ihnen weggebrochen. Noch vorhanden war jedoch der erhabene Stil, in dem ihr Gegenüber sie behandelte. Mit Kleinigkeiten konnte Mrs. Gereth sich nicht abgeben, konnte im Verhalten nicht fein differenzieren. «Sie sind wunderbar!», rief ihre junge Freundin aus. «In Ihrer Generosität liegt eine außerordentliche Größe.»

«Wir sind zusammen, wir sind zusammen», wiederholte Mrs. Gereth leblos. «Das ist alles, was wir jetzt noch sind; es ist alles, was wir haben.» Diese Worte riefen Fleda unvermittelt ein Bild des leeren kleinen Hauses in Ricks vor Augen;

solch ein Bild mochte es auch sein, das ihr Gegenüber im Zifferblatt der stehen gebliebenen holländischen Uhr gefunden hatte. Doch damit war klar, dass sie noch immer keine Bitterkeit zeigen würde: Sie hatte mit der Sache abgeschlossen, hatte in jenen schrecklichen Stunden in London den letzten Tropfen gegeben. Keine Leidenschaft war ihr mehr geblieben, und ihre Nachsicht trug nur zu der Kraft bei, mit der sie die endgültige Vergeblichkeit von allem verkörperte.

Fleda lag das Triumphieren so fern, dass sie sich durchaus schämte, etwas zu ihrer Verteidigung vorbringen zu können; doch eines gab es gleichwohl, was nicht auszusprechen unmöglich war. «Dass er es getan hat, dass er außerstande war, es *nicht* zu tun, zeigt, wie recht ich hatte.» Es klärte für immer ihre Haltung, und sie sprach, wie um es sich selbst vor Augen zu führen; dann, nach einer kleinen Weile, fügte sie, um es auch Mrs. Gereth vor Augen zu führen, ganz sanft hinzu: «Das heißt, es zeigt, dass er durch eine Verpflichtung an sie gebunden war, die er, sosehr er das auch gewollt haben mag, auf keinerlei ehrenhafte Weise lösen konnte.»

Erblasst und trübe blickte Mrs. Gereth sie an. «Von was für einer Verpflichtung sprechen Sie denn da? Eine solche Verpflichtung besteht zwischen Mann und Frau nicht einmal für eine Stunde, wenn auf einer Seite Hass herrscht. Am Ende hatte er sie nur noch gehasst, und nun hasst er sie mehr denn je.»

«Hat er Ihnen das gesagt?», fragte Fleda.

«Nein. Er hat mir nur den großen Graus von einem Faktum präsentiert. Ich habe ihn bloß drei Minuten gesehen.» Sie war wieder still, und Fleda saß stumm, wie vor einer grellen bloßen Vorstellung dieses Gesprächs. «Wollen Sie den Eindruck erwecken, als kümmere Sie das nicht?», fragte Mrs. Gereth gleich darauf.

«Ich versuche, nicht an mich zu denken.»

«Und wenn Sie an Owen denken, wie können Sie es dann *ertragen,* zu denken?»

Traurig und unterwürfig schüttelte Fleda den Kopf; langsam waren ihr die Tränen in die Augen gestiegen. «Ich kann nicht. Ich verstehe es nicht ... ich verstehe es nicht!», stieß sie hervor.

«Ich schon.» Mrs. Gereth blickte unnachgiebig zu Boden. «Es bestand keine Verpflichtung zu der Zeit, als Sie ihn das letzte Mal gesehen haben – als Sie ihn, sosehr er Mona auch gehasst hat, zu ihr zurückgeschickt haben.»

«Wenn er gegangen ist», fragte Fleda, «beweist das dann nicht gerade, dass er eine Verpflichtung respektiert hat?»

«Einen Quatsch hat er respektiert! Sie wissen, was *ich* von ihm halte.» Fleda wusste es; sie verspürte nicht den Wunsch nach einer neuerlichen Bekundung. Mrs. Gereth lieferte sie trotzdem – es war ihr einziges schwaches Aufflackern von Leidenschaft –, indem sie erklärte, er sei zu abgrundtief schwach, um die Bezeichnung Mann zu verdienen. Als ob Fleda das kümmerte! – Es war ja gerade seine Schwäche, die sie an ihm liebte. «Er hat seltsame Wege eingeschlagen, um Ihnen zu Gefallen zu sein!», fuhr ihre Freundin fort. «Es gab keine Verpflichtung, bis sich die Situation vor Kurzem plötzlich geändert hat.»

Fleda wunderte sich. «Plötzlich ...?»

«Es ist Mona zur Kenntnis gelangt – wie, kann ich Ihnen nicht sagen, aber es war so –, dass die Dinge, die ich zurückgeschickt habe, nach und nach in Poynton eintrafen. Ich habe sie für Sie geschickt, aber es war Mona, die ich damit erreicht habe.» Mrs. Gereth hielt inne; Fleda stand zu sehr im Bann ihrer Erklärung, um den vollen, kalten Hauch des Ganzen mehr als nur verständnislos hinzunehmen. «Die

Sachen waren da, und deshalb hat sich Mona entschlossen.»

«Wozu entschlossen?»

«Zu handeln, Mittel einzusetzen.»

«Mittel einzusetzen?», wiederholte Fleda.

«Ich kann Ihnen nicht sagen, welche genau, aber sie waren äußerst wirkungsvoll. Sie hat gewusst, was zu tun war», sagte Mrs. Gereth.

Fleda nahm die stillschweigende Ungeheuerlichkeit dieser Anspielung auf den Menschen, der nicht gewusst hatte, was zu tun war, mit gewohntem Stoizismus auf. Aber die Sache brachte sie ein wenig zum Nachdenken, und dieser Gedanke fand mit unbewusster Ironie Ausdruck in der simplen Frage: «Mona?»

«Warum nicht? Sie ist ein Unmensch.»

«Aber wenn er das so genau wusste, welche Chance hatte sie denn dann?»

«Wie kann ich Ihnen das sagen? Wie kann ich von solchen Entsetzlichkeiten reden? Ich kann Ihnen von der Situation nur schildern, was ich selbst verstehe. Er wusste es, ja. Aber da sie es ihn nicht vergessen machen konnte, hat sie versucht, ihn dazu zu bringen, dass er es mag. Sie hat es versucht, und es ist ihr gelungen: Das hat sie getan. Sie ist eben doch sehr viel weniger dumm als er. Und woran *sonst* hat ihm ursprünglich gelegen?» Mrs. Gereth zuckte mit den Schultern. «Sie hat getan, was Sie nicht tun wollten!» Fledas Gesicht hatte sich vor Verwunderung darüber, was das heißen sollte, verdunkelt, doch die leeren Hände ihrer Freundin boten keine Linderung für den in dieser Äußerung liegenden Schmerz. «Wenn überhaupt, dann war es das. Das Elend der ganzen Geschichte ist nicht anders zu erklären. Dann ging alles ganz schnell. Ehe er sich umdrehen konnte, war er verheiratet.»

Als hätte sie bisher den Atem angehalten, stieß Fleda den Seufzer eines aufmerksam lauschenden Kindes aus. «An diesem Ort in der Stadt, von dem Sie gesprochen haben?»

«Auf einem Standesamt – wie ein Paar ordinärer Atheisten.»

Das Mädchen überlegte. «Was sagen die Leute dazu? Ich meine die ‹Welt›?»

«Nichts, weil niemand es weiß. Am siebzehnten werden sie in der Kirche von Waterbath getraut. Falls doch noch etwas bekannt wird, sind alle halbwegs vorbereitet. Es wird als diplomatischer Kniff durchgehen, als Schachzug, als Schnippchen, das man mir schlägt. Es ist bekannt, dass es einen großen Streit mit mir gegeben hat.»

Fleda war verwirrt. «Aber die Leute in Poynton wissen doch sicher Bescheid», wandte sie ein, «wenn sie, wie Sie sagen, dort ist.»

«Vorgestern war sie da, allerdings nur ein paar Stunden lang. Sie hat ihn in London getroffen und ist hingefahren, um sich die Sachen anzusehen.»

Fleda erinnerte sich, dass sie die Sachen nur einmal gesehen hatte. «Haben *Sie* sich die Sachen angesehen?», wagte sie zu fragen.

«Alles.»

«Sind sie unversehrt?»

«Durchaus. Sie sind unvergleichlich», sagte Mrs. Gereth.

Daraufhin ergriff ihr Gegenüber abermals eine ihrer Hände und küsste sie, wie sie es in London getan hatte.

«Mona ist an jenem Abend zurückgefahren; sie war gestern nicht da. Owen ist geblieben», fügte Mrs. Gereth hinzu.

Fleda machte große Augen. «Dann wird sie nicht dort leben?»

«Doch! Aber erst nach der offiziellen Heirat.» Mrs. Gereth schien nachzusinnen; dann brachte sie heraus: «Sie wird allein dort leben.»

«Allein?»

«Sie wird es für sich allein haben.»

«Er wird nicht mit ihr zusammenleben?»

«Niemals! Aber sie ist gleichwohl seine Frau, und Sie sind es nicht», sagte Mrs. Gereth im Aufstehen. «Unsere einzige Chance besteht darin, dass sie vielleicht stirbt.»

Fleda schien das Gesagte zu ermessen. Sie wusste die Großherzigkeit, mit der ihre Besucherin den Plural gebraucht hatte, zu würdigen. «Mona wird nicht sterben», erwiderte sie.

«Nun, *ich* aber, Gott sei Dank! Bis dahin» – und damit streckte Mrs. Gereth zum ersten Mal die Hand aus – «verlassen Sie mich nicht.»

Fleda nahm ihre Hand, umfasste sie zu einer Erneuerung bereits eingegangener Verpflichtungen. Sie sagte nichts, aber ihr Schweigen band sie so feierlich wie das Gelübde einer Nonne. Im nächsten Augenblick fiel ihr etwas ein. «Ich darf mich Ihrem Sohn nicht in den Weg stellen, wissen Sie.»

Mrs. Gereth stieß ein bitteres Lachen aus. «Sie sind erstaunlich! Aber wie wollen Sie ihm denn noch weniger im Wege stehen als schon jetzt? Owen und ich ...» Sie beendete ihren Satz nicht.

«Das sind Ihre starken Gefühle, was ihn angeht», sagte Fleda, «aber wie kann er nach dem, was geschehen ist, Ihnen gegenüber ähnlich empfinden?»

Mrs. Gereth wartete. «Woher wollen Sie denn wissen, was geschehen ist? Sie wissen doch gar nicht, was ich zu ihm gesagt habe.»

«Gestern?»

«Gestern.»

Sie sahen einander mit einem langen, tiefen Blick an. Dann, als Mrs. Gereth wieder etwas sagen zu wollen schien, vollführte das Mädchen, indem es die Augen schloss, eine Geste nachdrücklicher Verwahrung. «Sagen Sie es mir bitte nicht!»

«Barmherziger Gott, wie Sie ihn verehren!», ächzte Mrs. Gereth verwundert. Für Fleda war es die Erschütterung, die das Fass zum Überlaufen brachte. Sie hielt kurz inne wie ein Kind, das zögert, bis ihm bewusst ist, dass es auf einen Unfall mit Schmerz reagieren wird; dann sank sie wieder auf das Sofa und brach in Tränen aus. Sie waren nicht einzudämmen, sie wurden von langen Schluchzern begleitet, denen ihre Freundin mit beinahe gleichgültiger Miene einen Moment lang zuhörte und zusah. Endlich sank auch Mrs. Gereth wieder nieder. Mrs. Gereth weinte lautlos und müde.

21

«Es sieht genauso aus wie Waterbath; aber *das* haben wir immerhin gemeinsam ertragen»; diese Worte waren Teil eines Briefs, in dem Mrs. Gereth, die noch vor dem siebzehnten von einem entstellten Ricks aus schrieb, Fleda den Tag nannte, an dem diese zu einem zweiten Besuch dort erwartet würde. «Ich werde noch für lange Zeit», fuhr das Sendschreiben fort, «nicht imstande sein, jemanden zu empfangen, dem es vielleicht *gefällt*, der versuchen würde, den Umstand abzumildern, und mich gleich mit; aber es wird immer Dinge geben, die Sie und ich erfreulicherweise miteinander werden hassen können, denn Sie sind der einzige Mensch, der erfreulicherweise versteht. Sie verstehen nicht restlos alles, aber von allen meinen Bekannten sind Sie bei Weitem die am wenigsten Dumme. Zum Handeln taugen Sie überhaupt nicht; für mich hingegen ist das Handeln für immer vorbei, und Sie haben den großen Vorzug, dass Sie, wenn ich rabiat schweige, wissen, worüber ich nachdenke. Ohne mich als Ihnen ebenbürtig ausgeben zu wollen, möchte ich behaupten, dass auch ich wissen werde, was Sie denken. Überdies werden Sie, da ich nun nicht mehr als meine vier Wände besitze, in jedem Fall auch ein bisschen Mobiliar darstellen. Dafür, müssen Sie wissen, habe ich Sie auch immer ein wenig gehalten – durchaus für einen meiner besten Funde. Also kommen Sie, wenn möglich, am fünfzehnten.»

Als Möbelstück zu rangieren konnte Fleda guten Gewissen akzeptieren, und sie bestand keineswegs auf einem vorderen Listenplatz. Die Mitteilung stimmte sie unbeschwerter, wenn auch nur da sie bestätigte, dass ihrer Freundin etwas geblieben war: Sie implizierte, dass sie das Eigentumsprinzip immer noch anerkannte. Etwas zu hassen, und zwar «erfreulicherweise» zu hassen, bedeutete zumindest nicht die äußerste Mittellosigkeit, der sie die ehemalige Herrin von Poynton nach ihrem letzten Gespräch hilflos hatte entgegengehen sehen. Sie erinnerte sich, dass sie das selige Refugium von Ricks in jenem Zustand, in dem sie es zum ersten Mal erlebt hatte, tatsächlich «gemocht» hatte; und nun fragte sie sich, ob sich das Taktgefühl, dessentwegen man sie lobte, seinerzeit dahingehend geltend gemacht hatte, dass sie ihre Gewogenheit verbarg. Derzeit schämte sie sich solcher Unehrlichkeit und nahm sich vor, es ihrer Freundin gegenüber ungescheut zu äußern, falls sich dieser in den überführten Kostbarkeiten ausgelöschte, günstige Eindruck auf der Stelle wiederbeleben würde. Ja, zu solchem «Handeln» war sie immerhin imstande – und das umso mehr, als

ihre Gastgeberin zumindest vorderhand jede Tatkraft eingebüßt zu haben schien. Die drei Minuten der Mutter mit dem
Sohn hatten jeglichem Reden von Reisen den Garaus gemacht, und nach ihrer traurigen Stunde bei Maggie hatte sie
sich wie ein großer, ächzender, verletzter Vogel mit schmer-
zenden Flügeln auf den Rückweg zu jenem Nest begeben,
das sie, wie sie wusste, leer finden würde. Fleda sah sich
an jenem düsteren Tag weder in der Lage, sie dazubehal-
ten, noch, sie gehen zu lassen; sie hatte sich drängend erbo-
ten, mit ihr zurückzukehren, doch Mrs. Gereth hatte ihrer
Theorie zum Trotz, dass ihr gemeinsamer Kummer ein Band
war, sogar jede Begleitung zum Bahnhof abgelehnt, weil sie
sich offenbar des Jämmerlichen ihres Zusammenbruchs bewusst und wie aus einer persönlichen Scham heraus heftig
darauf bedacht war, unbeobachtet zu bleiben. Alles, was sie
zu Fleda gesagt hatte, war, dass sie am selben Abend nach
Ricks zurückkehren werde, und das Mädchen hatte noch
tagelang danach mit dem schrecklichen Bild ihrer Situation und ihres Elends dort gelebt. Sie hatte sich vorgestellt,
wie sie bald ausgestreckt auf einem ungemachten Bett lag,
bald wie eine ihrer Jungen beraubte Löwin über einen kahlen Boden schnürte. Es hatte Momente gegeben, da ihr geistiges Ohr angestrengt auf irgendeinen Laut des Kummers
lauschte, der wild genug wäre, dass er von weither heran-
geweht wurde. Doch der erste Laut, geäußert an einem Tag
am Ende der Woche, war ein Brief gewesen, der ohne weitere Ausführungen kundtat, der Plan, ins Ausland zu gehen,
sei fallen gelassen worden. «Mir ist indirekt, aber mit einem
hohen Anschein von Wahrheit, zu Ohren gekommen, dass
sie fahren – und zwar auf unbestimmte Zeit. Damit ist die
Sache erledigt; ich werde bleiben, wo ich bin, und sobald ich
meine Ansicht geändert habe, werde ich Sie aufsuchen.» Der

zweite Brief war eine Woche später eingetroffen, und am fünfzehnten war Fleda auf dem Weg nach Ricks.

Es fehlte nicht viel, und ihre Ankunft wäre eine ebenso heftige Überraschung geworden wie bei jenem anderen Mal. Die Faktoren waren andere, aber die Folge war, dass Fleda wie damals jäh auf der Schwelle innehielt: Sie stand da, verblüfft und entzückt von der Magie einer Leidenschaft, deren Niedrigwassermarke ein genau solches Bild darstellte. In höchster Anspannung, aber herzlich und rasch von Zimmer zu Zimmer schreitend, sprudelte Fleda, noch ehe sie sich setzte, hervor: «Und wenn Sie mich dafür aus dem Haus weisen, meine Liebe, es gibt in ganz England keine Frau, für die es kein Privileg wäre, hier zu wohnen.» Mrs. Gereth war ebenso ehrlich verwirrt, wie sie ehedem täuschend gelassen gewesen war. Sie schaute um sich auf die wenigen Stücke, die sie, wie sie es hinterher formulierte, aufgelesen hatte, und dann mit hartem Blick auf ihre Besucherin, wie um sich gegen einen allzu grausamen Scherz zu schützen. Das Herz des Mädchens machte einen Sprung, denn dieser Blick bedeutete eine Gelegenheit. Mrs. Gereth war vollkommen ahnungslos; sie wusste nicht im Mindesten, was sie fertiggebracht hatte. Fleda, die es ihr sagen konnte, war nun also diejenige, die am besten Bescheid wusste. Das bedeutete vorderhand eine glänzende Position; es machte fast den entscheidenden Unterschied. Im Widerspruch dazu stand freilich, dass die die Idee der Künstlerin deutlich hervortrat. «Wo um alles in der Welt haben Sie so schöne Sachen aufgetrieben?»

«Schöne Sachen?» Wieder wandte sich Mrs. Gereth den kleinen, verschlissenen, ausgebleichten Stoffbezügen und hübschen Spindelbeinen zu. «Das sind die elenden Sachen, die bereits hier waren – die jener dummen, darbenden alten Frau.»

«Der unverheirateten Tante, der nettesten, liebsten alten Frau, die je gelebt hat? Ich dachte, Sie wären die Tante losgeworden.»

«Sie war in einer leeren Scheune verstaut – zwecks späteren Verkaufs weggepackt; etwas, was in die Wege zu leiten ich zum Glück weder Zeit noch die innere Freiheit gehabt habe. Ich habe sie in meiner äußersten Not schlicht wieder hervorgekramt.»

«Sie haben in Ihrer äußersten Not schlicht etwas Beglückendes aus ihr gemacht.» Fleda schlug den höchsten Ton an, gewann die Oberhand und brach, während Mrs. Gereth ihre Aufgeräumtheit in Frage stellte und abermals ein glanzloses Auge auf die Mobilien des Hauses richtete, in eine Begeisterung aus, die ungezwungen war, doch die empfinden zu können ihr, wie sie sich bewusst war, einen Vorteil verschaffte. Wie schon beim vorigen Mal bewegte sie sich mit anerkennenden Blicken und immer wieder mit den Händen verweilend von einem Stück zum andern, nun aber so fieberhaft frohlockend, wie sie ehedem beklommen und stumm gewesen war. «Ah, diese kleinen, melancholischen, zarten, verräterischen Dinge: Wie kann es sein, dass sie Sie nicht ansprechen und nicht Einlass in ihr Herz finden? Es ist nicht der große Chor von Poynton. Aber Sie sind, dessen bin ich mir sicher, weder so stolz noch so gebrochen, dass nichts anderes Sie mehr erreichen kann. Das ist eine derart sanfte, derart menschliche, derart weibliche Stimme – eine schwache, weit entfernte Stimme mit dem leisen Beben eines gebrochenen Herzens. Sie haben ihr unbewusst gelauscht; denn die Anordnung und der Effekt von allem – wenn ich es mit dem vergleiche, was wir am Tag unserer ersten Ankunft hier vorfanden – zeigen, selbst wenn Sie mechanisch und naserümpfend zu Werke gegangen sind, Ihre bewunderungswürdige, Ihre unfehlbare Hand. Es ist Ihr außerordentliches Genie; Sie sorgen unwillkürlich dafür, dass die Dinge ‹sich fügen›. Sie brauchen nur ein, zwei Tage in einem Haus mit vier Stücken zu sein, und es wird etwas daraus!»

«Wenn etwas daraus geworden ist, dann eben gerade nur aus diesen vieren. Das ist laut dem Inventarverzeichnis buchstäblich alles, was da ist!», sagte Mrs. Gereth.

«Wenn mehr da wären, hätten zu viele den Eindruck vermitteln müssen, auf dem die Schönheit beruht – den Eindruck von etwas Erträumtem und Vermisstem, etwas Gemindertem, Preisgegebenem, Abgetretenem, der sich zwangsläufig einstellt; gewissermaßen die Poesie von etwas spürbar *Dahingegangenem*.» Scharfsinnig und triumphierend arbeitete Fleda es heraus. «Ah, es ist etwas hier, was niemals zum Inventarverzeichnis gehören wird!»

«Steht es zufällig in Ihrer Macht, dem einen Namen zu geben?» Mrs. Gereth’ Gesicht zeigte das schwache Heraufdämmern von Heiterkeit, da sie sich mit einem Mal zu Füßen ihrer Schülerin sitzen sah.

«Ich kann ihm ein Dutzend geben. Es ist eine Art vierte Dimension. Es ist eine Ausstrahlung, ein Duft, eine Note. Es ist eine Seele, eine Geschichte, ein Leben. Es ist allemal so viel mehr hier als Sie und ich. Wir sind eigentlich zu dritt!»

«Oh, wenn Sie die Gespenster mitrechnen …!»

«Natürlich rechne ich die Gespenster mit, was denken Sie denn! Mir scheint, Gespenster zählen doppelt – für das, was sie waren, und für das, was sie sind. Irgendwie gab es in Poynton keine Gespenster», fuhr Fleda fort. «Das war der einzige Mangel.»

Mrs. Gereth dachte nach und schien sich diesem feinen Humor anzuschließen. «Poynton war zu außerordentlich glücklich.»

«Poynton war zu außerordentlich glücklich», wiederholte Fleda prompt.

«Aber davon ist es ja jetzt kuriert», fügte ihr Gegenüber hinzu.

«Ja, fortan wird es dort ein, zwei Gespenster geben.»

Wieder dachte Mrs. Gereth nach: Sie fand ihre junge Freundin anregend. «Nur wird *sie* sie nicht sehen.»

«Nein, ‹sie› wird sie nicht sehen.» Dann sagte Fleda: «Ich will damit, was unsere gute Seele hier angeht, sagen, wenn sie einen großen Schmerz hat hinnehmen müssen – und ich *weiß*, dass es so war, es liegt geradezu in der Luft –, dann ...»

Sie hatte einen Augenblick innegehalten, und Mrs. Gereth hakte nach: «Nun, was ist dann?»

Fleda zögerte immer noch. «Dann war er größer als Ihrer.»

Mrs. Gereth erwog es. «Sehr wahrscheinlich.» Jetzt zögerte auch sie. «Die Frage ist, ob er auch schlimmer war als Ihrer.»

«Meiner?» Fleda schaute verständnislos drein.

«Genau. Ihrer.»

Daraufhin lächelte die junge Dame. «Ja, weil es eine Enttäuschung war. Sie war sich so sicher gewesen.»

«Aha. Und Sie waren sich niemals sicher.»

«Niemals. Außerdem bin ich glücklich», sagte Fleda.

Mrs. Gereth fixierte sie eine Zeit lang. «Gans!», bemerkte sie leise, als sie sich abwandte. Das hatte etwas kurz Angebundenes; gleichwohl war diese Äußerung ein bedeutender Teil der Grundlage ihres neuen Lebens.

Am achtzehnten schaffte die «Morning Post» dann endlich mit einer Meldung Klarheit, nämlich durch einen kurzen Bericht von der im Hause der Brautmutter vorgenommenen Trauung von Mr. Owen Gereth aus Poynton Park und Miss Mona Brigstock aus Waterbath. Aufgeboten waren zwei Geistliche, sechs Brautjungfern und, wie Mrs. Gereth später sagte, hundert Banausen sowie ein Sonderzug aus London: Die Größenordnung der Feierlichkeiten zeigte, dass die Vorbereitungen schon einige Zeit im Gange gewesen sein mussten. Das glückliche Paar, hieß es, sei nach Mr. Gereth' Wohnsitz abgereist, der für seine einzigartige Sammlung künstlerischer Raritäten berühmt sei. Die Zeitung und Briefe, Früchte der ersten Post aus London, waren der Herrin von Ricks in den Garten gebracht worden; dort verweilte sie noch lange allein, nachdem sie sie empfangen hatte. Fleda blieb auf Abstand; sie wusste, was geschehen sein musste, denn aus einem der Fenster sah sie sie steif auf einem Stuhl sitzen, die Augen seltsam und starr, die Zeitung aufgeschlagen auf dem Boden und die Briefe ungeöffnet in ihrem Schoß. Noch ehe der Vormittag zu Ende war, verschwand sie und blieb für den Rest jenes Tages auf ihrem Zimmer. Es rief Fleda, die die Zeitung aufgehoben hatte, den Tag vor Monaten in Erinnerung, an dem Owen nach Poynton gekommen war, um seine Verlobung bekannt zu machen. Die im Hause herrschende Stille jedenfalls war die gleiche, ebenso die Art, wie das Mädchen Stunde um Stunde wartete und es leise durchwanderte; einen hinlänglich großen Unterschied gab es allerdings, den aufmerksam erkannt zu haben die Abwesenheit ihrer Freundin bis zu einem gewissen Grade zeigte. Diese Bedeutung maß jedenfalls Fleda, inständig froh, allein zu sein, der Gelegenheit bei. Der einzige Hinweis, den Mrs. Gereth am nächsten Tag auf den Gegenstand ihrer Gedanken gab, ist bereits erwähnt worden: Es war ein verblüffter Blick ob des Umstands, dass Monas ruhiger Schritt tatsächlich niemals erlahmt war.

Fleda pflichte ihr vollkommen bei. «Ich habe von unserer entkörperlichten Freundin hier gesagt, sie habe entsprechend gelitten, da sie sich so sicher gewesen sei. Aber das schafft nicht immer Leiden. Mona muss sich ganz sicher gewesen sein!»

«Sie war sich *Ihrer* sicher!», gab Mrs. Gereth zurück. Aber das schmälerte nicht die Befriedigung, die Fleda darin fand, zu demonstrieren, wie gelassen und luzide sie selbst sich äußern konnte.

22

Ihre Beziehung zu ihrer wunderbaren Freundin hatte sich jedoch aufgrund von Lücken und Auslassungen fast gänzlich neu zu gestalten begonnen. Etwas war vollständig weggefallen, und es stellte sich ihnen die Frage, welche nur die Zeit würde beantworten können, ob nämlich die Veränderung sie zu Fremden oder zu Jochgenossinnen gemacht hatte. Es war, als sollten sie einander endlich, im Guten wie im Bösen, in einer klareren, raueren Luft besser kennenlernen. Fleda fragte sich, wie Mrs. Gereth hatte vermeiden können, sie zu hassen: Es gab Stunden, da schien es, dass ein solcher Kraftakt am Ende vielleicht nur wenig Spielraum für künftige Vorfälle ließe. Was nun allerdings in seiner Schlichtheit hervortrat, war der Umstand, dass die Herrin von Ricks sogar in ihrer Schwundform größer war als ihre Verfehlungen. Die junge Frau war ihrerseits zu dem Schluss gelangt, dass ihre Gefühle nichts mit dem Fall zu tun hatten. Sie hielt daran fest, dass diese niemals aus jener Abschottung aufgetaucht waren, in der wir sie nach dem Besuch ihrer Freundin im Hause ihrer Schwester, überstürzt haben verschwin-

255

den sehen; falls sie ihnen plötzlich in ungeordnetem Aufzug auf der Straße begegnen sollte, wäre immer noch Zeit genug, sich mit ihnen zu befassen. Sie lagen dort alle gebündelt: Vorlieben und Abneigungen, Erinnerungen und Ängste; dass sie nicht an sie dachte, wusste sie ausgezeichnet zu begründen, da sie zu sehr mit dem Realen beschäftigt war. Das Reale war nicht, dass Owen sich zum Unumgänglichen verstanden hatte, wie sie erklärte, es war, dass die kahlen Räume seiner Mutter alles an Tapisserien erforderten, was die Empfängerin ihrer Freigiebigkeit bereitzustellen in der Lage war. Es gab in dem Monat, der folgte, Augenblicke, da erschien Mrs. Gereth ihr noch älter und schwächer, doch auch als durchaus imstande, sich ganz leicht zu amüsieren.

Am Ende brachte die Londoner Zeitung eines Tages eine weitere Nachricht: «Mr. und Mrs. Owen Gereth, die vergangene Woche in der Stadt eingetroffen sind, reisen heute Morgen weiter nach Paris.» Sie wechselten bis zum Abend kein Wort darüber, und es wäre wohl auch dann keines gefallen, wenn die Herrin von Ricks nicht belangloserweise hervorgestoßen hätte: «Sie fragen sich vermutlich, warum ich neulich mit solcher Sicherheit erklärt habe, er werde nicht mit ihr zusammenleben. Augenscheinlich lebt er ja mit ihr zusammen.»

«Es ist gewiss das einzig angemessene Verhalten für ihn.»

«Ich begreife die beiden nicht – ich gebe es auf», sagte Mrs. Gereth.

«Ich gebe es nicht auf – das habe ich nie», antwortete Fleda.

«Was sagen Sie dann zu seinem Widerwillen gegen sie?»

«Oh, sie hat ihn vertrieben.»

Mrs. Gereth entgegnete eine Zeit lang nichts. «Sie sind erstaunlich in Ihrer Wortwahl!», stieß sie dann schlicht hervor.

Aber Fleda fuhr hellsichtig fort; abermals genoss sie, dass sie das Thema so gründlich beherrschte. «Ich glaube, als Sie mich bei Maggie besuchen kamen, haben Sie zu viele Dinge gesehen, sie hatten zu viele Ideen.»

«Und Sie überhaupt keine», sagte Mrs. Gereth. «Sie waren völlig perplex.»

«Ja, ich habe es nicht recht verstanden – aber ich glaube, jetzt verstehe ich es. Der Fall ist durchaus einfach und logisch. Sie ist ein Mensch, den der Misserfolg aus der Fassung bringt und der vom Erfolg aufblüht und sich entfaltet. Es gab etwas, an das sie ihr Herz gehängt, in das sie die Zähne geschlagen hatte – das Haus, und zwar genau so, wie sie es gesehen hatte.»

«Sie hat es überhaupt nicht gesehen, sie hat es gar nicht richtig angeschaut!», rief Mrs. Gereth.

«Sie schaut nicht mit den Augen; sie schaut mit den Ohren. Auf ihre Weise hatte sie es erfasst; sie wusste, sie spürte es, als es angetastet worden war. Das veranlasste sie wahrscheinlich zu dieser äußerst unangenehmen Haltung. Aber diese Haltung währte nur so lange, wie der Grund dafür Bestand hatte.»

«Fahren Sie fort – ich kann es jetzt ertragen», sagte Mrs. Gereth. Ihr Gegenüber hatte kaum merklich gezögert.

«Ich weiß, sonst fiele es mir nicht im Traum ein, etwas zu sagen. Als der Druck wegfiel, bekam sie wieder Auftrieb. Von dem Moment an, als das Haus wieder war, was es sein musste, machte sich ihr natürlicher Charme geltend.»

«Ihr natürlicher Charme!» – Mrs. Gereth brachte es fast nicht über die Lippen.

«Er ist beträchtlich, alle Welt findet das, es muss etwas daran sein. Er wirkte, wie er zuvor schon gewirkt hatte. Man muss sich gar nichts sonderlich Monströses ausmalen. Ihre wiederhergestellte gute Laune, ihre glänzende Schönheit und Mr. Owens Empfänglichkeit und Großzügigkeit reichen als Erklärung hin. Seine große, strahlende Sonne kam heraus!»

«Und seine große, strahlende Leidenschaft für einen anderen Menschen ging unter. Ihre Erklärung wäre fraglos stichhaltig, würde er Sie nicht lieben.»

Fleda schwieg kurz. «Was wissen Sie darüber, dass er mich ‹liebt›?»

«Ich weiß, was Mrs. Brigstock selbst mir gesagt hat.»

«Als ob Sie sich je im Leben auf ihre Worte verlassen hätten!»

«Reichen Ihre denn nicht aus?», fragte Mrs. Gereth. «Habe ich nicht aus Ihrem eigenen Munde gehört, dass ihm an Ihnen liegt?»

Fleda wurde bleich, schaute ihrem Gegenüber jedoch ins Gesicht und lächelte. «Sie verwechseln da etwas, Mrs. Gereth. Sie bringen etwas durcheinander. Aus meinem Mund haben Sie nur gehört, dass *mir* an ihm liegt!»

Es geschah zweifellos mit als Widerspruch gedachter Anspielung auf diese Äußerung (die sie ursprünglich schlicht veranlasst hatte, wie in einer seltsamen, fruchtlosen Träumerei den Kopf zu senken), dass Mrs. Gereth ein, zwei Tage später zu ihrer Mitbewohnerin sagte: «Glauben Sie ja nicht, es wird mich im Mindesten berühren, falls ich hier bin und miterleben muss, dass er wiederkommt, um sich mit Ihnen zu versöhnen.»

«Das wird er nicht», erwiderte das Mädchen. Dann fügte es lächelnd hinzu: «Aber wenn er sich einer solchen Geschmacklosigkeit schuldig machen würde, wäre es nicht nett von Ihnen, keinen Abscheu zu empfinden.»

«Ich spreche nicht von Abscheu; ich spreche vom Gegenteil», sagte Mrs. Gereth, «von irgendeinem wieder auflebenden Vergnügen, das man an einer solchen Zurschaustellung empfinden könnte. Ich werde nichts davon empfinden. Sie persönlich mögen es damit halten, wie Sie wollen; aber welchen denkbaren Nutzen wird es haben?»

Fleda überlegte. «Für mich, meinen Sie?»

«Zum Kuckuck mit Ihnen, nein! Für das, worüber wir auf Ihren Wunsch niemals sprechen.»

«Für die Kostbarkeiten?» Wieder überlegte Fleda. «Es wird für nichts und niemanden irgendeinen Nutzen haben. Es wäre mir übrigens lieber, wenn wir auch über diese Frage nicht sprechen würden, bitte», fügte sie sanft hinzu.

Mrs. Gereth zuckte mit den Schultern. «Es lohnt ja auch nicht!»

Etwas in ihrem Gebaren veranlasste ihr Gegenüber, mit einer gewissen Zusammenhanglosigkeit wieder das Wort zu ergreifen. «Das war einer der Gründe, warum ich zu Ihnen zurückgekommen bin, wissen Sie – damit weniger Möglichkeit zu etwas Schmerzlichem besteht.»

«Zu etwas Schmerzlichem?» Mrs. Gereth machte erstaunte Augen. «Welchen Schmerz kann ich wohl je wieder empfinden?»

«Ich meinte, schmerzlich für mich», erklärte Fleda mit leichter Ungeduld.

«Oh, ich verstehe.» Ihre Freundin blieb eine Zeit lang stumm. «Sie drücken sich manchmal so merkwürdig aus. Nun, ein wenig werde ich schon noch am Leben bleiben, aber nicht ewig.»

«Sie werden so lange am Leben bleiben wie…» Doch sie brach unvermittelt ab.

Mrs. Gereth knüpfte mit einem kalten Lächeln an, das die Warnung der Erfahrung vor der Übertreibung zu sein schien. «So lange wie was, bitte?»

Das Mädchen dachte einen Augenblick nach, und begegnete der Verlegenheit dann, indem sie sich im Nachtrag den gleichen Ton zu eigen machte. «So lange, wie eine Gefahr der Lächerlichkeit besteht.»

Das genügte vorderhand, und sie genoss überdies, während die Monate verstrichen, den Schutz, den das vorläufige Ausbleiben von Anspielungen bot. Dieser Schutz dauerte an, als sie im folgenden November einen Brief in einer Handschrift erhielt, auf die ein rascher Blick genügte, um sie vor dem Öffnen zögern zu lassen. Sie sagte weder zu diesem Zeitpunkt noch hinterher etwas; aber sie öffnete ihn, aus Gründen, die ihr erst tags darauf bewusst wurden. Er bestand aus anderthalb Seiten von Owen Gereth, aufgegeben in Florenz, doch ohne weitere Vorrede. Sie wusste, dass er im Sommer mit seiner Frau nach England zurückgekehrt war und sie nach einigen Monaten wieder ins Ausland gereist waren. Sie wusste außerdem, auch ohne entsprechende Mitteilung, dass Mrs. Gereth, um die herum sich Ricks gehorsam und unbeschreiblich schön entwickelt hatte, ihre eigenen Ansichten zum Anteil ihrer Schwiegertochter an dieser zweiten Abwanderung hatte. Es handelte sich um eine kalkulierte Unverschämtheit – einen Schlag, der abscheulicherweise darauf abzielte, jedem, den es etwas angehen könnte, zu zeigen, dass sie nun, da sie sich Poynton gesichert hatte, keinen Wert darauf legte, dort zu leben. In Ricks hatte abermals die «Morning Post» als Informationsquelle gedient: In jener Zeitung hieß es, dass Mr. und Mrs. Owen Gereth den Winter in Indien zu verbringen gedachten. Es gab einen Menschen, für den klar war, dass sie ihren erbärmlichen Mann am Gängelband führte. In solchem Licht bot sich die Szene gegenwärtig für Fleda dar, bis sie spät in der Nacht auf ihrem Zimmer das Siegel des Briefs erbrach.

«Ich möchte unbedingt, dass Sie als Andenken etwas von mir bekommen – etwas wirklich Wertvolles. Etwas aus Poynton, meine ich, das wäre mir am liebsten. Sie kennen alles dort und wissen viel besser als ich, was gut ist und was nicht. Es gibt ganz unterschiedliche Stücke, aber sind einige von den kleineren Dingen nicht am bemerkenswertesten? Ich meine, für Sachverständige und wegen dem, was man dafür erzielen könnte. Was Sie von mir annehmen und sich selbst aussuchen sollen, ist der schönste und kostbarste Gegenstand des ganzen Hauses. Ich meine ‹das Glanzstück der Sammlung›, verstehen Sie? Falls es zufällig so beschaffen ist, dass Sie unmittelbar Besitz davon ergreifen können – es geradewegs einpacken können –, umso besser. Sie sollen es auf der Stelle bekommen, worum auch immer es sich handelt. Ich bitte Sie demütig, fahren Sie hin und schauen Sie sich um. Die Leute dort sind vollständig instruiert: Sie werden Ihnen auf jede denkbare Weise behilflich sein und Ihnen das ganze Haus zur Verfügung stellen. Es gibt einen Gegenstand, den Mama das Malteserkreuz genannt hat und der, wie ich sie, so meine ich, habe sagen hören, überaus wunderbar ist. Ist *das* das Glanzstück der Sammlung? Vielleicht möchten Sie das oder etwas gleichermaßen Passendes nehmen. Ich möchte nur unbedingt, dass es von allem das Ausgesuchteste ist. Geben Sie mir das Gefühl, dass ich mich darin auf Sie verlassen kann. Bedenken Sie einfach nur kurz, was es sein muss, was mich diese Bitte äußern lässt, und Sie werden nicht ablehnen.»

Fleda las den letzten Satz noch häufiger als den Rest: Sie war ratlos – sie konnte sich beim besten Willen nicht denken, was speziell ihn diese Bitte äußern ließ. Das lag freilich daran, dass es eine von so vielen Möglichkeiten sein konnte. Sie schickte vorderhand keine Antwort; sie entwarf lediglich nach und nach die Form, die ihre Antwort irgendwann bekommen sollte. Nur eine Form war denkbar – nämlich das zu tun, sobald sie bereit war, was er wünschte. Sie würde sich nach Poynton begeben, wie ein Pilger sich zu einem Schrein begab, und dazu musste sie eine günstige Gelegenheit abwarten. Sie lebte einen Monat lang mit ihrem Brief, ehe sich eine Gelegenheit bot, und selbst nach einem Monat barg er noch Rätsel für sie, die sie nicht lösen konnte. Was bedeutete es, was stellte es dar, womit in seiner Seele oder seiner Vorstellung korrespondierte es? Was steckte dahinter, was war vorausgegangen, was verbarg sich zuinnerst darin? Sie sagte sich, dass sie nicht verpflichtet sei, sich mit diesen Fragen auseinanderzusetzen. Es gab darauf eine Antwort, die in der Praxis ebenso genügen würde wie jede andere: Er hatte in seiner Ehe ein so viel größeres Glück gefunden, als zu glauben er sich in seinem elenden Dilemma ein Herz hatte fassen können, und hatte daher das Gefühl, er schuldete ihr ein Zeichen der Dankbarkeit, weil sie ihn auf dem rechten Weg gehalten hatte. Diese Erklärung, sage ich, konnte sie aus dem Ärmel schütteln; aber Erklärungen spielten nicht die geringste Rolle: Was ihr Handeln bestimmte, war schlicht die Stärke ihres Drangs, zu reagieren. Die Leidenschaft, für die keinen Unterschied gemacht hatte, was geschehen war, die Leidenschaft, die dies davor wie danach in Betracht gezogen hatte, fand hier ein Ventil, das sich auf keine Weise schließen ließ. Sie fand sogar eine Linderung, zu der ihre Vorstellungskraft ungemein beitrug. Würde sie seinem Angebot entsprechend handeln? Sie würde mit heimlichem Entzücken handeln. Etwas Prächtiges zu besitzen, was er ihr gegeben hatte, was ihr zu schenken sein verbriefter Wunsch gewesen war, würde die größte Freude übersteigen, auf die sie noch hoffen zu können glaubte, und sie hatte das Gefühl, dass sogar ihr selbst, bis ihr dies ins Bewusstsein gedrungen war, nicht klar gewesen war, was in ihrer bewährten Stille brannte. Es war eine Stunde, von der man träumen und auf die man warten konnte; geduldig zu sein hieß, die Süße hinauszuzögern. Sie war imstande, es als Stunde des Triumphs zu empfinden, des Triumphs von allem in ihrem Leben, was nicht in jüngster Zeit das Haupt erhoben hatte. Sie ging dort in Gedanken umher – in den großen Räumen, die sie kannte; sie sollte sich sagen können, dass sie wenigstens ein einziges Mal so vollständig über sie verfügte wie jeder von den anderen, die sie nur mit Bitterkeit erfüllt hatten. Und tausendmal ja – ihre Wahl dürfte keinerlei Skrupel kennen: Das, was sich zu nehmen sie dorthin fahren würde, würde der Größe ihres Privilegs entsprechen. Das ganze Haus stand ihr vor Augen, und für Wochen verbrachte sie ihre ungestörten Stunden damit, in Vergleich und Erwägung zu schwelgen. Es müsste eines von den kleinsten Dingen sein, denn es müsste sich um etwas handeln, was sie dicht bei sich tragen konnte; und es müsste eines der schönsten sein, weil er im Schönsten das Symbol für sich sah. Sie sagte sich, sie werde sich damit begnügen, von dem, was es symbolisieren würde, nicht mehr zu wissen als nur das, was sein Besitz ihr verraten würde. Im Grunde neigte sie zu dem Malteserkreuz – vor allem auch aus dem Grund, weil er es genannt hatte. Aber sie würde noch einmal schauen und neu urteilen; sie würde an Ort und Stelle so verfahren und abwägen, dass nicht der Schatten eines Irrtums bliebe.

Vor Weihnachten ergab sich für sie eine natürliche Gelegenheit, nach London zu fahren: der regelmäßige Besuch, den sie ihrem Vater abzustatten hatte, sowie ein Maggie gegebenes Versprechen, das sie einzulösen hatte. Sie verbrachte ihre erste Nacht in West Kensington und plante, anderntags auszuführen, was sie in erster Linie antrieb. Die Zuneigung ihres Vaters war frei von Neugier, doch als sie ihm gegenüber erwähnte, sie habe auf dem Lande etwas zu erledigen, was sie zwinge, einen frühen Zug zu nehmen, missbilligte er ihren Ausflug in Anbetracht der bedrohlichen Wetteraussichten. Ein Ungewitter braute sich zusammen: Ein Wintersturm lag in der Luft. Sie antwortete, sie werde sehen, was der Morgen bringe; und tatsächlich brachte er, was in London für eine Besserung sprach. Sie würde am nächsten Tag zu Maggie fahren, und nun, da sie aufgebrochen war, glich ihr Eifer plötzlich einem Schmerz. Sie malte sich aus, wie sie an jenem Abend mit ihrer Trophäe unter dem Mantel zurückkehren würde, sodass sie sich, nachdem sie von der Türschwelle aus die dunkle Straße hinauf und hinunter geschaut hatte, mit neuer Nervosität entschloss und zum nächsten Zugang zur «Unterirdischen» aufmachte. Die Dezemberdämmerung war doloros, doch es regnete weder, noch schneite es; es war nicht einmal kalt, und die vom Wind gereinigte Atmosphäre von West Kensington glich einem schmutzigen alten Mantel, der mit einer schmutzigen alten Bürste bearbeitet worden ist. Nach Ablauf fast einer Stunde hatte sie in dem recht weitläufigen Bahnhof ihren Platz in einem Dritter-Klasse-Abteil eingenommen; vor ihr lag die Aussicht auf die achtzigminütige Fahrt nach Poynton. Der Zug war schnell, und sie war vertraut mit der maßvollen Länge des Spaziergangs in Richtung Park, von der Stelle aus, wo er sie absetzen würde.

Sobald sie auf dem Lande war, sah sie allerdings, dass ihr Vater recht gehabt hatte: Der Dezemberatem trieb mit einer Gewalt sein Wesen, vor der das Labyrinth Londons sie geschützt hatte. Die grünen Felder waren schwarz, der Himmel vom Wind in Aufruhr versetzt; in ihrer Bangigkeit vor den Elementen, ihrer Ungewissheit, was wohl passieren mochte, fühlte sie sich an die Mutmaßungen erinnert, die sie in den früheren Tagen der Reisen nach dem Kontinent nachts, während der grässlichen, billigen Überfahrten auf langem Seeweg, zu ängstigen pflegten. Etwas hatte in dieser letzten Stunde in schlimmem Maß ihr Herz zu bedrücken begonnen: Es war die plötzliche Vorstellung einer Katastrophe oder zumindest eines Hemmnisses, ehe sie ihr Vorhaben ausgeführt hatte. Als sie sich einredete, dass etwas passieren könnte, wollte sie schneller vorwärtskommen als der Zug. Doch das Einzige, was es bestürzt zu entdecken gegeben hätte, wäre die Tatsache gewesen, dass aufgrund irgendeines ganz und gar unwahrscheinlichen Zufalls der Herr und die Herrin des Hauses vorzeitig zurückgekehrt waren. In diesem Fall hätte sie einen entsprechenden Hinweis erhalten müssen, und die Angst war nur das Überschießen ihrer Hoffnung. Eben dass alle Beteiligten genau dort waren, wo sie waren, verlieh dem Besuch seine Qualität. Jenseits von Ländern und Meeren und für alle Zeiten entfremdet, sorgten sie auf je eigene Weise dafür, dass sie einen Eindruck gewann, wie sie ihn noch nie gewonnen hatte. Endlich war dieser Eindruck da, obwohl das Tageslicht abgenommen hatte; sie waren an Chater vorbeigesaust – Chater war der Bahnhof vor dem, an dem sie aussteigen musste. Weiter weg in jener Richtung schien heftiger Regen niederzugehen, doch schimmerte durch ihn hindurch eine Helligkeit von der Farbe des großartigen Interieurs, in dem sie herumgegeistert war. Dieses Bild verfestigte sich vor ihr – im Haus nahm man nichts als das Haus wahr; und während der Zug zum Stehen kam, erhob sie sich in ihrem bescheidenen Abteil, stolz aufgerichtet von dem Gedanken, dass das Haus somit ganz und gar für Fleda Vetch dort stand.

Doch mit dem Öffnen der Tür widerfuhr ihr ein Schock, wiewohl sie ihn einen Augenblick lang nicht als solchen hätte benennen können: Im nächsten Moment erkannte sie, dass er ihr vom Gesicht des Mannes versetzt worden war, der vortrat, um ihr herauszuhelfen, ein alter, hinkender Dienstmann des Bahnhofs, der schon zu Mrs. Gereth' Zeit da gewesen war und sie nun erkannte. Er blickte so eindringlich zu ihr auf, dass sie in Angst geriet und ihr noch vor dem Aussteigen entfuhr: «Sie sind schon zurück?» Sie hatte das wirre, absurde Gefühl, dass selbst er wusste, sie durfte in diesem Fall nicht da sein. Er zögerte, und binnen weniger Sekunden war sie aus gänzlich anderem Grund beängstigt: Der Grund, aus dem der Dienstmann sie anstarrte, schien sich mit Fledas raschem Sprung aus dem Waggon auf den Boden zu verändern. «Rauch?» Erschrocken schnuppernd stand sie auf dem Bahnsteig; sie hatte eine Weile gebraucht, um sich eines ungewöhnlichen Geruchs bewusst zu werden. Die Luft war gesättigt von diesem Geruch, und schon zeigten sich Köpfe an den Fenstern des Zugs, die auf etwas schauten, was sie nicht sehen konnte. Irgendjemand, der einzige andere Fahrgast, war aus einem anderen Waggon ausgestiegen, und der alte Dienstmann hinkte davon, um seine Tür zu schließen. Der Rauch brannte ihr in den Augen, doch sie sah, wie auch der Bahnhofsvorsteher vom Ende des Bahnsteigs aus sie erkannte und geradewegs auf sie zukam. Er brachte ihr eine feiner nuancierte Überraschung als der Dienstmann, und während er auf sie zukam, hörte sie eine Stimme an einem Fenster des Zugs sagen, etwas liege «ein gutes Stück weit weg – ein Meile von der Stadt entfernt». Genau das galt für Poynton. Dann stand ihr angesichts der weißen Verwunderung im Gesicht des Bahnhofsvorstehers das Herz still.

«Sie sind schon da, Miss?»

Daraufhin wusste sie Bescheid. «Poynton brennt?»

«Nichts mehr zu machen, Miss – bei diesem fürchterlichen Sturm. Hat man Ihnen nicht telegrafiert? Vorsicht!», rief er im nächsten Moment und packte sie; der Zug fuhr weiter, und sie war getaumelt, sodass er sie im Vorbeifahren beinahe erfasst hätte. Als er weggefahren war, wurde sie sich stärker des allgegenwärtigen Rauchs bewusst, den der Wind ihr ins Gesicht zu schleudern schien.

«*Nichts mehr zu machen?*» Der Mann hielt sie fest; sie klammerte sich an ihn.

«Brennt immer noch, Miss. Ist es nicht schrecklich? Hat heute früh angefangen – das ganze Haus steht in Flammen.»

In ihrem verwirrten Entsetzen versuchte sie klar zu denken. «Sind sie zurückgekommen?»

«Zurückgekommen? Sie sind schon den ganzen Tag da!»

«Mr. Gereth meine ich, nein? – Oder seine Frau?»

«Und seine Mutter auch nicht, Miss – von *denen* ist keine Menschenseele zurück. Eine Bagage von Dienstboten hat drauf aufgepasst – nicht die der alten Lady, wie? Eine saubere Arbeit für Hausmeister! Ein kaputter Schornstein oder eine von diesen tragbaren Lampen, am falschen Platz abgestellt. Schuld dran ist diese grausige, grausige Nacht.» Dann, als ein großer Rauschschwall sie halb erstickte, zog er sie mit Nachdruck zu einem kleinen Warteraum. «Scheußlich für Sie, Miss – das sehe ich!»

Ihr war übel; sie sank auf einen Platz und starrte zu ihm empor. «Wollen Sie damit sagen, das große Haus ist *verloren?*»

«Vor einer Stunde, habe ich gehört, war es kurz davor – da hat es die Flammen erst richtig angefacht. Um sechs war ich selbst dort, gleich als ich davon gehört habe. Da waren sie noch am Löschen, aber man konnte nicht recht sagen, dass sie schon damit fertiggeworden waren.»

Fleda rappelte sich hoch. «Haben sie die Sachen gerettet?»

«Da waren sie gerade dabei, Miss ... an die verwünschten Sachen ranzukommen. Und dass es an richtiger Hilfe gefehlt hat ... es hat mich rasend gemacht, dabeistehen und zusehen zu müssen, wie sie's verpfuscht haben. Für was Organisiertes reicht's hier nicht. Einem *richtigen* Notfall sind sie nicht gewachsen.»

Sie ging zu der Tür hinaus, die sich in Richtung Dorf öffnete, und ein beißender Schwall schlug ihr entgegen. Sie hörte ein fernes, windiges Tosen, das sie in ihrer Bestürzung für das Geräusch der eine Meile entfernten Flammen hielt und das im ersten Augenblick wie ein wildes Drängen auf sie wirkte. «Ich muss dorthin.» Sie hatte es kaum ausgesprochen, da war aus dem Omen eine entsetzliche Prüfung geworden.

Überdies hatte sich ihr lebhafter Freund vor ihr aufgebaut; er litt unter der Art von Kontrolle, die er hier ausüben musste. «Tun Sie das nicht, Miss – Sie tun sich damit keinen Gefallen.» Dann, während sie schwankend nicht von der Stelle wich: «Das ist kein Ort für eine junge Lady und, das können Sie mir glauben, auch kein Anblick für Leute, die irgendwie davon betroffen sind.»

Fleda wusste mittlerweile, auf welche Weise sie betroffen war: Sie wurde wieder schlaff und schwach; sie spürte, wie sie alles aufgab. In das Entsetzen, in die Freundlichkeit des Stationsvorstehers, in den Aschegeruch und das Toben der Geräusche mischte sich die rohe Bitterkeit einer Hoffnung, dass sie sich vielleicht nie mehr im Leben innerhalb so kurzer Zeit von so vielem würde verabschieden müssen. Sie hörte sich selbst mechanisch, doch als fragte sie es zum ersten Mal, wiederholen: «Poynton *verloren?*»

Der Mann zögerte. «Was soll man sagen, Miss, wenn es nicht wirklich gerettet ist?»

Eine Minute später war sie mit ihm in den Warteraum zurückgekehrt, wo sie in der allgemeinen Verschwommenheit so etwas wie das Zifferblatt einer Uhr sah. «Gibt es einen Zug nach London?»

«In sieben Minuten.»

Sie trat auf den Bahnsteig: Überall drang ihr der Rauch entgegen. Sie bedeckte das Gesicht mit den Händen. «Ich fahre zurück.»

ANMERKUNGEN

1 Frz. «aufgedonnert», «aufgemacht».
2 Wie an mancher anderer Stelle in seinem Werk fällt Henry James auch hier durch eine antisemitische Äußerung auf.
3 Frz. «Reden wir nicht mehr davon.»
4 Frz. «Museumsstücke».
5 Frz. «Nippsache».
6 Gemeint sind die in den 1880er-Jahren erbauten roten Backsteinhäuser im niederl. Stil in der Pont Street (Bezirk Knightsbridge) im Londoner Stadtteil Brompton, die einen oft weiß getünchten Säulenvorbau vor der – über einige Stufen zu erreichenden – Eingangstür aufweisen. Für ein schlichtes kleines Haus auf dem Land hingegen empfindet Mrs. Gereth einen Portikus offenbar als unpassend.
7 Ein bauchiges, meist metallenes, beheizbares Gefäß (engl. *tea urn*) mit einem Zapfhahn und einem oder mehreren Füßen, das größere Mengen Teewasser fasst und warm hält.
8 Frz. «Eigenart», «Gepräge», «Stempel».
9 Die Pariser Conciergerie auf der Île de la Cité war seit dem 14. Jh. Sitz der königlichen Verwaltung. Während der Französischen Revolution diente sie als Gefängnis für bis zu 1200 Gefangene, darunter auch Marie Antoinette, Georges Danton und Maximilien de Robespierre.

NACHWORT

Der Abend des 5. Januar 1895 bescherte dem Schriftsteller Henry James die größte öffentliche Demütigung seiner künstlerischen Laufbahn. Von diesem Moment führt eine unsichtbare Linie zur eigenwilligen Geschichte von Fleda Vetch und Mrs. Gereth, ihrem Sohn Owen Gereth und dessen zukünftiger Frau Mona Brigstock, die James in seinem Roman *Die Kostbarkeiten von Poynton* erzählt – doch davon später mehr. Zunächst zum besagten denkwürdigen Abend: Im Londoner St. James Theatre wurde Henry James' Theaterstück *Guy Domville* uraufgeführt, ein zwei Jahre zuvor verfasstes, subtiles Drama in feiner 18.-Jahrhundert-Kostümierung. Der Verfasser, wohl zu aufgeregt, um sich die Inszenierung anzusehen, ging stattdessen ins Haymarket Theatre, wo Oscar Wildes ebenfalls kurz zuvor uraufgeführte Komödie *An Ideal Husband* gespielt wurde. Solch Ausweichmanöver eines nicht sonderlich erfahrenen Dramatikers in das Stück eines gefeierten Konkurrenten ist an sich psychologisch bereits ausreichend pittoresk, um einer jener vielen herrlichen Künstler-Erzählungen von Henry James zu entstammen. Aber die Sache wird, wie immer bei James, noch vertrackter, auch im richtigen Leben. Seinem Bruder William nämlich, dem berühmten, in Harvard lehrenden Philosophen und Psychologen, schrieb er später, was er an jenem Abend angesichts der von ihm miterlebten Begeisterung des Publikums für Wildes Stück empfand: «Das Ding erschien so hilflos, so ungehobelt, so mies, so schwerfällig, kläglich und vulgär, dass, als ich über St. James Square ging, um mein eigenes Schicksal zu erfahren» – also das seiner parallel stattfindenden Theaterpremiere unter der Regie von George Alexander – «der rauschende Erfolg dessen, was ich gesehen hatte, eine fürchterliche Vorahnung des Schiffbruchs von *G. D.* erzeugte, und ich hielt mitten auf dem Platze inne, gelähmt vom Schrecken dieser Möglichkeit – voller Angst, weiterzugehen, und mehr zu erfahren.»

Doch James ging weiter, um mehr zu erfahren – hinüber also ins St. James Theatre, wo *Guy Domville* in diesem Moment zu Ende war. Der Schriftsteller H. G. Wells saß im Publikum und hat jene Szene beschrieben, als der Autor schließlich vor den gefallenen Vorhang trat: «Ich habe noch nie ein verheerenderes Geräusch gehört als das Crescendo von Buhrufen, das nun folgte. Der freundliche Applaus aus den Logen wurde völlig übertönt. Für einen kurzen Moment hielt James dem Sturm stand, sein rundes Gesicht war weiß, sein Mund öffnete und schloss sich, und dann zerrte ihn Alexander, ich hoffe, in reuevoller Zerknirschung, hinter die Kulissen zurück.»

In diesem Gebuhe und Gejohle liegt also die fürchterliche Demütigung für den feinsinnigen Henry James, noch dazu live vor Hunderten von Menschen. Das Stück wurde bald darauf abgesetzt, abgelöst ausgerechnet von einer weiteren Wilde-Uraufführung, der Komödie *Bunbury* (nur wenige Wochen übrigens bevor Wildes berüchtigter Unzuchtskandal begann, dessen juristische Verfolgung mit Verurteilung zu zwei Jahren Zuchthaus endete – auch eine eigentümlich jameshafte Koinzidenz). Dabei hatte sich James in den zurückliegenden Jahren so viel vom Theater versprochen, für das er beispielsweise seinen Roman *The Americans* zwei

Jahre zuvor ohne durchschlagende Resonanz adaptiert hatte: Durch erfolgreiche Stücke wollte er seinen literarischen Ruhm bei einem breiteren Publikum mehren, erhoffte sich damit natürlich auch finanziellen Erfolg. Von Hause aus wohlhabend, wurde der 1843 in New York geborene Schriftsteller mit seinen Romanen und Erzählungen nämlich keineswegs so reich wie erwünscht. Er war zwar auf beiden Seiten des Atlantiks längst ein hochgelobter und verehrter Autor – aber dies eher in eingeweihten literarischen Kreisen. Das hatte Henry James endlich ändern wollen. Jedoch war es nun mit der ersehnten Bühnenkarriere am Abend des 5. Januar 1895 endgültig vorbei.

Diesem künstlerischen Drama waren in diesen Jahren eine Reihe persönlicher Schicksalsschläge vorangegangen. Im März 1892 war seine Schwester Alice an einer Krebserkrankung gestorben; ihr Tagebuch, bekannt unter dem Titel *The Diary of Alice James*, wurde nicht zuletzt auf Betreiben ihres Bruders Henry erst 42 Jahre nach ihrem Tod veröffentlicht; Susan Sontag machte ihre Verfasserin 1977 in ihrem Essay *Krankheit als Metapher* berühmt. Henry James, dem Alice 1884 nach dem Tod der Eltern nach London gefolgt war, hatte die letzten Stunden bei seiner Schwester verbracht. Gestorben war 1894 auch der tuberkulosekranke Robert Louis Stevenson auf der fernen Insel Samoa; James und ihn verband eine hinreißende Autorenkorrespondenz. Am einschneidendsten war aber wohl der Verlust von Constance Fenimore Woolson, der Großnichte von James Fenimore Cooper. Beider langjährige Freundschaft war von einer eigentümlichen, vielleicht unausgesprochen weiter reichenden Anziehung und Nähe grundiert – doch Woolson hatte sich in einer Januarnacht 1894 in Venedig aus einem Fenster in den Tod gestürzt. Im Frühjahr half der tief erschütterte, sich wohl auch schuldig fühlende James bei der Sichtung ihrer Papiere; ihre Korrespondenz hatte der sich vor Indiskretionen notorisch fürchtende Schriftsteller verbrannt. Vergeblich versuchte er, Woolsons schwarze Kleider draußen in der Lagune zu versenken – statt unterzugehen, schwammen sie dunkel wallend im Wasser.

So düster und umwölkt ist also die Lage für Henry James zu Beginn des Jahres 1895. Man muss sich all diese Facetten vor Augen halten, um ermessen zu können, was dann mit diesem 51-jährigen Autor passiert. Denn nach den persönlichen Dramen und dem künstlerischen Desaster beginnt innerhalb weniger Monate nichts weniger als die erfolgreiche Neuerfindung eines Schriftstellers. Und entscheidend für diese Wende im Leben des Henry James ist der gar nicht mal so umfangreiche, zunächst vielleicht etwas unscheinbare, in jedem Fall auch unter James-Liebhabern wenig bekannte Roman *Die Kostbarkeiten von Poynton*. Mit dieser Geschichte bewies sich Henry James zunächst einmal selbst, was er künstlerisch vermochte – und weshalb sein forciert anmutendes Selbstbewusstsein Ende Januar 1895, also kurz nach seinem Bühnendebakel, keine illusorische Autosuggestion war. Damals schrieb er keineswegs kleinlaut an William Dean Howells, seinen lebenslangen Freund beim *Atlantic Monthly*, wo er seit 1865 immer wieder publizierte: «Ich gedenke, weit bessere Arbeit zu leisten als je zuvor. Ich habe mich, möglicherweise, enorm verbessert – und ich platze vor Ideen und Themen.»

Über den Entstehungsprozess von *Die Kostbarkeiten von Poynton* wissen wir genauestens Bescheid, denn über kein anderes seiner Werke hat Henry James so ausführlich in seinen *Notizheften* geschrieben, vom ersten Einfall bis zur Fertigstellung. Auch dies ist ein deutliches Indiz für dessen besonderen Rang sowie für den Ernst, mit dem der Autor an diesem Buch arbeitete. Seine *Notebooks* führte er von 1878 bis 1911, sie zählen zu den außergewöhnlichsten Arbeitsdokumentationen eines Künstlers überhaupt (eine einbändige deutsche Auswahl erschien 1966 unter dem Titel *Tagebuch eines Schriftstellers*). Ausführlich und detailliert notiert James hier seine Vorüberlegungen, Varianten, Einfälle, erwägt Konzeptionen und Konstellationen für seine Texte, testet Möglichkeiten und Ideen – in permanenter psychologisch-ästhetischer Selbstreflexion.

Auf seine Niederlage vom 5. Januar 1895 antwortet James in den kommenden Wochen und Monaten mit Notizen zu fast allen seinen Werken der nächsten zehn Jahre – er platzt tatsächlich vor Ideen und Themen. Eine Woche nach dem Theaterabend taucht hier zum Beispiel erstmals eine geisterhafte Episode über zwei Geschwisterkinder auf, die ihm der Erzbischof von Canterbury erzählte und die später zur berühmten Erzählung *Die Drehung der Schraube* wurde. Und James imaginiert sogar eine Verarbeitung seiner jüngsten Niederlagen: Am 26. Januar denkt er über die Figur eines verarmten Künstlers nach, der vergeblich etwas Vulgäres zu schreiben, «sich dem ordinären Massengeschmack anzupassen sucht». «All die kleinen Erinnerungen an mein eignes gescheitertes Streben legen mir das wirklich nahe», grübelt er und denkt dabei an seine Tätigkeit als Pariskorrespondent zwanzig Jahre zuvor, als der Auftraggeber Whitelaw Reid von der *New York Tribune* verlangte, seine Texte «ordinärer und schäbiger» zu machen, «sie so vulgär zu machen, wie er selbst es konnte, sie, wie er das nannte, ‹persönlicher› zu machen». Die neue Geschichte – später wird daraus die Erzählung *The Next Time* – könne nun um einen Autor kreisen, der ein «Opfer ebenjener erfolglosen Bemühung, jenes langen und vergeblichen Bestrebens war, sich im oben erwähnten Sinne anzupassen, den vulgären Bedarf zu ‹befriedigen›, seine wahren Anlagen zu vergewaltigen, gleichsam aus einem Diamanten einen Kieselstein zu machen».

Henry James kann ebenfalls nicht vulgär werden – und will es auch nicht, das hatte sein Theaterversuch noch einmal gezeigt. *Die Kostbarkeiten von Poynton* führen nun vor, was ihm stattdessen als Ausweg aus der Krise vorschwebt: James will aus einem Kieselstein einen Diamanten schleifen – eine Kostbarkeit.

Bereits Heiligabend 1893 hatte er die erste Idee notiert, beruhend auf einer tatsächlichen Begebenheit, die ihm auf einer Abendgesellschaft am Tag zuvor berichtet worden war – für James die typische Art, an seine Stoffe zu gelangen. Die neben ihm sitzende Mrs. Anstruther-Thomson erzählte von dem Rechtsstreit zwischen einem Sohn und seiner Mutter: Dieser gedachte nach seiner Hochzeit gemäß englischem Recht sämtlichen Besitz in seinem Elternhaus zu übernehmen, die Mutter aber bestand auf bestimmten Gegenständen und verklagte den Sohn. «Es ist ein glänzendes Beispiel für jenes englische Schicksal, in dem mir schon immer eine Geschichte zu stecken schien – das Schicksal der durch die hässliche englische Sitte entthronten Mutter, die durch die Heirat des Sohnes aus dem großen Hause verbannt wird.» So beschreibt es James – und entwirft schon in dieser Notiz die Grundkonstellation, aus der dann zwei Jahre später der Roman erwächst, inklusive eines jungen Mädchens, das die Mutter viel lieber als Frau ihres Sohnes sähe als die Angetraute.

Nun, nach seiner großen Krise, fällt James am 13. Mai 1895 die «kleine Idee» wieder ein, und er sucht seine Notizen von damals hervor; rasch ist eine Handlung skizziert. Die Sommermonate und den Frühherbst verbringt er in Torquay an der englischen Südküste, wo er am 11. August den Fortgang der Arbeit notiert; mittlerweile trägt die geplante Geschichte den Titel «The House Beautiful», und er hat sie bereits Horace Scudder beim *Atlantic Monthly* zugesagt, wo sie wie so viele andere seiner Erzählungen in Fortsetzungen erscheinen soll. Am 8. September ist klar, dass sich das Projekt wie schon häufig zuvor auswächst und der Autor den vereinbarten Umfang nicht einhalten kann. Obwohl um Stoffkonzentration bemüht, grübelt er ausgiebig über die sich im Fortgang der Erzählung wandelnden Verhältnisse zwischen Fleda und Mrs. Gereth, Owen und Mona. Zwischendurch notiert er Ideen für andere Projekte, aber im Frühjahr 1896 ist er auf der Zielgeraden und denkt ausgiebig über die finale Personenkonstellation nach. *Atlantic Monthly* ist gnädig und druckt das Werk noch im selben Jahr trotz Überlänge in Fortsetzungen, unter dem Titel *The Old Things*; 1897 erscheint die Buchausgabe unter dem definitiven Titel *The Spoils of Poynton* bei James' neuem Verleger William Heinemann.

Die Geschichte, die Henry James erzählt, ist in zweifacher Hinsicht doppelgesichtig: Zum einen wäre da eine für viele seiner Romane und Erzählungen typische Konstellation einer unklaren Zuneigung, die sich im Fortgang der Handlung dramatisiert, um nach diversen überraschenden Wendungen in tragischer Vergeblichkeit zu scheitern – an den Verhältnissen und den unzureichenden Menschen. Fleda Vetch entdeckt allmählich ihre Liebe zu Owen, dessen Hochzeit mit Mona bevorsteht; zugleich sieht sie die Manipulationen seiner Mutter, Mrs. Gereth, die die Ehe verhindern will, um ihre angeblich erlesene Sammlung im Landsitz Poynton vor Monas vulgärem Geschmack zu retten. Stattdessen hat sie Fleda auserkoren und möchte sie nach Kräften für ihren

Zweck – die «Rettung» von Poynton – instrumentalisieren. Fleda wiederum leidet unter der Spannung zwischen Gefühl und Moral – sie will die geplante Ehe keinesfalls stören, ihn nur dann gewinnen, wenn die Ehe ohnehin nicht zustande kommt –, aber sie wird dank des virtuosen Erzählers James gerade durch ihre Gratwanderung erhöht und zu einer starken Figur. Insofern schaut der Leser den Personen mit wachsender Spannung bei ihren strategischen Überlegungen und Handlungen zu: Wer wird in diesem Drama wohl obsiegen?

Auf der anderen Seite ist die ganze Konstellation von großer Komik: Der eiskalt beobachtende James entlarvt fortwährend mit spitzen, ironischen Bemerkungen die charakterlichen und intellektuellen Schwächen, Grenzen und Egoismen seiner Figuren. Überhaupt ist das Ringen um Poyntons hin und her transportierte, von den Gereth' einst erworbene Kostbarkeiten im Grunde eine witzige Skurrilität, die, anders dargeboten, durchaus auf eine Komödienbühne gepasst hätte. James jedoch hält die Waage zwischen Ernst und Absurdität.

Damit wären wir bei der zweiten Doppelgesichtigkeit. Denn zum einen dreht sich die Handlung äußerlich um das Schicksal der im Buchtitel verewigten Sammlung in Poynton. Andererseits führt James uns die emotionalen Verwicklungen und das Innenleben der beteiligten Personen vor: Äußeres und Inneres, Besitz und Gefühl sind unauflöslich ineinander verwoben. Das ist ein klassisches Motiv bei James, man denke zum Beispiel an seinen bekannten Roman *Washington Square* und das darin unaufhörlich verhandelte Erbe. Dort war es eine abstrakte Geldsumme, hier nun sind es konkrete Gegenstände – die aber, und das ist die spezielle Pointe, im Roman trotz ihrer ständigen Erwähnung weitgehend unsichtbar bleiben. Zwar beschreibt James etwas davon kursorisch, zwar ergehen sich Fleda und Mrs. Gereth immer wieder in hingebungsvoller, jedoch ziemlich diffuser, kenntnisfreier Feier der angeblich geschmackvollen Sammlung. Gut möglich, dass es sich überwiegend um mediterranen Tinnef handelt – so genau wissen wir es nicht. Dafür geistert ein Gegenstand als kurioses symbolisches Leitmotiv durch den Roman: das sogenannte «Malteserkreuz», von Fleda so geliebt. Die vermeintlichen oder realen Kostbarkeiten setzt James als Chiffre ein für jedwede sowohl machtvolle als auch hoffnungslose menschliche Begierde.

Der Philosoph Robert B. Pippin hat 2004 in seinem scharfsinnigen James-Buch *Moral und Moderne* auf das besondere Gespür dieses großen Schriftstellers für das Versagen sozialer Formen hingewiesen. Am Ende des 19. Jahrhunderts stellte sich das Problem der Moderne: Auch für den Beobachter Henry James befanden sich laut Pippin nicht nur in England, sondern in der ganzen bürgerlichen Welt die Sitten und Traditionen «in einer Art Endspiel-Situation, und sie verdienten das auch». Tatsächlich ist das überkommene englische Recht, auf dessen Basis der redliche Owen gegen seine Mutter agiert, so ein Überbleibsel; seine Mutter, die intrigante, das Gesetz ignorierende Strategin, ist insofern eine Agentin des Fortschritts – was James erzählerisch geschickt bricht. Generell hat sich die «Gleichgesinntheit» (Pippin) der Charaktere in der Moderne weithin aufgelöst; der Kampf um die Kostbarkeiten kann also plötzlich entbrennen, der Romanstoff ist da.

Prompt ergibt sich Raum für jenen Kreislauf aus Bestätigung, Begehren und Manipulation, den Henry James für seine Epoche so meisterhaft schildern kann. Der Philosoph Pippin trifft punktgenau das psychologische Fundament von James, wenn er bemerkt, dass in dessen Werk im Verhältnis zweier Personen stets «eine ganz allgemeine Abhängigkeit von der Widerspiegelung dieses Verhältnisses im Bewusstsein von anderen besteht». Um diese Struktur zu sezieren, begibt sich der Schriftsteller hinein in das Innenleben seiner Figuren, hinein in das «konkret Gegenwärtig-Innerste», wie seine eigentümliche Formulierung dafür in einem Brief von 1901 lautete. In *Die Kostbarkeiten von Poynton* erlebt der Leser dies in den großen, schier endlosen, sich immer weiter hinaufschraubenden Dialogen zwischen Fleda und Mrs. Gereth einerseits, Fleda und Owen andererseits – psychologische Überbietungswettbewerbe, in denen sich Gesagtes und Ungesagtes umtänzeln. Hier wird der noch frische Einfluss des Theaters auf diesen Roman deutlich – in Auftritten, Abgängen und Dialogen spiegelt sich das Innenleben der agierenden Personen. Am 19. Februar 1896 stellt Henry James einmal mehr in seinen *Notizheften* den Zusammenhang zu seiner zurückliegenden Theaterphase her: *«Es muss so straff wie ein Theaterstück werden* – nur so geht es. Ach, mon bon, lass *dies hier* in seinem kleinen Rahmen die langen, mühevollen Jahre bis zur Meisterschaft szenischer Darstellung rechtfertigen und krönen.» Noch das Finale des Romans, mitsamt Rauch und Asche, wirkt wie ein alles krönender Bühneneffekt.

Offensichtlich treibt den gereiften Schriftsteller weniger die Lust am Erzählen an, sondern am Inszenieren. Damit weist er weit hinaus ins 20. Jahrhundert; Jorge Luis Borges hatte nicht unrecht, als er James einen Schriftsteller nannte, «den die Situationen interessierten und die Charaktere nur im Zusammenhang mit den Situationen». Ähnlich argumentiert heute der amerikanische Kritikerpapst James Wood, der meinte, James' Figuren wirkten «als freie lebendige Autorenschöpfungen nicht besonders überzeugend». Dem wird der Leser der *Kostbarkeiten von Poynton* wohl zustimmen. Allerdings auch jener Analyse von Wood, die die Personenführung dieses Meisterregisseurs dennoch zu würdigen weiß: Was die Figuren «zum Leben erweckt, ist James' vitales Interesse an ihnen, seine Art, mit prüfenden Fingern in den Lehm zu greifen: Sie sind Stätten menschlicher Energie; James' ängstliches Umsorgen bringt sie zum Pulsieren».

Im Vorwort zu *Die Kostbarkeiten von Poynton*, das Henry James ein Jahrzehnt später für seine Werkausgabe, die sogenannte «New Yorker Ausgabe», verfasste, findet er seine berühmten Formulierungen zur Ästhetik, wonach das Leben «überall nur Verknüpfung und Verwirrung», die Kunst hingegen «immer nur Unterscheidung und Auswahl» ist. Und die Kunst selbst, sie «schnüffelt auf der Suche nach dem festen, verborgenen *Wert*, auf den allein es ihr ankommt, an dem Stoff so instinktiv und unbeirrbar wie ein Hund herum, der einen vergrabenen Knochen wittert. Allerdings mit dem Unterschied, dass der Hund seinen Knochen bloß haben will, um ihn zu zerbeißen, während der Künstler in *seinem* winzigen Goldkorn, das er aus aller lästigen Stofffülle herausgewaschen und zu heiliger Härte zurechtgehämmert hat, gerade den Anfang, die beste Chance findet, sich im unvergänglichen Werk zu bestätigen».

Es ist bemerkenswert, dass er diese Sätze ausgerechnet im Rückblick auf seine Arbeit an den *Kostbarkeiten von Poynton* formuliert. Aus der lästigen Stofffülle etwas herauswaschen und zurechthämmern zur heiligen Härte: Das hatte er in diesem Roman erstmals so intensiv getan. Die äußere Handlung verliert an Bedeutung, alles verlagert sich in einer nochmaligen psychologischen Verfeinerung dieses ohnehin ja meisterhaften Seelenzergliederers in das Innere der Figuren und deren Dialoge. «Ich bin auf eine nie endende Weise supersubtil und analytisch»: So sah sich Henry James bereits

1879. Doch seine radikale Antwort auf die Krise und das Scheitern am Theater war dann fünfzehn Jahre später nicht etwa Anpassung an die Leser oder Trivialisierung seiner Kunst, sondern vielmehr eine weitere Steigerung seiner Supersubtilität. Dass dieser Weg ins Innere ästhetisch funktionierte, bewiesen ihm die *Kostbarkeiten von Poynton*. Und es ist bezeichnend, dass besagtes Vorwort das längste der gesamten New Yorker Ausgabe wurde: Henry James wusste um die Kostbarkeit dieses Romans innerhalb seines Werks, denn hier hatte sich jemand freigeschrieben vom Publikumsgeschmack. Danach war ihm *Die Drehung der Schraube* und *Was Maisie wusste* möglich, es folgten neben Erzählungen die großen späten Romane *Die Gesandten*, *Die Flügel der Taube* und *Die goldene Schale*.

Faszinierend bleibt der Glaube an die eigenen Fähigkeiten, mit dessen Hilfe Henry James sich als Schriftsteller neu erfinden konnte. Am 23. Januar 1895, genau ein Jahr nach dem Selbstmord von Constance Woolson in Venedig, drei Wochen nach seinem Bühnendebakel, war sich James seiner Mission bewusst: «Ich nehme meine *eigne* alte Feder wieder auf», schrieb er in sein Notizheft, «… die Feder all meiner alten unvergesslichen Anstrengungen und heiligen Kämpfe. Mir brauche ich – heute – mehr nicht zu sagen. Weit, reich und hoch liegt die Zukunft noch vor mir. Ich weiß nun wirklich, dass ich mein Lebenswerk schaffen kann. Und ich werde es schaffen.» Und er vergaß nicht die Voraussetzung dafür: «Ich muss mich nur meinen Problemen *stellen*.» Owen und Mona, Mrs. Gereth und Fleda waren ihm dabei behilflich.

Alexander Cammann

EDITORISCHE NOTIZ

Henry James' Roman *The Spoils of Poynton* erschien erstmals in Fortsetzungen zwischen April und Oktober 1896 im *Atlantic Monthly* (vgl. auch das *Nachwort* zu dieser Ausgabe). Als Buch wurde er 1897 zeitgleich in England (William Heinemann) und Amerika (Houghton, Mifflin and Company) veröffentlicht, wobei James in beiden Ausgaben zahlreiche, aber voneinander abweichende Änderungen vornahm.

Unsere Übersetzung basiert auf der Fassung, die Henry James 1908 für Band 10 der *New York Edition* seiner Werke erstellte. James überarbeitete seinen Roman, ausgehend von der englischen Buchausgabe, nochmals an erneut rund 1500 Stellen. Die Änderungen lassen den komplexen Altersstil seines Werkes erkennen und betreffen häufig die Figurenrede, in die jüngere, später gebräuchliche Vokabeln einflossen. Eine genaue Analyse liefert: S. P. Rosenbaum, *The Spoils of Poynton: Revisions and Editions*, in: *Studies in Bibliography, Papers of the Bibliographical Society of the University of Virginia*, Bd. 19 (1966), S. 161–174.

INHALT